VIDAS SECAS
S. BERNARDO

Vidas secas + S. Bernardo

Copyright © by Graciliano Ramos

1ª edição: Março 2024

Direitos reservados desta edição: CDG Edições e Publicações

O conteúdo desta obra é de total responsabilidade do autor e não reflete necessariamente a opinião da editora.

Autor:
Graciliano Ramos

Revisão:
Vitor Donofrio (Paladra Editorial)

Diagramação:
Jéssica Wendy

Capa:
Rafael Brum

DADOS INTERNACIONAIS DE CATALOGAÇÃO NA PUBLICAÇÃO (CIP)

Ramos, Graciliano, 1892-1953
 Vidas secas e S. Bernardo : edição especial 2 em 1 / Graciliano Ramos. — Porto Alegre : Citadel, 2024.
 240 p.

ISBN 978-65-5047-429-4

1. Ficção brasileira I. Título

24-0648 CDD B869.3

Angélica Ilacqua - Bibliotecária - CRB-8/7057

Produção editorial e distribuição:

contato@citadel.com.br
www.citadeleditora.com.br

GRACILIANO RAMOS

VIDAS SECAS
S. BERNARDO

TEMPORALIS
2024

MUDANÇA

N a planície avermelhada os juazeiros alargavam duas manchas verdes. Os infelizes tinham caminhado o dia inteiro, estavam cansados e famintos. Ordinariamente andavam pouco, mas como haviam repousado bastante na areia do rio seco, a viagem progredira bem três léguas. Fazia horas que procuravam uma sombra. A folhagem dos juazeiros apareceu longe, através dos galhos pelados da catinga rala.

Arrastaram-se para lá, devagar, sinha Vitória com o filho mais novo escanchado no quarto e o baú de folha na cabeça, Fabiano sombrio, cambaio, o aió a tiracolo, a cuia pendurada numa correia presa ao cinturão, a espingarda de pederneira no ombro. O menino mais velho e a cachorra Baleia iam atrás.

Os juazeiros aproximaram-se, recuaram, sumiram-se. O menino mais velho pôs-se a chorar, sentou-se no chão.

– Anda, condenado do diabo – gritou-lhe o pai.

Não obtendo resultado, fustigou-o com a bainha da faca de ponta. Mas o pequeno esperneou acuado, depois sossegou, deitou-se, fechou os olhos. Fabiano ainda lhe deu algumas pancadas e esperou que ele se levantasse. Como isso não acontecesse, espiou os quatro cantos, zangado, praguejando baixo.

A catinga estendia-se, de um vermelho indeciso salpicado de manchas brancas que eram ossadas. O voo negro dos urubus fazia círculos altos em redor de bichos moribundos.

– Anda, excomungado.

O pirralho não se mexeu, e Fabiano desejou matá-lo. Tinha o coração grosso, queria responsabilizar alguém pela sua desgraça. A seca aparecia-lhe como um fato necessário – e a obstinação da criança irritava-o. Certamente esse obstáculo miúdo não era cul-

pado, mas dificultava a marcha, e o vaqueiro precisava chegar, não sabia onde.

Tinham deixado os caminhos, cheios de espinho e seixos, fazia horas que pisavam a margem do rio, a lama seca e rachada que escaldava os pés.

Pelo espírito atribulado do sertanejo passou a ideia de abandonar o filho naquele descampado. Pensou nos urubus, nas ossadas, coçou a barba ruiva e suja, irresoluto, examinou os arredores. Sinha Vitória estirou o beiço indicando vagamente uma direção e afirmou com alguns sons guturais que estavam perto. Fabiano meteu a faca na bainha, guardou-a no cinturão, acocorou-se, pegou no pulso do menino, que se encolhia, os joelhos encostados ao estômago, frio como um defunto. Aí a cólera desapareceu e Fabiano teve pena. Impossível abandonar o anjinho aos bichos do mato. Entregou a espingarda a sinha Vitória, pôs o filho no cangote, levantou-se, agarrou os bracinhos que lhe caíam sobre o peito, moles, finos como cambitos. Sinha Vitória aprovou esse arranjo, lançou de novo a interjeição gutural, designou os juazeiros invisíveis.

E a viagem prosseguiu, mais lenta, mais arrastada, num silêncio grande.

Ausente do companheiro, a cachorra Baleia tomou a frente do grupo. Arqueada, as costelas à mostra, corria ofegando, a língua fora da boca. E de quando em quando se detinha, esperando as pessoas, que se retardavam.

Ainda na véspera eram seis viventes, contando com o papagaio. Coitado, morrera na areia do rio, onde haviam descansado, à beira de uma poça: a fome apertara demais os retirantes e por ali não existia sinal de comida. Baleia jantara os pés, a cabeça, os ossos do amigo, e não guardava lembrança disto. Agora, enquanto parava, dirigia as pupilas brilhantes aos objetos familiares, estranhava não ver sobre o baú de folha a gaiola pequena onde a ave se equilibrava mal. Fabiano também às vezes sentia falta dela, mas logo a recordação chegava. Tinha andado a procurar raízes, à toa: o resto de farinha acabara, não se ouvia um berro de rês perdida na catinga. Sinha

Vitória, queimando o assento no chão, as mãos cruzadas segurando os joelhos ossudos, pensava em acontecimentos antigos que não se relacionavam: festas de casamento, vaquejadas, novenas, tudo numa confusão. Despertara-a um grito áspero, vira de perto a realidade e o papagaio, que andava furioso, com os pés apalhetados, numa atitude ridícula. Resolvera de supetão aproveitá-lo como alimento e justificara-se declarando a si mesma que ele era mudo e inútil. Não podia deixar de ser mudo. Ordinariamente a família falava pouco. E depois daquele desastre viviam todos calados, raramente soltavam palavras curtas. O louro aboiava, tangendo um gado inexistente, e latia arremedando a cachorra.

As manchas dos juazeiros tornaram a aparecer, Fabiano aligeirou o passo, esqueceu a fome, a canseira e os ferimentos. As alpercatas dele estavam gastas nos saltos, e a embira tinha-lhe aberto entre os dedos rachaduras muito dolorosas. Os calcanhares, duros como cascos, gretavam-se e sangravam.

Num cotovelo do caminho avistou um canto de cerca, encheu-o a esperança de achar comida, sentiu desejo de cantar. A voz saiu-lhe rouca, medonha. Calou-se para não estragar força.

Deixaram a margem do rio, acompanharam a cerca, subiram uma ladeira, chegaram aos juazeiros. Fazia tempo que não viam sombra.

Sinha Vitória acomodou os filhos, que arriaram como trouxas, cobriu-os com molambos. O menino mais velho, passada a vertigem que o derrubara, encolhido sobre folhas secas, a cabeça encostada a uma raiz, adormecia, acordava. E quando abria os olhos, distinguia vagamente um monte próximo, algumas pedras, um carro de bois. A cachorra Baleia foi enroscar-se junto dele.

Estavam no pátio de uma fazenda sem vida. O curral deserto, o chiqueiro das cabras arruinado e também deserto, a casa do vaqueiro fechada, tudo anunciava abandono. Certamente o gado se finara e os moradores tinham fugido.

Fabiano procurou em vão perceber um toque de chocalho. Avizinhou-se da casa, bateu, tentou forçar a porta. Encontrando

resistência, penetrou num cercadinho cheio de plantas mortas, rodeou a tapera, alcançou o terreiro do fundo, viu um barreiro vazio, um bosque de catingueiras murchas, um pé de turco e o prolongamento da cerca do curral. Trepou-se no mourão do canto, examinou a catinga, onde avultavam as ossadas e o negrume dos urubus. Desceu, empurrou a porta da cozinha. Voltou desanimado, ficou um instante no copiar, fazendo tenção de hospedar ali a família. Mas chegando aos juazeiros, encontrou os meninos adormecidos e não quis acordá-los. Foi apanhar gravetos, trouxe do chiqueiro das cabras uma braçada de madeira meio roída pelo cupim, arrancou touceiras de macambira, arrumou tudo para a fogueira.

Nesse ponto Baleia arrebitou as orelhas, arregaçou as ventas, sentiu cheiro de preás, farejou um minuto, localizou-os no morro próximo e saiu correndo.

Fabiano seguiu-a com a vista e espantou-se: uma sombra passava por cima do monte. Tocou o braço da mulher, apontou o céu, ficaram os dois algum tempo aguentando a claridade do sol. Enxugaram as lágrimas, foram agachar-se perto dos filhos, suspirando, conservaram-se encolhidos, temendo que a nuvem se tivesse desfeito, vencida pelo azul terrível, aquele azul que deslumbrava e endoidecia a gente.

Entrava dia e saía dia. As noites cobriam a terra de chofre. A tampa anilada baixava, escurecia, quebrada apenas pelas vermelhidões do poente.

Miudinhos, perdidos no deserto queimado, os fugitivos agarraram-se, somaram as suas desgraças e os seus pavores. O coração de Fabiano bateu junto do coração de sinha Vitória, um abraço cansado aproximou os farrapos que os cobriam. Resistiram à fraqueza, afastaram-se envergonhados, sem ânimo de afrontar de novo a luz dura, receosos de perder a esperança que os alentava.

Iam-se amodorrando e foram despertados por Baleia, que trazia nos dentes um preá. Levantaram-se todos gritando. O menino mais velho esfregou as pálpebras, afastando pedaços de sonho. Sinha

Vitória beijava o focinho de Baleia, e como o focinho estava ensanguentado, lambia o sangue e tirava proveito do beijo.

Aquilo era caça bem mesquinha, mas adiaria a morte do grupo. E Fabiano queria viver. Olhou o céu com resolução. A nuvem tinha crescido, agora cobria o morro inteiro. Fabiano pisou com segurança, esquecendo as rachaduras que lhe estragavam os dedos e os calcanhares.

Sinha Vitória remexeu no baú, os meninos foram quebrar uma haste de alecrim para fazer um espeto. Baleia, o ouvido atento, o traseiro em repouso e as pernas da frente erguidas, vigiava, aguardando a parte que lhe iria tocar, provavelmente os ossos do bicho e talvez o couro.

Fabiano tomou a cuia, desceu a ladeira, encaminhou-se ao rio seco, achou no bebedouro dos animais um pouco de lama. Cavou a areia com as unhas, esperou que a água marejasse e, debruçando-se no chão, bebeu muito. Saciado, caiu de papo para cima, olhando as estrelas, que vinham nascendo. Uma, duas, três, quatro, havia muitas estrelas, havia mais de cinco estrelas no céu. O poente cobria-se de cirros – e uma alegria doida enchia o coração de Fabiano.

Pensou na família, sentiu fome. Caminhando, movia-se como uma coisa, para bem dizer não se diferençava muito da bolandeira de seu Tomás. Agora, deitado, apertava a barriga e batia os dentes. Que fim teria levado a bolandeira de seu Tomás?

Olhou o céu de novo. Os cirros acumulavam-se, a lua surgiu, grande e branca. Certamente ia chover.

Seu Tomás fugira também, com a seca, a bolandeira estava parada. E ele, Fabiano, era como a bolandeira. Não sabia por que, mas era. Uma, duas, três, havia mais de cinco estrelas no céu. A lua estava cercada de um halo cor de leite. Ia chover. Bem. A catinga ressuscitaria, a semente do gado voltaria ao curral, ele, Fabiano, seria o vaqueiro daquela fazenda morta. Chocalhos de badalos de ossos animariam a solidão. Os meninos, gordos, vermelhos, brincariam no chiqueiro das cabras, sinha Vitória vestiria saias de ramagens vistosas. As vacas povoariam o curral. E a catinga ficaria toda verde.

Lembrou-se dos filhos, da mulher e da cachorra, que estavam lá em cima, debaixo de um juazeiro, com sede. Lembrou-se do preá morto. Encheu a cuia, ergueu-se, afastou-se, lento, para não derramar a água salobra. Subiu a ladeira. A aragem morna sacudia os xiquexiques e os mandacarus. Uma palpitação nova. Sentiu um arrepio na catinga, uma ressurreição de garranchos e folhas secas.

Chegou. Pôs a cuia no chão, escorou-a com pedras, matou a sede da família. Em seguida acocorou-se, remexeu o aió, tirou o fuzil, acendeu as raízes de macambira, soprou-as, inchando as bochechas cavadas. Uma labareda tremeu, elevou-se, tingiu-lhe o rosto queimado, a barba ruiva, os olhos azuis. Minutos depois o preá torcia-se e chiava no espeto de alecrim.

Eram todos felizes. Sinha Vitória vestiria uma saia larga de ramagens. A cara murcha de sinha Vitória remoçaria, as nádegas bambas de sinha Vitória engrossariam, a roupa encarnada de sinha Vitória provocaria a inveja das outras caboclas.

A lua crescia, a sombra leitosa crescia, as estrelas foram esmorecendo naquela brancura que enchia a noite. Uma, duas, três, agora havia poucas estrelas no céu. Ali perto a nuvem escurecia o morro.

A fazenda renasceria – e ele, Fabiano, seria o vaqueiro, para bem dizer seria dono daquele mundo.

Os troços minguados ajuntavam-se no chão: a espingarda de pederneira, o aió, a cuia de água e o baú de folha pintada. A fogueira estalava. O preá chiava em cima das brasas.

Uma ressurreição. As cores da saúde voltariam à cara triste de sinha Vitória. Os meninos se espojariam na terra fofa do chiqueiro das cabras. Chocalhos tilintariam pelos arredores. A catinga ficaria verde.

Baleia agitava o rabo, olhando as brasas. E como não podia ocupar-se daquelas coisas, esperava com paciência a hora de mastigar os ossos. Depois iria dormir.

FABIANO

Fabiano curou no rasto a bicheira da novilha raposa. Levava no aió um frasco de creolina, e se houvesse achado o animal, teria feito o curativo ordinário. Não o encontrou, mas supôs distinguir as pisadas dele na areia, baixou-se, cruzou dois gravetos no chão e rezou. Se o bicho não estivesse morto, voltaria para o curral, que a oração era forte.

Cumprida a obrigação, Fabiano levantou-se com a consciência tranquila e marchou para casa. Chegou-se à beira do rio. A areia fofa cansava-o, mas ali, na lama seca, as alpercatas dele faziam chape-chape, os badalos dos chocalhos que lhe pesavam no ombro, pendurados em correias, batiam surdos. A cabeça inclinada, o espinhaço curvo, agitava os braços para a direita e para a esquerda. Esses movimentos eram inúteis, mas o vaqueiro, o pai do vaqueiro, o avô e outros antepassados mais antigos haviam-se acostumado a percorrer veredas, afastando o mato com as mãos. E os filhos já começavam a reproduzir o gesto hereditário.

Chape-chape. Os três pares de alpercatas batiam na lama rachada, seca e branca por cima, preta e mole por baixo. A lama da beira do rio, calcada pelas alpercatas, balançava.

A cachorra Baleia corria na frente, o focinho arregaçado, procurando na catinga a novilha raposa.

Fabiano ia satisfeito. Sim senhor, arrumara-se. Chegara naquele estado, com a família morrendo de fome, comendo raízes. Caíra no fim do pátio, debaixo de um juazeiro, depois tomara conta da casa deserta. Ele, a mulher e os filhos tinham-se habituado à camarinha escura, pareciam ratos – e a lembrança dos sofrimentos passados esmorecera.

Pisou com firmeza no chão gretado, puxou a faca de ponta, esgaravatou as unhas sujas. Tirou do aió um pedaço de fumo, picou--o, fez um cigarro com palha de milho, acendeu-o ao binga, pôs-se a fumar regalado.

– Fabiano, você é um homem – exclamou em voz alta.

Conteve-se, notou que os meninos estavam perto, com certeza iam admirar-se ouvindo-o falar só. E, pensando bem, ele não era homem: era apenas um cabra ocupado em guardar coisas dos outros. Vermelho, queimado, tinha os olhos azuis, a barba e os cabelos ruivos; mas como vivia em terra alheia, cuidava de animais alheios, descobria-se, encolhia-se na presença dos brancos e julgava-se cabra.

Olhou em torno, com receio de que, fora os meninos, alguém tivesse percebido a frase imprudente. Corrigiu-a, murmurando:

– Você é um bicho, Fabiano.

Isto para ele era motivo de orgulho. Sim senhor, um bicho, capaz de vencer dificuldades.

Chegara naquela situação medonha – e ali estava, forte, até gordo, fumando o seu cigarro de palha.

– Um bicho, Fabiano.

Era. Apossara-se da casa porque não tinha onde cair morto, passara uns dias mastigando raiz de imbu e sementes de mucunã. Viera a trovoada. E, com ela, o fazendeiro, que o expulsara. Fabiano fizera-se desentendido e oferecera os seus préstimos, resmungando, coçando os cotovelos, sorrindo aflito. O jeito que tinha era ficar. E o patrão aceitara-o, entregara-lhe as marcas de ferro.

Agora Fabiano era vaqueiro, e ninguém o tiraria dali. Aparecera como um bicho, entocara-se como um bicho, mas criara raízes, estava plantado. Olhou as quipás, os mandacarus e os xiquexiques. Era mais forte que tudo isso, era como as catingueiras e as baraúnas. Ele, sinha Vitória, os dois filhos e a cachorra Baleia estavam agarrados à terra.

Chape-chape. As alpercatas batiam no chão rachado. O corpo do vaqueiro derreava-se, as pernas faziam dois arcos, os braços moviam-se desengonçados. Parecia um macaco.

Entristeceu. Considerar-se plantado em terra alheia! Engano. A sina dele era correr mundo, andar para cima e para baixo, à toa, como judeu errante. Um vagabundo empurrado pela seca. Achava-se ali de passagem, era hóspede. Sim senhor, hóspede que se demorava demais, tomava amizade à casa, ao curral, ao chiqueiro das cabras, ao juazeiro que os tinha abrigado uma noite.

Deu estalos com os dedos. A cachorra Baleia, aos saltos, veio lamber-lhe as mãos grossas e cabeludas. Fabiano recebeu a carícia, enterneceu-se:

– Você é um bicho, Baleia.

Vivia longe dos homens, só se dava bem com animais. Os seus pés duros quebravam espinhos e não sentiam a quentura da terra. Montado, confundia-se com o cavalo, grudava-se a ele. E falava uma linguagem cantada, monossilábica e gutural, que o companheiro entendia. A pé, não se aguentava bem. Pendia para um lado, para o outro lado, cambaio, torto e feio. Às vezes utilizava nas relações com as pessoas a mesma língua com que se dirigia aos brutos – exclamações, onomatopeias. Na verdade falava pouco. Admirava as palavras compridas e difíceis da gente da cidade, tentava reproduzir algumas, em vão, mas sabia que elas eram inúteis e talvez perigosas.

Uma das crianças aproximou-se, perguntou-lhe qualquer coisa. Fabiano parou, franziu a testa, esperou de boca aberta a repetição da pergunta. Não percebendo o que o filho desejava, repreendeu-o. O menino estava ficando muito curioso, muito enxerido. Se continuasse assim, metido com o que não era da conta dele, como iria acabar? Repeliu-o, vexado:

– Esses capetas têm ideias...

Não completou o pensamento, mas achou que aquilo estava errado. Tentou recordar o seu tempo de infância, viu-se miúdo, enfezado, a camisinha encardida e rota, acompanhando o pai no serviço do campo, interrogando-o debalde. Chamou os filhos, falou de coisas imediatas, procurou interessá-los. Bateu palmas:

– Ecô! ecô!

A cachorra Baleia saiu correndo entre os alastrados e quipás, farejando a novilha raposa. Depois de alguns minutos voltou desanimada, triste, o rabo murcho. Fabiano consolou-a, afagou-a. Queria apenas dar um ensinamento aos meninos. Era bom eles saberem que deviam proceder assim.

Alargou o passo, deixou a lama seca da beira do rio, chegou à ladeira que levava ao pátio. Ia inquieto, uma sombra no olho azulado. Era como se na sua vida houvesse aparecido um buraco. Necessitava falar com a mulher, afastar aquela perturbação, encher os cestos, dar pedaços de mandacaru ao gado. Felizmente a novilha estava curada com reza. Se morresse, não seria por culpa dele.

– Ecô! ecô!

Baleia voou de novo entre as macambiras, inutilmente. As crianças divertiram-se, animaram-se, e o espírito de Fabiano se destoldou. Aquilo é que estava certo. Baleia não podia achar a novilha num banco de macambira, mas era conveniente que os meninos se acostumassem ao exercício fácil – bater palmas, expandir-se em gritaria, seguindo os movimentos do animal. A cachorra tornou a voltar, a língua pendurada, arquejando. Fabiano tomou a frente do grupo, satisfeito com a lição, pensando na égua que ia montar, uma égua que não fora ferrada nem levara sela. Haveria na catinga um barulho medonho.

Agora queria entender-se com sinha Vitória a respeito da educação dos pequenos. Certamente ela não era culpada. Entregue aos arranjos da casa, regando os craveiros e as panelas de losna, descendo ao bebedouro com o pote vazio e regressando com o pote cheio, deixava os filhos soltos no barreiro, enlameados como porcos. E eles estavam perguntadores, insuportáveis. Fabiano dava-se bem com a ignorância. Tinha o direito de saber? Tinha? Não tinha.

– Está aí.

Se aprendesse qualquer coisa, necessitaria aprender mais, e nunca ficaria satisfeito.

Lembrou-se de seu Tomás da bolandeira. Dos homens do sertão o mais arrasado era seu Tomás da bolandeira. Por quê? Só se era

porque lia demais. Ele, Fabiano, muitas vezes dissera: "Seu Tomás, vossemecê não regula. Para que tanto papel? Quando a desgraça chegar, seu Tomás se estrepa, igualzinho aos outros". Pois viera a seca, e o pobre do velho, tão bom e tão lido, perdera tudo, andava por aí, mole. Talvez já tivesse dado o couro às varas, que pessoa como ele não podia aguentar verão puxado.

Certamente aquela sabedoria inspirava respeito. Quando seu Tomás da bolandeira passava, amarelo, sisudo, corcunda, montado num cavalo cego, pé aqui, pé acolá, Fabiano e outros semelhantes descobriam-se. E seu Tomás respondia tocando na beira do chapéu de palha, virava-se para um lado e para outro, abrindo muito as pernas calçadas em botas pretas com remendos vermelhos.

Em horas de maluqueira Fabiano desejava imitá-lo: dizia palavras difíceis, truncando tudo, e convencia-se de que melhorava. Tolice. Via-se perfeitamente que um sujeito como ele não tinha nascido para falar certo.

Seu Tomás da bolandeira falava bem, estragava os olhos em cima de jornais e livros, mas não sabia mandar: pedia. Esquisitice um homem remediado ser cortês. Até o povo censurava aquelas maneiras. Mas todos obedeciam a ele. Ah! Quem disse que não obedeciam?

Os outros brancos eram diferentes. O patrão atual, por exemplo, berrava sem precisão. Quase nunca vinha à fazenda, só botava os pés nela para achar tudo ruim. O gado aumentava, o serviço ia bem, mas o proprietário descompunha o vaqueiro. Natural. Descompunha porque podia descompor, e Fabiano ouvia as descomposturas com o chapéu de couro debaixo do braço, desculpava-se e prometia emendar-se. Mentalmente jurava não emendar nada, porque estava tudo em ordem, e o amo só queria mostrar autoridade, gritar que era dono. Quem tinha dúvida?

Fabiano, uma coisa da fazenda, um traste, seria despedido quando menos esperasse. Ao ser contratado, recebera o cavalo de fábrica, perneiras, gibão, guarda-peito e sapatões de couro cru, mas ao sair largaria tudo ao vaqueiro que o substituísse.

Sinha Vitória desejava possuir uma cama igual à de seu Tomás da bolandeira. Doidice. Não dizia nada para não a contrariar, mas sabia que era doidice. Cambembes podiam ter luxo? E estavam ali de passagem. Qualquer dia o patrão os botaria fora, e eles ganhariam o mundo, sem rumo, nem teriam meio de conduzir os cacarecos. Viviam de trouxa arrumada, dormiriam bem debaixo de um pau.

Olhou a catinga amarela, que o poente avermelhava. Se a seca chegasse, não ficaria planta verde. Arrepiou-se. Chegaria, naturalmente. Sempre tinha sido assim, desde que ele se entendera. E antes de se entender, antes de nascer, sucedera o mesmo – anos bons misturados com anos ruins. A desgraça estava em caminho, talvez andasse perto. Nem valia a pena trabalhar. Ele marchando para casa, trepando a ladeira, espalhando seixos com as alpercatas – ela se avizinhando a galope, com vontade de matá-lo.

Virou o rosto para fugir à curiosidade dos filhos, benzeu-se. Não queria morrer. Ainda tencionava correr mundo, ver terras, conhecer gente importante como seu Tomás da bolandeira. Era uma sorte ruim, mas Fabiano desejava brigar com ela, sentir-se com força para brigar com ela e vencê-la. Não queria morrer. Estava escondido no mato como tatu. Duro, lerdo como tatu. Mas um dia sairia da toca, andaria com a cabeça levantada, seria homem.

– Um homem, Fabiano.

Coçou o queixo cabeludo, parou, reacendeu o cigarro. Não, provavelmente não seria homem: seria aquilo mesmo a vida inteira, cabra, governado pelos brancos, quase uma rês na fazenda alheia.

Mas depois? Fabiano tinha a certeza de que não se acabaria tão cedo. Passara dias sem comer, apertando o cinturão, encolhendo o estômago. Viveria muitos anos, viveria um século. Mas se morresse de fome ou nas pontas de um touro, deixaria filhos robustos, que gerariam outros filhos.

Tudo seco em redor. E o patrão era seco também, arreliado, exigente e ladrão, espinhoso como um pé de mandacaru.

Indispensável os meninos entrarem no bom caminho, saberem cortar mandacaru para o gado, consertar cercas, amansar bra-

bos. Precisavam ser duros, virar tatus. Se não calejassem, teriam o fim de seu Tomás da bolandeira. Coitado. Para que lhe servira tanto livro, tanto jornal? Morrera por causa do estômago doente e das pernas fracas.

Um dia... Sim, quando as secas desaparecessem e tudo andasse direito... Seria que as secas iriam desaparecer e tudo andar certo? Não sabia. Seu Tomás da bolandeira é que devia ter lido isso. Livres daquele perigo, os meninos poderiam falar, perguntar, encher-se de caprichos. Agora tinham obrigação de comportar-se como gente da laia deles.

Alcançou o pátio, enxergou a casa baixa e escura, de telhas pretas, deixou atrás os juazeiros, as pedras onde se jogavam cobras mortas, o carro de bois. As alpercatas dos pequenos batiam no chão branco e liso. A cachorra Baleia trotava arquejando, a boca aberta.

Àquela hora sinha Vitória devia estar na cozinha, acocorada junto à trempe, a saia de ramagens entalada entre as coxas, preparando a janta. Fabiano sentiu vontade de comer. Depois da comida, falaria com sinha Vitória a respeito da educação dos meninos.

CADEIA

Fabiano tinha ido à feira da cidade comprar mantimentos. Precisava de sal, farinha, feijão e rapaduras. Sinha Vitória pedira além disso uma garrafa de querosene e um corte de chita vermelha. Mas o querosene de seu Inácio estava misturado com água, e a chita da amostra era cara demais.

Fabiano percorreu as lojas, escolhendo o pano, regateando um tostão em côvado, receoso de ser enganado. Andava irresoluto, uma longa desconfiança dava-lhe gestos oblíquos. À tarde puxou o dinheiro, meio tentado, e logo se arrependeu, certo de que todos os caixeiros furtavam no preço e na medida: amarrou as notas na ponta do lenço, meteu-as na algibeira, dirigiu-se à bodega de seu Inácio, onde guardara os picuás.

Aí certificou-se novamente de que o querosene estava batizado e decidiu beber uma pinga, pois sentia calor. Seu Inácio trouxe a garrafa de aguardente. Fabiano virou o copo de um trago, cuspiu, limpou os beiços à manga, contraiu o rosto. Ia jurar que a cachaça tinha água. Por que seria que seu Inácio botava água em tudo? perguntou mentalmente. Animou-se e interrogou o bodegueiro:

– Por que é que vossemecê bota água em tudo?

Seu Inácio fingiu não ouvir. E Fabiano foi sentar-se na calçada, resolvido a conversar. O vocabulário dele era pequeno, mas em horas de comunicabilidade enriquecia-se com algumas expressões de seu Tomás da bolandeira. Pobre de seu Tomás. Um homem tão direito sumir-se como cambembe, andar por este mundo de trouxa nas costas. Seu Tomás era pessoa de consideração e votava. Quem diria?

Nesse ponto um soldado amarelo aproximou-se e bateu familiarmente no ombro de Fabiano:

– Como é, camarada? Vamos jogar um trinta e um lá dentro?

Fabiano atentou na farda com respeito e gaguejou, procurando as palavras de seu Tomás da bolandeira:

– Isto é. Vamos e não vamos. Quer dizer. Enfim, contanto etc. É conforme.

Levantou-se e caminhou atrás do amarelo, que era autoridade e mandava. Fabiano sempre havia obedecido. Tinha muque e substância, mas pensava pouco, desejava pouco e obedecia.

Atravessaram a bodega, o corredor, desembocaram numa sala onde vários tipos jogavam cartas em cima de uma esteira.

– Desafasta – ordenou o polícia. – Aqui tem gente.

Os jogadores apertaram-se, os dois homens sentaram-se, o soldado amarelo pegou o baralho. Mas com tanta infelicidade que em pouco tempo se enrascou. Fabiano encalacrou-se também. Sinha Vitória ia danar-se, e com razão.

Benfeito.

Ergueu-se furioso, saiu da sala, trombudo.

– Espera aí, paisano – gritou o amarelo.

Fabiano, as orelhas ardendo, não se virou. Foi pedir a seu Inácio os troços que ele havia guardado, vestiu o gibão, passou as correias dos alforjes no ombro, ganhou a rua.

Debaixo do jatobá do quadro taramelou com sinha Rita louceira, sem se atrever a voltar para casa. Que desculpa iria apresentar a sinha Vitória? Forjava uma explicação difícil. Perdera o embrulho da fazenda, pagara na botica uma garrafada para sinha Rita louceira. Atrapalhava-se: tinha imaginação fraca e não sabia mentir. Nas invenções com que pretendia justificar-se a figura de sinha Rita aparecia sempre, e isto o desgostava. Arrumaria uma história sem ela, diria que haviam furtado o cobre da chita. Pois não era? Os parceiros o tinham pelado no trinta e um. Mas não devia mencionar o jogo. Contaria simplesmente que o lenço das notas ficara no bolso do gibão e levara sumiço. Falaria assim: "Comprei os mantimentos. Botei o gibão e os alforjes na bodega de seu Inácio. Encontrei um soldado amarelo". Não, não encontrara ninguém. Atrapalhava-se de novo.

Sentia desejo de referir-se ao soldado, um conhecido velho, amigo de infância. A mulher se incharia com a notícia. Talvez não se inchasse. Era atilada, notaria a pabulagem. Pois estava acabado. O dinheiro fugira do bolso do gibão, na venda de seu Inácio. Natural.

Repetia que era natural quando alguém lhe deu um empurrão, atirou-o contra o jatobá. A feira se desmanchava; escurecia; o homem da iluminação, trepando numa escada, acendia os lampiões. A estrela papa-ceia branqueou por cima da torre da igreja; o doutor juiz de direito foi brilhar na porta da farmácia; o cobrador da prefeitura passou coxeando, com talões de recibos debaixo do braço; a carroça de lixo rolou na praça recolhendo cascas de frutas; seu vigário saiu de casa e abriu o guarda- chuva por causa do sereno; sinha Rita louceira retirou-se.

Fabiano estremeceu. Chegaria à fazenda noite fechada. Entretido com o diabo do jogo, tonto de aguardente, deixara o tempo correr. E não levava o querosene, ia-se alumiar durante a semana com pedaços de facheiro. Aprumou-se, disposto a viajar.

Outro empurrão desequilibrou-o. Voltou-se e viu ali perto o soldado amarelo, que o desafiava, a cara enferrujada, uma ruga na testa. Mexeu-se para sacudir o chapéu de couro nas ventas do agressor. Com uma pancada certa do chapéu de couro, aquele tico de gente ia ao barro. Olhou as coisas e as pessoas em roda e moderou a indignação. Na catinga ele às vezes cantava de galo, mas na rua encolhia-se.

– Vossemecê não tem direito de provocar os que estão quietos.

– Desafasta – bradou o polícia.

E insultou Fabiano, porque ele tinha deixado a bodega sem se despedir.

– Lorota – gaguejou o matuto. – Eu tenho culpa de vossemecê esbagaçar os seus possuídos no jogo?

Engasgou-se. A autoridade rondou por ali um instante, desejosa de puxar questão. Não achando pretexto, avizinhou-se e plantou o salto da reiuna em cima da alpercata do vaqueiro.

– Isso não se faz, moço – protestou Fabiano. – Estou quieto. Veja que mole e quente é pé de gente.

O outro continuou a pisar com força. Fabiano impacientou-se e xingou a mãe dele. Aí o amarelo apitou, e em poucos minutos o destacamento da cidade rodeava o jatobá.

– Toca pra frente – berrou o cabo.

Fabiano marchou desorientado, entrou na cadeia, ouviu sem compreender uma acusação medonha e não se defendeu.

– Está certo – disse o cabo. – Faça lombo, paisano.

Fabiano caiu de joelhos, repetidamente uma lâmina de facão bateu-lhe no peito, outra nas costas. Em seguida abriram uma porta, deram-lhe um safanão que o arremessou para as trevas do cárcere. A chave tilintou na fechadura, e Fabiano ergueu-se atordoado, cambaleou, sentou-se num canto, rosnando:

– Hum! hum!

Por que tinham feito aquilo? Era o que não podia saber. Pessoa de bons costumes, sim senhor, nunca fora preso. De repente um fuzuê sem motivo. Achava-se tão perturbado que nem acreditava naquela desgraça. Tinham-lhe caído todos em cima, de supetão, como uns condenados. Assim um homem não podia resistir.

– Bem, bem.

Passou as mãos nas costas e no peito, sentiu-se moído, os olhos azulados brilharam como olhos de gato. Tinham-no realmente surrado e prendido. Mas era um caso tão esquisito que instantes depois balançava a cabeça, duvidando, apesar das machucaduras.

Ora, o soldado amarelo… Sim, havia um amarelo, criatura desgraçada que ele, Fabiano, desmancharia com um tabefe. Não tinha desmanchado por causa dos homens que mandavam. Cuspiu, com desprezo:

– Safado, mofino, escarro de gente.

Por mor de uma peste daquela, maltratava-se um pai de família. Pensou na mulher, nos filhos e na cachorrinha. Engatinhando, procurou os alforjes, que haviam caído no chão, certificou-se de que os objetos comprados na feira estavam todos ali. Podia ter-se

perdido alguma coisa na confusão. Lembrou-se de uma fazenda vista na última das lojas que visitara. Bonita, encorpada, larga, vermelha e com ramagens, exatamente o que sinha Vitória desejava. Encolhendo um tostão em côvado, por sovinice, acabava o dia daquele jeito. Tornou a mexer nos alforjes. Sinha Vitória devia estar desassossegada com a demora dele. A casa no escuro, os meninos em redor do fogo, a cachorra Baleia vigiando. Com certeza haviam fechado a porta da frente.

Estirou as pernas, encostou as carnes doídas ao muro. Se lhe tivessem dado tempo, ele teria explicado tudo direitinho. Mas pegado de surpresa, embatucara. Quem não ficaria azuretado com semelhante despropósito? Não queria capacitar-se de que a malvadez tivesse sido para ele. Havia engano, provavelmente o amarelo o confundira com outro. Não era senão isso.

Então por que um sem-vergonha desordeiro se arrelia, bota-se um cabra na cadeia, dá-se pancada nele? Sabia perfeitamente que era assim, acostumara-se a todas as violências, a todas as injustiças. E aos conhecidos que dormiam no tronco e aguentavam cipó de boi oferecia consolações: "Tenha paciência. Apanhar do governo não é desfeita".

Mas agora rangia os dentes, soprava. Merecia castigo?

– An!

E, por mais que forcejasse, não se convencia de que o soldado amarelo fosse governo. Governo, coisa distante e perfeita, não podia errar. O soldado amarelo estava ali perto, além da grade, era fraco e ruim, jogava na esteira com os matutos e provocava-os depois. O governo não devia consentir tão grande safadeza.

Afinal para que serviam os soldados amarelos? Deu um pontapé na parede, gritou enfurecido. Para que serviam os soldados amarelos? Os outros presos remexeram-se, o carcereiro chegou à grade, e Fabiano acalmou-se:

– Bem, bem. Não há nada não.

Havia muitas coisas. Ele não podia explicá-las, mas havia. Fossem perguntar a seu Tomás da bolandeira, que lia livros e sabia

onde tinha as ventas. Seu Tomás da bolandeira contaria aquela história. Ele, Fabiano, um bruto, não contava nada. Só queria voltar para junto de sinha Vitória, deitar-se na cama de varas. Por que vinham bulir com um homem que só queria descansar? Deviam bulir com outros.

– An!

Estava tudo errado.

– An!

Tinham lá coragem? Imaginou o soldado amarelo atirando-se a um cangaceiro na catinga. Tinha graça. Não dava um caldo.

Lembrou-se da casa velha onde morava, da cozinha, da panela que chiava na trempe de pedras. Sinha Vitória punha sal na comida. Abriu os alforjes novamente: a trouxa de sal não se tinha perdido. Bem. Sinha Vitória provava o caldo na quenga de coco. E Fabiano se aperreava por causa dela, dos filhos e da cachorra Baleia, que era como uma pessoa da família, sabida como gente. Naquela viagem arrastada, em tempo de seca braba, quando estavam todos morrendo de fome, a cadelinha tinha trazido para eles um preá. Ia envelhecendo, coitada. Sinha Vitória, inquieta, com certeza fora muitas vezes escutar na porta da frente. O galo batia as asas, os bichos bodejavam no chiqueiro, os chocalhos das vacas tiniam.

Se não fosse isso... An! Em que estava pensando? Meteu os olhos pela grade da rua. Chi! que pretume! O lampião da esquina se apagara, provavelmente o homem da escada só botara nele meio quarteirão de querosene.

Pobre de sinha Vitória, cheia de cuidados, na escuridão. Os meninos sentados perto do lume, a panela chiando na trempe de pedras, Baleia atenta, o candeeiro de folha pendurado na ponta de uma vara que saía da parede.

Estava tão cansado, tão machucado, que ia quase adormecendo no meio daquela desgraça. Havia ali um bêbedo tresvariando em voz alta e alguns homens agachados em redor de um fogo que enchia o cárcere de fumaça. Discutiam e queixavam-se da lenha molhada.

Fabiano cochilava, a cabeça pesada inclinava-se para o peito e levantava-se. Devia ter comprado o querosene de seu Inácio. A mulher e os meninos aguentando fumaça nos olhos.

Acordou sobressaltado. Pois não estava misturando as pessoas, desatinando? Talvez fosse efeito da cachaça. Não era: tinha bebido um copo, tanto assim, quatro dedos. Se lhe dessem tempo, contaria o que se passara.

Ouviu o falatório desconexo do bêbedo, caiu numa indecisão dolorosa. Ele também dizia palavras sem sentido, conversava à toa. Mas irou-se com a comparação, deu marradas na parede. Era bruto, sim senhor, nunca havia aprendido, não sabia explicar-se. Estava preso por isso? Como era? Então mete-se um homem na cadeia porque ele não sabe falar direito? Que mal fazia a brutalidade dele? Vivia trabalhando como um escravo. Desentupia o bebedouro, consertava as cercas, curava os animais – aproveitara um casco de fazenda sem valor. Tudo em ordem, podiam ver. Tinha culpa de ser bruto? Quem tinha culpa?

Se não fosse aquilo... Nem sabia. O fio da ideia cresceu, engrossou – e partiu-se. Difícil pensar. Vivia tão agarrado aos bichos... Nunca vira uma escola. Por isso não conseguia defender-se, botar as coisas nos seus lugares. O demônio daquela história entrava-lhe na cabeça e saía. Era para um cristão endoidecer. Se lhe tivessem dado ensino, encontraria meio de entendê-la. Impossível, só sabia lidar com bichos.

Enfim, contanto... Seu Tomás daria informações. Fossem perguntar a ele. Homem bom, seu Tomás da bolandeira, homem aprendido. Cada qual como Deus o fez. Ele, Fabiano, era aquilo mesmo, um bruto.

O que desejava... An! Esquecia-se. Agora se recordava da viagem que tinha feito pelo sertão, a cair de fome. As pernas dos meninos eram finas como bilros, sinha Vitória tropicava debaixo do baú dos trens. Na beira do rio haviam comido o papagaio, que não sabia falar. Necessidade.

Fabiano também não sabia falar. Às vezes largava nomes arrevesados, por embromação. Via perfeitamente que tudo era besteira. Não podia arrumar o que tinha no interior. Se pudesse... Ah! Se pudesse, atacaria os soldados amarelos que espancam as criaturas inofensivas.

Bateu na cabeça, apertou-a. Que faziam aqueles sujeitos acocorados em torno do fogo? Que dizia aquele bêbedo que se esgoelava como um doido, gastando fôlego à toa? Sentiu vontade de gritar, de anunciar muito alto que eles não prestavam para nada. Ouviu uma voz fina. Alguém no xadrez das mulheres chorava e arrenegava as pulgas. Rapariga da vida, certamente, de porta aberta. Essa também não prestava para nada. Fabiano queria berrar para a cidade inteira, afirmar ao doutor juiz de direito, ao delegado, a seu vigário e aos cobradores da prefeitura que ali dentro ninguém prestava para nada. Ele, os homens acocorados, o bêbedo, a mulher das pulgas, tudo era uma lástima, só servia para aguentar facão. Era o que ele queria dizer.

E havia também aquele fogo-corredor que ia e vinha no espírito dele. Sim, havia aquilo. Como era? Precisava descansar. Estava com a testa doendo, provavelmente em consequência de uma pancada de cabo de facão. E doía-lhe a cabeça toda, parecia-lhe que tinha fogo por dentro, parecia-lhe que tinha nos miolos uma panela fervendo.

Pobre de sinha Vitória, inquieta e sossegando os meninos. Baleia vigiando, perto da trempe. Se não fossem eles...

Agora Fabiano conseguia arranjar as ideias. O que o segurava era a família. Vivia preso como um novilho amarrado ao mourão, suportando ferro quente. Se não fosse isso, um soldado amarelo não lhe pisava o pé não. O que lhe amolecia o corpo era a lembrança da mulher e dos filhos. Sem aqueles cambões pesados, não envergaria o espinhaço não, sairia dali como onça e faria uma asneira. Carregaria a espingarda e daria um tiro de pé de pau no soldado amarelo. Não. O soldado amarelo era um infeliz que nem merecia um tabefe com as costas da mão. Mataria os donos dele. Entraria num bando

de cangaceiros e faria estrago nos homens que dirigiam o soldado amarelo. Não ficaria um para semente. Era a ideia que lhe fervia na cabeça. Mas havia a mulher, havia os meninos, havia a cachorrinha.

Fabiano gritou, assustando o bêbedo, os tipos que abanavam o fogo, o carcereiro e a mulher que se queixava das pulgas.

Tinha aqueles cambões pendurados ao pescoço. Deveria continuar a arrastá-los? Sinha Vitória dormia mal na cama de varas. Os meninos eram uns brutos, como o pai. Quando crescessem, guardariam as reses de um patrão invisível, seriam pisados, maltratados, machucados por um soldado amarelo.

SINHA VITÓRIA

Acocorada junto às pedras que serviam de trempe, a saia de ramagens entalada entre as coxas, sinha Vitória soprava o fogo. Uma nuvem de cinza voou dos tições e cobriu-lhe a cara, a fumaça inundou-lhe os olhos, o rosário de contas brancas e azuis desprendeu-se do cabeção e bateu na panela. Sinha Vitória limpou as lágrimas com as costas das mãos, encarquilhou as pálpebras, meteu o rosário no seio e continuou a soprar com vontade, enchendo muito as bochechas.

Labaredas lamberam as achas de angico, esmoreceram, tornaram a levantar-se e espalharam-se entre as pedras. Sinha Vitória aprumou o espinhaço e agitou o abano. Uma chuva de faíscas mergulhou num banho luminoso a cachorra Baleia, que se enroscava no calor e cochilava embalada pelas emanações da comida.

Sentindo a deslocação do ar e a crepitação dos gravetos, Baleia despertou, retirou-se prudentemente, receosa de sapecar o pelo, e ficou observando maravilhada as estrelinhas vermelhas que se apagavam antes de tocar o chão. Aprovou com um movimento de cauda aquele fenômeno e desejou expressar a sua admiração à dona. Chegou-se a ela em saltos curtos, ofegando, ergueu-se nas pernas traseiras, imitando gente. Mas sinha Vitória não queria saber de elogios.

Arreda!

Deu um pontapé na cachorra, que se afastou humilhada e com sentimentos revolucionários.

Sinha Vitória tinha amanhecido nos seus azeites. Fora de propósito, dissera ao marido umas inconveniências a respeito da cama de varas. Fabiano, que não esperava semelhante desatino, apenas grunhira: "Hum! hum!". E amunhecara, porque realmente mulher é bicho difícil de entender, deitara-se na rede e pegara no sono. Sinha Vitória andara para cima e para baixo, procurando em que

desabafar. Como achasse tudo em ordem, queixara-se da vida. E agora vingava-se em Baleia, dando-lhe um pontapé.

Avizinhou-se da janela baixa da cozinha, viu os meninos entretidos no barreiro, sujos de lama, fabricando bois de barro, que secavam ao sol, sob o pé de turco, e não encontrou motivo para repreendê-los. Pensou de novo na cama de varas e mentalmente xingou Fabiano. Dormiam naquilo, tinham-se acostumado, mas seria mais agradável dormirem numa cama de lastro de couro, como outras pessoas.

Fazia mais de um ano que falava nisso ao marido. Fabiano a princípio concordara com ela, mastigara cálculos, tudo errado. Tanto para o couro, tanto para a armação. Bem. Poderiam adquirir o móvel necessário economizando na roupa e no querosene. Sinha Vitória respondera que isso era impossível, porque eles vestiam mal, as crianças andavam nuas, e recolhiam-se todos ao anoitecer. Para bem dizer, não se acendiam candeeiros na casa. Tinham discutido, procurado cortar outras despesas. Como não se entendessem, sinha Vitória aludira, bastante azeda, ao dinheiro gasto pelo marido na feira, com jogo e cachaça. Ressentido, Fabiano condenara os sapatos de verniz que ela usava nas festas, caros e inúteis. Calçada naquilo, trôpega, mexia-se como um papagaio, era ridícula. Sinha Vitória ofendera-se gravemente com a comparação, e se não fosse o respeito que Fabiano lhe inspirava, teria despropositado. Efetivamente os sapatos apertavam-lhe os dedos, faziam-lhe calos. Equilibrava-se mal, tropeçava, manquejava, trepada nos saltos de meio palmo. Devia ser ridícula, mas a opinião de Fabiano entristecera-a muito.

Desfeitas essas nuvens, curtidos os dissabores, a cama de novo lhe aparecera no horizonte acanhado. Agora pensava nela de mau humor. Julgava-a inatingível e misturava-a às obrigações da casa.

Foi à sala, passou por baixo do punho da rede onde Fabiano roncava, tirou do caritó o cachimbo e uma pele de fumo, saiu para o copiar. O chocalho da vaca laranja tilintou para os lados do rio. Fabiano era capaz de se ter esquecido de curar a vaca laranja. Quis acordá-lo

e perguntar, mas distraiu-se olhando os xiquexiques e os mandacarus que avultavam na campina.

Um mormaço levantava-se da terra queimada. Estremeceu lembrando-se da seca, o rosto moreno desbotou, os olhos pretos arregalaram-se. Diligenciou afastar a recordação, temendo que ela virasse realidade. Rezou baixinho uma ave-maria, já tranquila, a atenção desviada para um buraco que havia na cerca do chiqueiro das cabras. Esfarelou a pele de fumo entre as palmas das mãos grossas, encheu o cachimbo de barro, foi consertar a cerca. Voltou, circulou a casa atravessando o cercadinho do oitão, entrou na cozinha.

– É capaz de Fabiano ter-se esquecido da vaca laranja.

Agachou-se, atiçou o fogo, apanhou uma brasa com a colher, acendeu o cachimbo, pôs-se a chupar o canudo de taquari cheio de sarro. Jogou longe uma cusparada, que passou por cima da janela e foi cair no terreiro. Preparou-se para cuspir novamente. Por uma extravagante associação, relacionou esse ato com a lembrança da cama. Se o cuspo alcançasse o terreiro, a cama seria comprada antes do fim do ano. Encheu a boca de saliva, inclinou-se – e não conseguiu o que esperava. Fez várias tentativas, inutilmente. O resultado foi secar a garganta. Ergueu-se desapontada. Besteira, aquilo não valia.

Aproximou-se do canto onde o pote se erguia numa forquilha de três pontas, bebeu um caneco de água. Água salobra.

– Ixe!

Isto lhe sugeriu duas imagens quase simultâneas, que se confundiram e neutralizaram: panelas e bebedouros. Encostou o fura-bolos à testa, indecisa. Em que estava pensando? Olhou o chão, concentrada, procurando recordar-se, viu os pés chatos, largos, os dedos separados. De repente as duas ideias voltaram: o bebedouro secava, a panela não tinha sido temperada.

Foi levantar o testo, recebeu na cara vermelha uma baforada de vapor. Não é que ia deixando a comida esturrar? Pôs água nela e remexeu-a com a quenga preta de coco. Em seguida provou o caldo. Insosso, nem parecia boia de cristão. Chegou-se ao jirau onde se guardavam cumbucos e mantas de carne, abriu a mochila de sal, tirou um punhado, jogou-o na panela.

Agora pensava no bebedouro, onde havia um líquido escuro que bicho enjeitava. Só tinha medo da seca.

Olhou de novo os pés espalmados. Efetivamente não se acostumava a calçar sapatos, mas o remoque de Fabiano molestara-a. Pés de papagaio. Isso mesmo, sem dúvida, matuto anda assim. Para que fazer vergonha à gente? Arreliava-se com a comparação.

Pobre do papagaio. Viajara com ela, na gaiola que balançava em cima do baú de folha. Gaguejava: "Meu louro". Era o que sabia dizer. Fora isso, aboiava arremedando Fabiano e latia como Baleia. Coitado. Sinha Vitória nem queria lembrar-se daquilo. Esquecera a vida antiga, era como se tivesse nascido depois que chegara à fazenda. A referência aos sapatos abrira-lhe uma ferida – e a viagem reaparecera. As alpercatas dela tinham sido gastas nas pedras. Cansada, meio morta de fome, carregava o filho mais novo, o baú e a gaiola do papagaio. Fabiano era ruim.

– Mal-agradecido.

Olhou os pés novamente. Pobre do louro. Na beira do rio matara-o por necessidade, para sustento da família. Naquele momento ele estava zangado, fitava na cachorrinha as pupilas sérias e caminhava aos tombos, como os matutos em dias de festa. Para que Fabiano fora despertar-lhe aquela recordação?

Chegou à porta, olhou as folhas amarelas das catingueiras. Suspirou. Deus não havia de permitir outra desgraça. Agitou a cabeça e procurou ocupações para entreter-se. Tomou a cuia grande, encaminhou-se ao barreiro, encheu de água o caco das galinhas, endireitou o poleiro. Em seguida foi ao quintalzinho regar os craveiros e as panelas de losna. E botou os filhos para dentro de casa, que tinham barro até nas meninas dos olhos. Repreendeu-os:

– Safadinhos! porcos! sujos como...

Deteve-se. Ia dizer que eles estavam sujos como papagaios.

Os pequenos fugiram, foram enrolar-se na esteira da sala, por baixo do caritó, e sinha Vitória voltou para junto da trempe, reacendeu o cachimbo. A panela chiava; um vento morno e empoeirado sacudia as teias de aranha e as cortinas de pucumã do teto; Baleia,

sob o jirau, coçava-se com os dentes e pegava moscas. Ouviam-se distintamente os roncos de Fabiano, compassados, e o ritmo deles influiu nas ideias de sinha Vitória. Fabiano roncava com segurança. Provavelmente não havia perigo, a seca devia estar longe.

Outra vez sinha Vitória pôs-se a sonhar com a cama de lastro de couro. Mas o sonho se ligava à recordação do papagaio, e foi-lhe preciso um grande esforço para isolar o objeto do seu desejo.

Tudo ali era estável, seguro. O sono de Fabiano, o fogo que estalava, o toque dos chocalhos, até o zumbido das moscas, davam-lhe sensação de firmeza e repouso. Tinha de passar a vida inteira dormindo em varas? Bem no meio do catre havia um nó, um calombo grosso na madeira. E ela se encolhia num canto, o marido no outro, não podiam estirar-se no centro. A princípio não se incomodara. Bamba, moída de trabalhos, deitar-se-ia em pregos. Viera, porém, um começo de prosperidade. Comiam, engordavam. Não possuíam nada: se se retirassem, levariam a roupa, a espingarda, o baú de folha e troços miúdos. Mas iam vivendo, na graça de Deus, o patrão confiava neles – e eram quase felizes. Só faltava uma cama. Era o que aperreava sinha Vitória. Como já não se estazava em serviços pesados, gastava um pedaço da noite parafusando. E o costume de encafuar-se ao escurecer não estava certo, que ninguém é galinha.

Nesse ponto as ideias de sinha Vitória seguiram outro caminho, que pouco depois foi desembocar no primeiro. Não era que a raposa tinha passado no rabo a galinha pedrês? Logo a pedrês, a mais gorda. Decidiu armar um mundéu perto do poleiro. Encolerizou-se. A raposa pagaria a galinha pedrês.

– Ladrona.

Pouco a pouco a zanga se transferiu. Os roncos de Fabiano eram insuportáveis. Não havia homem que roncasse tanto. Era bom levantar-se e procurar uma vara para substituir aquele pau amaldiçoado que não deixava uma pessoa virar-se. Por que não tinham removido aquela vara incômoda? Suspirou. Não conseguiam tomar resolução. Paciência. Era melhor esquecer o nó e pensar numa cama igual à de seu Tomás da bolandeira. Seu Tomás tinha uma cama

de verdade, feita pelo carpinteiro, um estrado de sucupira alisado a enxó, com as juntas abertas a formão, tudo embutido direito, e um couro cru em cima, bem esticado e bem pregado. Ali podia um cristão estirar os ossos.

Se vendesse as galinhas e a marrã? Infelizmente a excomungada raposa tinha comido a pedrês, a mais gorda. Precisava dar uma lição à raposa. Ia armar o mundéu junto do poleiro e quebrar o espinhaço daquela sem-vergonha.

Ergueu-se, foi à camarinha procurar qualquer coisa, voltou desanimada e esquecida. Onde tinha a cabeça?

Sentou-se na janela baixa da cozinha, desgostosa. Venderia as galinhas e a marrã, deixaria de comprar querosene. Inútil consultar Fabiano, que sempre se entusiasmava, arrumava projetos. Esfriava logo – e ela franzia a testa, espantada, certa de que o marido se satisfazia com a ideia de possuir uma cama. Sinha Vitória desejava uma cama real, de couro e sucupira, igual à de seu Tomás da bolandeira.

O MENINO MAIS NOVO

A ideia surgiu-lhe na tarde em que Fabiano botou os arreios na égua alazã e entrou a amansá-la. Não era propriamente ideia: era o desejo vago de realizar qualquer ação notável que espantasse o irmão e a cachorra Baleia.

Naquele momento Fabiano lhe causava grande admiração. Metido nos couros, de perneiras, gibão e guarda-peito, era a criatura mais importante do mundo. As rosetas das esporas dele tilintavam no pátio; as abas do chapéu, jogado para trás, preso debaixo do queixo pela correia, aumentavam-lhe o rosto queimado, faziam-lhe um círculo enorme em torno da cabeça.

O animal estava selado, os estribos amarrados na garupa, e sinha Vitória subjugava-o agarrando-lhe os beiços. O vaqueiro apertou a cilha e pôs-se a andar em redor, fiscalizando os arranjos, lento. Sem se apressar, livrou-se de um coice: virou o corpo, os cascos da égua passaram-lhe rente ao peito, raspando o gibão. Em seguida Fabiano subiu ao copiar, saltou na sela, a mulher recuou – e foi um redemoinho na catinga.

Trepado na porteira do curral, o menino mais novo torcia as mãos suadas, estirava-se para ver a nuvem de poeira que toldava as imburanas. Ficou assim uma eternidade, cheio de alegria e medo, até que a égua voltou e começou a pular furiosamente no pátio, como se tivesse o diabo no corpo. De repente a cilha rebentou e houve um desmoronamento. O pequeno deu um grito, ia tombar da porteira. Mas sossegou logo. Fabiano tinha caído em pé e recolhia-se banzeiro e cambaio, os arreios no braço. Os estribos, soltos na carreira desesperada, batiam um no outro, as rosetas das esporas tiniam.

Sinha Vitória cachimbava tranquila no banco do copiar, catando lêndeas no filho mais velho. Não se conformando com seme-

lhante indiferença depois da façanha do pai, o menino foi acordar Baleia, que preguiçava, a barriguinha vermelha descoberta, sem vergonha. A cachorra abriu um olho, encostou a cabeça à pedra de amolar, bocejou e pegou no sono de novo.

Julgou-a estúpida e egoísta, deixou-a, indignado; foi puxar a manga do vestido da mãe, desejando comunicar-se com ela.

Sinha Vitória soltou uma exclamação de aborrecimento, e, como o pirralho insistisse, deu-lhe um cascudo.

Retirou-se zangado, encostou-se num esteio do alpendre, achando o mundo todo ruim e insensato. Dirigiu-se ao chiqueiro, onde os bichos bodejavam, fungando, erguendo os focinhos franzidos. Aquilo era tão engraçado que o egoísmo de Baleia e o mau humor de sinha Vitória desapareceram. A admiração a Fabiano é que ia ficando maior.

Esqueceu desentendimentos e grosserias, um entusiasmo verdadeiro encheu-lhe a alma pequenina. Apesar de ter medo do pai, chegou-se a ele devagar, esfregou-se nas perneiras, tocou as abas do gibão. As perneiras, o gibão, o guarda-peito, as esporas e o barbicacho do chapéu maravilhavam-no.

Fabiano desviou-o desatento, entrou na sala e foi despojar-se daquela grandeza.

O menino deitou-se na esteira, enrolou-se e fechou os olhos. Fabiano era terrível. No chão, despidos os couros, reduzia-se bastante, mas no lombo da égua alazã era terrível.

Dormiu e sonhou. Um pé de vento cobria de poeira a folhagem das imburanas, sinha Vitória catava piolhos no filho mais velho, Baleia descansava a cabeça na pedra de amolar.

No dia seguinte essas imagens se varreram completamente. Os juazeiros do fim do pátio estavam escuros, destoavam das outras árvores. Por que seria?

Aproximou-se do chiqueiro das cabras, viu o bode velho fazendo um barulho feio com as ventas arregaçadas, lembrou-se do acontecimento da véspera. Encaminhou-se aos juazeiros, curvado, espiando os rastos da égua alazã.

À hora do almoço sinha Vitória repreendeu-o:

– Este capeta anda leso.

Ergueu-se, deixou a cozinha, foi contemplar as perneiras, o guarda-peito e o gibão pendurados num torno da sala. Daí marchou para o chiqueiro – e o projeto nasceu.

Arredou-se, fez tenção de entender-se com alguém, mas ignorava o que pretendia dizer. A égua alazã e o bode misturavam- se, ele e o pai misturavam-se também.

Rodeou o chiqueiro, mexendo-se como um urubu, arremedando Fabiano.

A necessidade de consultar o irmão apareceu e desapareceu. O outro iria rir-se, mangar dele, avisar sinha Vitória. Teve medo do riso e da mangação. Se falasse naquilo, sinha Vitória lhe puxaria as orelhas.

Evidentemente ele não era Fabiano. Mas se fosse? Precisava mostrar que podia ser Fabiano. Conversando, talvez conseguisse explicar-se.

Pôs-se a caminhar, banzeiro, até que o irmão e Baleia levaram as cabras ao bebedouro. A porteira abriu-se, um fartum espalhou-se pelos arredores, os chocalhos soaram, a camisinha de algodão atravessou o pátio, contornou as pedras onde se atiravam cobras mortas, passou os juazeiros, desceu a ladeira, alcançou a margem do rio.

Agora as cabras se empurravam metendo os focinhos na água, os cornos entrechocavam-se, Baleia, atarefada, latia correndo.

Trepado na ribanceira, o coração aos baques, o menino mais novo esperava que o bode chegasse ao bebedouro. Certamente aquilo era arriscado, mas parecia-lhe que ali em cima tinha crescido e podia virar Fabiano.

Sentou-se indeciso. O bode ia saltar e derrubá-lo.

Ergueu-se, afastou-se, quase livre da tentação, viu um bando de periquitos que voavam sobre as catingueiras. Desejou possuir um deles, amarrá-lo com uma embira, dar-lhe comida. Sumiram-se todos chiando, e o pequeno ficou triste, espiando o céu cheio de nuvens brancas. Algumas eram carneirinhos, mas desmanchavam-se e

tornavam-se bichos diferentes. Duas grandes se juntaram – e uma tinha a figura da égua alazã, a outra representava Fabiano.

Baixou os olhos encandeados, esfregou-os, aproximou-se novamente da ribanceira, distinguiu a massa confusa do rebanho, ouviu as pancadas dos chifres. Se o bode já tivesse bebido, ele experimentaria decepção. Examinou as pernas finas, a camisinha encardida e rasgada. Enxergara viventes no céu, considerava-se protegido, convencia-se de que forças misteriosas iam ampará-lo. Boiaria no ar, como um periquito.

Pôs-se a berrar, imitando as cabras, chamando o irmão e a cachorra. Não obtendo resultado, indignou-se. Ia mostrar aos dois uma proeza, voltariam para casa espantados.

Aí o bode se avizinhou e meteu o focinho na água. O menino despenhou-se da ribanceira, escanchou-se no espinhaço dele. Mergulhou no pelame fofo, escorregou, tentou em vão segurar-se com os calcanhares, foi atirado para a frente, voltou, achou-se montado na garupa do animal, que saltava demais e provavelmente se distanciava do bebedouro. Inclinou-se para um lado, mas, fortemente sacudido, retomou a posição vertical, entrou a dançar desengonçado, as pernas abertas, os braços inúteis. Outra vez impelido para a frente, deu um salto-mortal, passou por cima da cabeça do bode, aumentou o rasgão da camisa numa das pontas e estirou-se na areia. Ficou ali estatelado, quietinho, um zum-zum nos ouvidos, percebendo vagamente que escapara sem honra da aventura.

Viu as nuvens que se desmanchavam no céu azul, embirrou com elas. Interessou-se pelo voo dos urubus. Debaixo dos couros, Fabiano andava banzeiro, pesado, direitinho um urubu.

Sentou-se, apalpou as juntas doídas. Fora sacolejado violentamente, parecia-lhe que os ossos estavam deslocados.

Olhou com raiva o irmão e a cachorra. Deviam tê-lo prevenido. Não descobriu neles nenhum sinal de solidariedade: o irmão ria como um doido, Baleia, séria, desaprovava tudo aquilo. Achou-se abandonado e mesquinho, exposto a quedas, coices e marradas.

Ergueu-se, arrastou-se com desânimo até a cerca do bebedouro, encostou-se a ela, o rosto virado para a água barrenta, o coração esmorecido. Meteu os dedos finos pelo rasgão, coçou o peito magro. O tropel das cabras perdeu-se na ladeira, a cachorrinha ladrou longe. Como estariam as nuvens? Provavelmente algumas se transformavam em carneirinhos, outras eram como bichos desconhecidos.

Lembrou-se de Fabiano e procurou esquecê-lo. Com certeza Fabiano e sinha Vitória iam castigá-lo por causa do acidente. Levantou os olhos tímidos. A lua tinha aparecido, engrossava, acompanhada por uma estrelinha quase invisível. Aquela hora os periquitos descansavam na vazante, nas touceiras secas de milho. Se possuísse um daqueles periquitos, seria feliz.

Baixou a cabeça, tornou a olhar a poça escura que o gado esvaziara. Uns riachos miúdos marejavam na areia como artérias abertas de animais. Recordou-se das cabras abatidas a mão de pilão, penduradas de cabeça para baixo num caibro do copiar, sangrando.

Retirou-se. A humilhação atenuou-se pouco a pouco e morreu. Precisava entrar em casa, jantar, dormir. E precisava crescer, ficar tão grande como Fabiano, matar cabras a mão de pilão, trazer uma faca de ponta à cintura. Ia crescer, espichar-se numa cama de varas, fumar cigarros de palha, calçar sapatos de couro cru.

Subiu a ladeira, chegou-se a casa devagar, entortando as pernas, banzeiro. Quando fosse homem, caminharia assim, pesado, cambaio, importante, as rosetas das esporas tilintando. Saltaria no lombo de um cavalo brabo e voaria na catinga como pé de vento, levantando poeira. Ao regressar, apear-se-ia num pulo e andaria no pátio assim torto, de perneiras, gibão, guarda-peito e chapéu de couro com barbicacho. O menino mais velho e Baleia ficariam admirados.

O MENINO MAIS VELHO

Deu-se aquilo porque sinha Vitória não conversou um instânte com o menino mais velho. Ele nunca tinha ouvido falar em inferno. Estranhando a linguagem de sinha Terta, pediu informações. Sinha Vitória, distraída, aludiu vagamente a certo lugar ruim demais, e como o filho exigisse uma descrição, encolheu os ombros.

O menino foi à sala interrogar o pai, encontrou-o sentado no chão, com as pernas abertas, desenrolando um meio de sola.

– Bota o pé aqui.

A ordem se cumpriu e Fabiano tomou medida da alpercata: deu um traço com a ponta da faca atrás do calcanhar, outro adiante do dedo grande. Riscou em seguida a forma do calçado e bateu palmas:

– Arreda.

O pequeno afastou-se um pouco, mas ficou por ali rondando e timidamente arriscou a pergunta. Não obteve resposta, voltou à cozinha, foi pendurar-se à saia da mãe:

– Como é?

Sinha Vitória falou em espetos quentes e fogueiras.

– A senhora viu?

Aí sinha Vitória se zangou, achou-o insolente e aplicou-lhe um cocorote.

O menino saiu indignado com a injustiça, atravessou o terreiro, escondeu-se debaixo das catingueiras murchas, à beira da lagoa vazia.

A cachorra Baleia acompanhou-o naquela hora difícil. Repousava junto à trempe, cochilando no calor, à espera de um osso. Provavelmente não o receberia, mas acreditava nos ossos, e o torpor que a embalava era doce. Mexia-se de longe em longe, punha na dona as pupilas negras onde a confiança brilhava. Admitia a existên-

cia de um osso graúdo na panela, e ninguém lhe tirava esta certeza, nenhuma inquietação lhe perturbava os desejos moderados. Às vezes recebia pontapés sem motivo. Os pontapés estavam previstos e não dissipavam a imagem do osso.

Naquele dia a voz estridente de sinha Vitória e o cascudo no menino mais velho arrancaram Baleia da modorra e deram-lhe a suspeita de que as coisas não iam bem. Foi esconder-se num canto, por detrás do pilão, fazendo-se miúda entre cumbucos e cestos. Um minuto depois levantou o focinho e procurou orientar-se. O vento morno que soprava da lagoa fixou-lhe a resolução: esgueirou-se ao longo da parede, transpôs a janela baixa da cozinha, atravessou o terreiro, passou pelo pé de turco, topou o camarada, chorando, muito infeliz, à sombra das catingueiras. Tentou minorar-lhe o padecimento saltando em roda e balançando a cauda. Não podia sentir dor excessiva. E como nunca se impacientava, continuou a pular, ofegando, chamando a atenção do amigo. Afinal convenceu-o de que o procedimento dele era inútil.

O pequeno sentou-se, acomodou nas pernas a cabeça da cachorra, pôs-se a contar-lhe baixinho uma história. Tinha um vocabulário quase tão minguado como o do papagaio que morrera no tempo da seca. Valia-se, pois, de exclamações e de gestos, e Baleia respondia com o rabo, com a língua, com movimentos fáceis de entender.

Todos o abandonavam, a cadelinha era o único vivente que lhe mostrava simpatia. Afagou-a com os dedos magros e sujos, e o animal encolheu-se para sentir bem o contato agradável, experimentou uma sensação como a que lhe dava a cinza do borralho.

Continuou a acariciá-la, aproximou do focinho dela a cara enlameada, olhou bem no fundo os olhos tranquilos.

Estivera metido no barreiro com o irmão, fazendo bichos de barro, lambuzando-se. Deixara o brinquedo e fora interrogar sinha Vitória. Um desastre. A culpada era sinha Terta, que na véspera, depois de curar com reza a espinhela de Fabiano, soltara uma palavra esquisita, chiando, o canudo do cachimbo preso nas gengivas banguelas. Ele

tinha querido que a palavra virasse coisa e ficara desapontado quando a mãe se referira a um lugar ruim, com espetos e fogueiras. Por isso rezingara, esperando que ela fizesse o inferno transformar-se.

Todos os lugares conhecidos eram bons: o chiqueiro das cabras, o curral, o barreiro, o pátio, o bebedouro – mundo onde existiam seres reais, a família do vaqueiro e os bichos da fazenda. Além havia uma serra distante e azulada, um monte que a cachorra visitava, caçando preás, veredas quase imperceptíveis na catinga, moitas e capões de mato, impenetráveis bancos de macambira – e aí fervilhava uma população de pedras vivas e plantas que procediam como gente. Esses mundos viviam em paz, às vezes desapareciam as fronteiras, habitantes dos dois lados entendiam-se perfeitamente e auxiliavam-se. Existiam sem dúvida em toda a parte forças maléficas, mas essas forças eram sempre vencidas. E quando Fabiano amansava brabo, evidentemente uma entidade protetora segurava-o na sela, indicava-lhe os caminhos menos perigosos, livrava-o dos espinhos e dos galhos.

Nem sempre as relações entre as criaturas haviam sido amáveis. Antigamente os homens tinham fugido à toa, cansados e famintos. Sinha Vitória, com o filho mais novo escanchado no quarto, equilibrava o baú de folha na cabeça; Fabiano levava no ombro a espingarda de pederneira; Baleia mostrava as costelas através do pelo escasso. Ele, o menino mais velho, caíra no chão que lhe torrava os pés. Escurecera de repente, os xiquexiques e os mandacarus haviam desaparecido. Mal sentia as pancadas que Fabiano lhe dava com a bainha da faca de ponta.

Naquele tempo o mundo era ruim. Mas depois se consertara, para bem dizer as coisas ruins não tinham existido. No jirau da cozinha arrumavam-se mantas de carne-seca e pedaços de toicinho. A sede não atormentava as pessoas, e à tarde, aberta a porteira, o gado miúdo corria para o bebedouro. Ossos e seixos transformavam-se às vezes nos entes que povoavam as moitas, o morro, a serra distante e os bancos de macambira.

Como não sabia falar direito, o menino balbuciava expressões complicadas, repetia as sílabas, imitava os berros dos animais, o barulho do vento, o som dos galhos que rangiam na catinga, roçando-se. Agora tinha tido a ideia de aprender uma palavra, com certeza importante porque figurava na conversa de sinha Terta. Ia decorá-la e transmiti-la ao irmão e à cachorra. Baleia permaneceria indiferente, mas o irmão se admiraria, invejoso.

– Inferno, inferno.

Não acreditava que um nome tão bonito servisse para designar coisa ruim. E resolvera discutir com sinha Vitória. Se ela houvesse dito que tinha ido ao inferno, bem. Sinha Vitória impunha-se, autoridade visível e poderosa. Se houvesse feito menção de qualquer autoridade invisível e mais poderosa, muito bem. Mas tentara convencê-lo dando-lhe um cocorote, e isto lhe parecia absurdo. Achava as pancadas naturais quando as pessoas grandes se zangavam, pensava até que a zanga delas era a causa única dos cascudos e puxavantes de orelhas. Esta convicção tornava-o desconfiado, fazia-o observar os pais antes de se dirigir a eles. Animara-se a interrogar sinha Vitória porque ela estava bem-disposta. Explicou isto à cachorrinha com abundância de gritos e gestos.

Baleia detestava expansões violentas: estirou as pernas, fechou os olhos e bocejou. Para ela os pontapés eram fatos desagradáveis e necessários. Só tinha um meio de evitá-los, a fuga. Mas às vezes apanhavam-na de surpresa, uma extremidade de alpercata batia-lhe no traseiro – saía latindo, ia esconder-se no mato, com desejo de morder canelas. Incapaz de realizar o desejo, aquietava-se. Efetivamente a exaltação do amigo era desarrazoada. Tornou a estirar as pernas e bocejou de novo. Seria bom dormir.

O menino beijou-lhe o focinho úmido, embalou-a. A alma dele pôs-se a fazer voltas em redor da serra azulada e dos bancos de macambira. Fabiano dizia que na serra havia tocas de suçuaranas. E nos bancos de macambira, rendilhados de espinhos, surgiam cabeças chatas de jararacas.

Esfregou as mãos finas, esgaravatou as unhas sujas. Pensou nas figurinhas abandonadas junto ao barreiro, mas isto lhe trouxe a recordação da palavra infeliz. Diligenciou afastar do espírito aquela curiosidade funesta, imaginou que não fizera a pergunta, não recebera portanto o cascudo.

Levantou-se. Via a janela da cozinha, o cocó de sinha Vitória, e isto lhe dava pensamentos maus. Foi sentar-se debaixo de outra árvore, avistou a serra coberta de nuvens. Ao escurecer a serra misturava-se com o céu e as estrelas andavam em cima dela. Como era possível haver estrelas na terra?

A cadelinha chegou-se aos pulos, cheirou-o, lambeu-lhe as mãos e acomodou-se. Como era possível haver estrelas na terra?

Entristeceu. Talvez sinha Vitória dissesse a verdade. O inferno devia estar cheio de jararacas e suçuaranas, e as pessoas que moravam lá recebiam cocorotes, puxões de orelhas e pancadas com bainha de faca.

Apesar de ter mudado de lugar, não podia livrar-se da presença de sinha Vitória. Repetiu que não havia acontecido nada e tentou pensar nas estrelas que se acendiam na serra. Inutilmente. Àquela hora as estrelas estavam apagadas.

Sentiu-se fraco e desamparado, olhou os braços magros, os dedos finos, pôs-se a fazer no chão desenhos misteriosos. Para que sinha Vitória tinha dito aquilo?

Abraçou a cachorrinha com uma violência que a descontentou. Não gostava de ser apertada, preferia saltar e espojar-se. Farejando a panela, franzia as ventas e reprovava os modos estranhos do amigo. Um osso grande subia e descia no caldo. Esta imagem consoladora não a deixava.

O menino continuava a abraçá-la. E Baleia encolhia-se para não magoá-lo, sofria a carícia excessiva. O cheiro dele era bom, mas estava misturado com emanações que vinham da cozinha. Havia ali um osso. Um osso graúdo, cheio de tutano e com alguma carne.

INVERNO

A família estava reunida em torno do fogo, Fabiano sentado no pilão caído, sinha Vitória de pernas cruzadas, as coxas servindo de travesseiros aos filhos. A cachorra Baleia, com o traseiro no chão e o resto do corpo levantado, olhava as brasas que se cobriam de cinza.

Estava um frio medonho, as goteiras pingavam lá fora, o vento sacudia os ramos das catingueiras, e o barulho do rio era como um trovão distante.

Fabiano esfregou as mãos satisfeito e empurrou os tições com a ponta da alpercata. As brasas estalaram, a cinza caiu, um círculo de luz espalhou-se em redor da trempe de pedra, clareando vagamente os pés do vaqueiro, os joelhos da mulher e os meninos deitados. De quando em quando estes se mexiam, porque o lume era fraco e apenas aquecia pedaços deles. Outros pedaços esfriavam recebendo o ar que entrava pelas rachaduras das paredes e pelas gretas da janela. Por isso não podiam dormir. Quando iam pegando no sono, arrepiavam-se, tinham precisão de virar-se, chegavam-se à trempe e ouviam a conversa dos pais. Não era propriamente conversa: eram frases soltas, espaçadas, com repetições e incongruências. Às vezes uma interjeição gutural dava energia ao discurso ambíguo. Na verdade nenhum deles prestava atenção às palavras do outro: iam exibindo as imagens que lhes vinham ao espírito, e as imagens sucediam-se, deformavam-se, não havia meio de dominá-las. Como os recursos de expressão eram minguados, tentavam remediar a deficiência falando alto.

Fabiano tornou a esfregar as mãos e iniciou uma história bastante confusa, mas como só estavam iluminadas as alpercatas dele, o gesto passou despercebido. O menino mais velho abriu os ouvidos,

atento. Se pudesse ver o rosto do pai, compreenderia talvez uma parte da narração, mas assim no escuro a dificuldade era grande. Levantou-se, foi a um canto da cozinha, trouxe de lá uma braçada de lenha. Sinha Vitória aprovou este ato com um rugido, mas Fabiano condenou a interrupção, achou que o procedimento do filho revelava falta de respeito e estirou o braço para castigá-lo. O pequeno escapuliu-se, foi enrolar-se na saia da mãe, que se pôs francamente do lado dele.

– Hum! hum! Que brabeza!

Aquele homem era assim mesmo, tinha o coração perto da goela.

– Estourado.

Remexeu as brasas com o cabo da quenga de coco, arrumou entre as pedras achas de angico molhado, procurou acendê-las. Fabiano ajudou-a: suspendeu a tagarelice, pôs-se de quatro pés e soprou os carvões, enchendo muito as bochechas. Uma fumarada invadiu a cozinha, as pessoas tossiram, enxugaram os olhos. Sinha Vitória manejou o abano, e passado um minuto as labaredas espirraram entre as pedras.

O círculo de luz aumentou, agora as figuras surgiam na sombra, vermelhas. Fabiano, visível da barriga para baixo, ia-se tornando indistinto daí para cima, era um negrume que vagos clarões cortavam. Desse negrume saiu novamente a parolagem mastigada.

Fabiano estava de bom humor. Dias antes a enchente havia coberto as marcas postas no fim da terra de aluvião, alcançava as catingueiras, que deviam estar submersas. Certamente só apareciam as folhas, a espuma subia, lambendo ribanceiras que se desmoronavam.

Dentro em pouco o despotismo de água ia acabar, mas Fabiano não pensava no futuro. Por enquanto a inundação crescia, matava bichos, ocupava grotas e várzeas. Tudo muito bem. E Fabiano esfregava as mãos. Não havia o perigo da seca imediata, que aterrorizara a família durante meses. A catinga amarelecera, avermelhara-se, o gado principiara a emagrecer e horríveis visões de pesadelo tinham agitado o sono das pessoas. De repente um traço ligeiro rasgara o céu para os lados da cabeceira do rio, outros surgiram mais claros,

o trovão roncara perto, na escuridão da meia-noite rolaram nuvens cor de sangue. A ventania arrancara sucupiras e imburanas, houvera relâmpagos em demasia – e sinha Vitória se escondera na camarinha com os filhos, tapando as orelhas, enrolando-se nas cobertas. Mas aquela brutalidade findara de chofre, a chuva caíra, a cabeça da cheia aparecera arrastando troncos e animais mortos. A água tinha subido, alcançado a ladeira, estava com vontade de chegar aos juazeiros do fim do pátio. Sinha Vitória andava amedrontada. Seria possível que a água topasse os juazeiros? Se isto acontecesse, a casa seria invadida, os moradores teriam de subir o morro, viver uns dias no morro, como preás.

Suspirava atiçando o fogo com o cabo da quenga de coco. Deus não permitiria que sucedesse tal desgraça.

– An!

A casa era forte.

– An!

Os esteios de aroeira estavam bem fincados no chão duro. Se o rio chegasse ali, derrubaria apenas os torrões que formavam o enchimento das paredes de taipa. Deus protegeria a família.

– An!

As varas estavam bem amarradas com cipós nos esteios de aroeira. O arcabouço da casa resistiria à fúria das águas. E quando elas baixassem, a família regressaria. Sim, viveriam todos no mato, como preás. Mas voltariam quando as águas baixassem, tirariam do barreiro terra para vestir o esqueleto da casa.

– An!

Sinha Vitória moveu o abano com força para não ouvir o barulho do rio, que se aproximava. Seria que ele estava com intenção de progredir? O abano zumbia, e o rumor da enchente era um sopro, um sopro que esmorecia para lá dos juazeiros.

Fabiano contava façanhas. Começara moderadamente, mas excitara-se pouco a pouco e agora via os acontecimentos com exagero e otimismo, estava convencido de que praticara feitos notáveis. Necessitava esta convicção. Algum tempo antes acontecera aquela desgraça:

o soldado amarelo provocara-o na feira, dera-lhe uma surra de facão e metera-o na cadeia. Fabiano passara semanas capiongo, fantasiando vinganças, vendo a criação definhar na catinga torrada. Se a seca chegasse, ele abandonaria mulher e filhos, coseria a facadas o soldado amarelo, depois mataria o juiz, o promotor e o delegado. Estivera uns dias assim murcho, pensando na seca e roendo a humilhação. Mas a trovoada roncara, viera a cheia, e agora as goteiras pingavam, o vento entrava pelos buracos das paredes.

Fabiano estava contente e esfregava as mãos. Como o frio era grande, aproximou-as das labaredas. Relatava um fuzuê terrível, esquecia as pancadas e a prisão, sentia-se capaz de atos importantes.

O rio subia a ladeira, estava perto dos juazeiros. Não havia notícia de que os houvesse atingido – e Fabiano, seguro, baseado nas informações dos mais velhos, narrava uma briga de que saíra vencedor. A briga era sonho, mas Fabiano acreditava nela.

As vacas vinham abrigar-se junto à parede da casa, pegada ao curral, a chuva fustigava-as, os chocalhos batiam. Iriam engordar com o pasto novo, dar crias. O pasto cresceria no campo, as árvores se enfeitariam, o gado se multiplicaria. Engordariam todos, ele, Fabiano, a mulher, os dois filhos e a cachorra Baleia. Talvez sinha Vitória adquirisse uma cama de lastro de couro. Realmente o jirau de varas onde se espichavam era incômodo.

Fabiano gesticulava. Sinha Vitória agitava o abano para sustentar as labaredas no angico molhado. Os meninos, sentindo frio numa banda e calor na outra, não podiam dormir e escutavam as lorotas do pai. Começaram a discutir em voz baixa uma passagem obscura da narrativa. Não conseguiram entender-se, arengaram azedos, iam-se atracando. Fabiano zangou-se com a impertinência deles e quis puni-los. Depois moderou-se, repisou o trecho incompreensível utilizando palavras diferentes.

O menino mais novo bateu palmas, olhou as mãos de Fabiano, que se agitavam por cima das labaredas, escuras e vermelhas. As costas ficavam na sombra, mas as palmas estavam iluminadas e cor de sangue. Era como se Fabiano tivesse esfolado um animal. A barba ruiva e ema-

ranhada estava invisível, os olhos azulados e imóveis fixavam-se nos ti-
ções, a fala dura e rouca entrecortava-se de silêncios. Sentado no pilão,
Fabiano derreava-se, feio e bruto, com aquele jeito de bicho lerdo que
não se aguenta em dois pés.

O menino mais velho estava descontente. Não podendo per-
ceber as feições do pai, cerrava os olhos para entendê-lo bem. Mas
surgira uma dúvida. Fabiano modificara a história – e isto reduzia-lhe
a verossimilhança. Um desencanto. Estirou-se e bocejou. Teria sido
melhor a repetição das palavras. Altercaria com o irmão procurando
interpretá-las. Brigaria por causa das palavras – e a sua convicção
encorparia. Fabiano devia tê-las repetido. Não. Aparecera uma va-
riante, o herói tinha-se tornado humano e contraditório. O menino
mais velho recordou-se de um brinquedo antigo, presente de seu To-
más da bolandeira. Fechou os olhos, reabriu-os, sonolento. O ar que
entrava pelas rachas das paredes esfriava-lhe uma perna, um braço,
todo o lado direito. Virou-se, os pedaços de Fabiano sumiram-se. O
brinquedo se quebrara, o pequeno entristecera vendo as peças inúteis.
Lembrou-se dos currais feitos de seixos miúdos, sob as catingueiras.
Agora a lagoa estava cheia, tinha coberto os currais que ele cons-
truíra. O barreiro também se enchera, atingia a parede da cozinha,
as águas dele juntavam-se às da lagoa. Para ir ao quintal onde havia
craveiros e panelas de losna, sinha Vitória saía pela porta da frente,
descia o copiar e atravessava a porteira da baraúna. Atrás da casa, as
cercas, o pé de turco e as catingueiras estavam dentro da água. As
goteiras pingavam, os chocalhos das vacas tiniam, os sapos cantavam.
O som dos chocalhos era familiar, mas a cantiga dos sapos e o rumor
das goteiras causavam estranheza. Tudo estava mudado. Chovia o
dia inteiro, a noite inteira. As moitas e capões de mato onde viviam
seres misteriosos tinham sido violados. Havia lá sapos. E a cantiga
deles subia e descia, uma toada lamentosa enchia os arredores. Tentou
contar as vozes, atrapalhou-se. Eram muitas, com certeza havia uma
infinidade de sapos nas moitas e nos capões. Que estariam fazendo?
Por que gritavam a cantoria gorgolejada e triste? Nunca vira um de-
les, confundia-os com os habitantes invisíveis da serra e dos bancos de

macambira. Enrolou-se, acomodou-se, adormeceu, uma banda aquecida pelo fogo, a outra banda protegida pelas nádegas de sinha Vitória.

O abano agitava-se, a madeira úmida chiava, o vulto de Fabiano iluminava-se e escurecia.

Baleia, imóvel, paciente, olhava os carvões e esperava que a família se recolhesse. Enfastiava-a o barulho que Fabiano fazia. No campo, seguindo uma rês, ele se esgoelava demais. Natural. Mas ali, à beira do fogo, para que tanto grito? Fabiano estava-se cansando à toa. Baleia se enjoava, cochilava e não podia dormir. Sinha Vitória devia retirar os carvões e a cinza, varrer o chão, deitar-se na cama de varas com Fabiano. Os meninos se arrumariam na esteira, por baixo do caritó, na sala. Era bom que a deixassem em paz. O dia todo espiava os movimentos das pessoas, tentando adivinhar coisas incompreensíveis. Agora precisava dormir, livrar-se das pulgas e daquela vigilância a que a tinham habituado. Varrido o chão com vassourinha, escorregaria entre as pedras, enroscar-se-ia, adormeceria no calor, sentindo o cheiro das cabras molhadas e ouvindo rumores desconhecidos, o tique-taque das pingueiras, a cantiga dos sapos, o sopro do rio cheio. Bichos miúdos e sem dono iriam visitá-la.

FESTA

Fabiano, sinha Vitória e os meninos iam à festa de Natal na cidade. Eram três horas, fazia grande calor, redemoinhos espalhavam por cima das árvores amarelas nuvens de poeira e folhas secas.

Tinham fechado a casa, atravessado o pátio, descido a ladeira, e pezunhavam nos seixos como bois doentes dos cascos. Fabiano, apertado na roupa de brim branco feita por sinha Terta, com chapéu de baeta, colarinho, gravata, botinas de vaqueta e elástico, procurava erguer o espinhaço, o que ordinariamente não fazia. Sinha Vitória, enfronhada no vestido vermelho de ramagens, equilibrava-se mal nos sapatos de salto enorme. Teimava em calçar-se como as moças da rua – e dava topadas no caminho. Os meninos estreavam calça e paletó. Em casa sempre usavam camisinhas de riscado ou andavam nus. Mas Fabiano tinha comprado dez varas de pano branco na loja e incumbira sinha Terta de arranjar farpelas para ele e para os filhos. Sinha Terta achara pouca a fazenda, e Fabiano se mostrara desentendido, certo de que a velha pretendia furtar-lhe os retalhos. Em consequência as roupas tinham saído curtas, estreitas e cheias de emendas.

Fabiano tentava não perceber essas desvantagens. Marchava direito, a barriga para fora, as costas aprumadas, olhando a serra distante. De ordinário olhava o chão, evitando as pedras, os tocos, os buracos e as cobras. A posição forçada cansou-o. E ao pisar a areia do rio, notou que assim não poderia vencer as três léguas que o separavam da cidade. Descalçou-se, meteu as meias no bolso, tirou o paletó, a gravata e o colarinho, roncou aliviado. Sinha Vitória decidiu imitá-lo: arrancou os sapatos e as meias, que amarrou no lenço. Os meninos puseram as chinelinhas debaixo do braço e sentiram-se à vontade.

A cachorra Baleia, que vinha atrás, incorporou-se ao grupo. Se ela tivesse chegado antes, provavelmente Fabiano a teria enxotado. E Baleia passaria a festa junto às cabras que sujavam o copiar. Mas com a gravata e o colarinho machucados no bolso, o paletó no ombro e as botinas enfiadas num pau, o vaqueiro achou-se perto dela e acolheu-a.

Retomou a posição natural: andou cambaio, a cabeça inclinada. Sinha Vitória, os dois meninos e Baleia acompanharam-no.

A tarde foi comida facilmente e ao cair da noite estavam na beira do riacho, à entrada da rua.

Aí Fabiano parou, sentou-se, lavou os pés duros, procurando retirar das gretas fundas o barro que lá havia. Sem se enxugar, tentou calçar-se – e foi uma dificuldade: os calcanhares das meias de algodão formaram bolos nos peitos dos pés e as botinas de vaqueta resistiram como virgens. Sinha Vitória levantou a saia, sentou-se no chão e limpou-se também. Os dois meninos entraram no riacho, esfregaram os pés, saíram, calçaram as chinelinhas e ficaram espiando os movimentos dos pais. Sinha Vitória aprontava-se e erguia-se, mas Fabiano soprava arreliado. Tinha vencido a obstinação de uma daquelas amaldiçoadas botinas; a outra emperrava, e ele, com os dedos nas alças, fazia esforços inúteis. Sinha Vitória dava palpites que irritavam o marido. Não havia meio de introduzir o diabo do calcanhar no tacão. A um arranco mais forte, a alça de trás rebentou-se, e o vaqueiro meteu as mãos pela borracha, energicamente. Nada conseguindo, levantou-se resolvido a entrar na rua assim mesmo, coxeando, uma perna mais comprida que a outra. Com raiva excessiva, a que se misturava alguma esperança, deu uma patada violenta no chão. A carne comprimiu-se, os ossos estalaram, a meia molhada rasgou-se e o pé amarrotado se encaixou entre as paredes de vaqueta. Fabiano soltou um suspiro largo de satisfação e dor. Em seguida tentou prender o colarinho duro ao pescoço, mas os dedos trêmulos não realizaram a tarefa. Sinha Vitória auxiliou-o: o botão entrou na casa estreita e a gravata amarrou-se. As mãos sujas, suadas, deixaram no colarinho manchas escuras.

– Está certo – grunhiu Fabiano.

Atravessaram a pinguela e alcançaram a rua. Sinha Vitória caminhava aos tombos, por causa dos saltos dos sapatos, e conservava o guarda-chuva suspenso, com o castão para baixo e a biqueira para cima, enrolada no lenço. Impossível dizer por que sinha Vitória levava o guarda-chuva com a biqueira para cima e o castão para baixo. Ela própria não saberia explicar-se, mas sempre vira as outras matutas procederem assim e adotava o costume.

Fabiano marchava teso.

Os dois meninos espiavam os lampiões e adivinhavam casos extraordinários. Não sentiam curiosidade, sentiam medo, e por isso pisavam devagar, receando chamar a atenção das pessoas. Supunham que existiam mundos diferentes da fazenda, mundos maravilhosos na serra azulada. Aquilo, porém, era esquisito. Como podia haver tantas casas e tanta gente? Com certeza os homens iriam brigar. Seria que o povo ali era brabo e não consentia que eles andassem entre as barracas? Estavam acostumados a aguentar cascudos e puxões de orelhas. Talvez as criaturas desconhecidas não se comportassem como sinha Vitória, mas os pequenos retraíam-se, encostavam-se às paredes, meio encandeados, os ouvidos cheios de rumores estranhos.

Chegaram à igreja, entraram. Baleia ficou passeando na calçada, olhando a rua, inquieta. Na opinião dela, tudo devia estar no escuro, porque era noite, e a gente que andava no quadro precisava deitar-se. Levantou o focinho, sentiu um cheiro que lhe deu vontade de tossir. Gritavam demais ali perto e havia luzes em abundância, mas o que a incomodava era aquele cheiro de fumaça.

Os meninos também se espantavam. No mundo, subitamente alargado, viam Fabiano e sinha Vitória muito reduzidos, menores que as figuras dos altares. Não conheciam altares, mas presumiam que aqueles objetos deviam ser preciosos. As luzes e os cantos extasiavam-nos. De luz havia, na fazenda, o fogo entre as pedras da cozinha e o candeeiro de querosene pendurado pela asa numa vara que saía da taipa; de canto,

o bendito de sinha Vitória e o aboio de Fabiano. O aboio era triste, uma cantiga monótona e sem palavras que entorpecia o gado.

Fabiano estava silencioso, olhando as imagens e as velas acesas, constrangido na roupa nova, o pescoço esticado, pisando em brasas. A multidão apertava-o mais que a roupa, embaraçava-o. De perneiras, gibão e guarda-peito, andava metido numa caixa, como tatu, mas saltava no lombo de um bicho e voava na catinga. Agora não podia virar-se: mãos e braços roçavam-lhe o corpo. Lembrou-se da surra que levara e da noite passada na cadeia. A sensação que experimentava não diferia muito da que tinha tido ao ser preso. Era como se as mãos e os braços da multidão fossem agarrá-lo, subjugá-lo, espremê-lo num canto de parede. Olhou as caras em redor. Evidentemente as criaturas que se juntavam ali não o viam, mas Fabiano sentia-se rodeado de inimigos, temia envolver-se em questões e acabar mal a noite. Soprava e esforçava-se inutilmente por abanar-se com o chapéu. Difícil mover-se, estava amarrado. Lentamente conseguiu abrir caminho no povaréu, esgueirou-se até junto da pia de água benta, onde se deteve, receoso de perder de vista a mulher e os filhos. Ergueu-se nas pontas dos pés, mas isto lhe arrancou um grunhido: os calcanhares esfolados começavam a afligi-lo. Distinguiu o cocó de sinha Vitória, que se escondia atrás de uma coluna. Provavelmente os meninos estavam com ela. A igreja cada vez mais se enchia. Para avistar a cabeça da mulher, Fabiano precisava estirar-se, voltar o rosto. E o colarinho furava-lhe o pescoço. As botinas e o colarinho eram indispensáveis. Não poderia assistir à novena calçado em alpercatas, a camisa de algodão aberta, mostrando o peito cabeludo. Seria desrespeito. Como tinha religião, entrava na igreja uma vez por ano. E sempre vira, desde que se entendera, roupas de festa assim: calça e paletó engomados, botinas de elástico, chapéu de baeta, colarinho e gravata. Não se arriscaria a prejudicar a tradição, embora sofresse com ela. Supunha cumprir um dever, tentava aprumar-se. Mas a disposição esmorecia: o espinhaço vergava, naturalmente, os braços mexiam-se desengonçados.

Comparando-se aos tipos da cidade, Fabiano reconhecia-se inferior. Por isso desconfiava que os outros mangavam dele. Fazia-se carrancudo e evitava conversas. Só lhe falavam com o fim de tirar-lhe qualquer coisa. Os negociantes furtavam na medida, no preço e na conta. O patrão realizava com pena e tinta cálculos incompreensíveis. Da última vez que se tinham encontrado houvera uma confusão de números, e Fabiano, com os miolos ardendo, deixara indignado o escritório do branco, certo de que fora enganado. Todos lhe davam prejuízo. Os caixeiros, os comerciantes e o proprietário tiravam-lhe o couro, e os que não tinham negócio com ele riam vendo-o passar nas ruas, tropeçando. Por isso Fabiano se desviava daqueles viventes. Sabia que a roupa nova cortada e cosida por sinha Terta, o colarinho, a gravata, as botinas e o chapéu de baeta o tornavam ridículo, mas não queria pensar nisto.

– Preguiçosos, ladrões, faladores, mofinos.

Estava convencido de que todos os habitantes da cidade eram ruins. Mordeu os beiços. Não poderia dizer semelhante coisa. Por falta menor aguentara facão e dormira na cadeia. Ora, o soldado amarelo... Sacudiu a cabeça, livrou-se da recordação desagradável e procurou uma cara amiga na multidão. Se encontrasse um conhecido, iria chamá-lo para a calçada, abraçá-lo, sorrir, bater palmas. Depois falaria sobre gado. Estremeceu, tentou ver o cocó de sinha Vitória. Precisava ter cuidado para não se distanciar da mulher e dos filhos. Aproximou-se deles, alcançou-os no momento em que a igreja começava a esvaziar- se.

Saíram aos encontrões, desceram os degraus. Empurrado, machucado, Fabiano tornou a pensar no soldado amarelo. No quadro, ao passar pelo jatobá, virou o rosto. Sem motivo nenhum, o desgraçado tinha ido provocá-lo, pisar-lhe o pé. Ele se desviara, com bons modos. Como o outro insistisse, perdera a paciência, tivera um rompante. Consequência: facão no lombo e uma noite de cadeia.

Convidou a mulher e os filhos para os cavalinhos, arrumou-os, distraiu-se um pouco vendo-os rodar. Em seguida encaminhou-os às barracas de jogo. Coçou-se, puxou o lenço, desatou-o, contou o

dinheiro, com a tentação de arriscá-lo no bozó. Se fosse feliz, poderia comprar a cama de couro cru, o sonho de sinha Vitória. Foi beber cachaça numa tolda, voltou, pôs-se a rondar indeciso, pedindo com os olhos a opinião da mulher. Sinha Vitória fez um gesto de reprovação, e Fabiano retirou-se, lembrando-se do jogo que tivera em casa de seu Inácio, com o soldado amarelo. Fora roubado, com certeza fora roubado. Avizinhou-se da tolda e bebeu mais cachaça. Pouco a pouco ficou sem-vergonha.

— Festa é festa.

Bebeu ainda uma vez e empertigou-se, olhou as pessoas desafiando-as. Estava resolvido a fazer uma asneira. Se topasse o soldado amarelo, esbodegava-se com ele. Andou entre as barracas, emproado, atirando coices no chão, insensível às esfoladuras dos pés. Queria era desgraçar-se, dar um pano de amostra àquele safado. Não ligava importância à mulher e aos filhos, que o seguiam.

— Apareça um homem! — berrou.

No barulho que enchia a praça ninguém notou a provocação. E Fabiano foi esconder-se por detrás das barracas, para lá dos tabuleiros de doces. Estava disposto a esbagaçar-se, mas havia nele um resto de prudência. Ali podia irritar-se, dirigir ameaças e desaforos a inimigos invisíveis. Impelido por forças opostas, expunha-se e acautelava-se. Sabia que aquela explosão era perigosa, temia que o soldado amarelo surgisse de repente, viesse plantar-lhe no pé a reiuna. O soldado amarelo, falto de substância, ganhava fumaça na companhia dos parceiros. Era bom evitá-lo. Mas a lembrança dele tornava-se às vezes horrível. E Fabiano estava tirando uma desforra. Estimulado pela cachaça, fortalecia-se:

— Cadê o valente? Quem é que tem coragem de dizer que eu sou feio? Apareça um homem.

Lançava o desafio numa fala atrapalhada, com o vago receio de ser ouvido. Ninguém apareceu. E Fabiano roncou alto, gritou que eram todos uns frouxos, uns capados, sim senhor. Depois de muitos berros, supôs que havia ali perto homens escondidos, com medo dele. Insultou-os:

– Cambada de...

Parou agoniado, suando frio, a boca cheia de água, sem atinar com a palavra. Cambada de quê? Tinha o nome debaixo da língua. E a língua engrossava, perra, Fabiano cuspia, fixava na mulher e nos filhos uns olhos vidrados. Recuou alguns passos, entrou a engulhar. Em seguida aproximou-se novamente das luzes, capengando, foi sentar-se na calçada de uma loja. Estava desanimado, bambo; o entusiasmo arrefecera. Cambada de quê? Repetia a pergunta sem saber o que procurava. Olhou de perto a cara da mulher, não conseguiu distinguir-lhe os traços. Sinha Vitória perceberia a atrapalhação dele? Havia ali outros matutos conversando, e Fabiano enjoou-os. Se não estivesse tão ansiado, arrotando, suando, brigaria com eles. A interrogação que lhe aperreava o espírito confuso juntou-se à ideia de que aquelas pessoas não tinham o direito de sentar-se na calçada. Queria que o deixassem com a mulher, os filhos e a cachorrinha. Cambada de quê? Soltou um grito áspero, bateu palmas:

– Cambada de cachorros.

Descoberta a expressão teimosa, alegrou-se. Cambada de cachorros. Evidentemente os matutos como ele não passavam de cachorros. Procurou com as mãos a mulher e os filhos, certificou-se de que eles estavam acomodados. Uma contração violenta no pescoço entortou-lhe o rosto, a boca encheu-se novamente de saliva. Pôs-se a cuspir. Serenou, respirou com força, passou os dedos por um fio de baba que lhe pendia do beiço. Estava era tonto, com uma zoada infeliz nos ouvidos. Ia jurar que mostrara valentia e correra perigo. Achava ao mesmo tempo que havia cometido uma falta. Agora estava pesado e com sono. Enquanto andara fazendo espalhafato, a cabeça cheia de aguardente, desprezara as esfoladuras dos pés. Mas esfriava, e as botinas de vaqueta magoavam-no em demasia. Arrancou-as, tirou as meias, libertou-se do colarinho, da gravata e do paletó, enrolou tudo, fez um travesseiro, estirou-se no cimento, puxou para os olhos o chapéu de baeta. E adormeceu, com o estômago embrulhado.

Sinha Vitória achava-se em dificuldade: torcia-se para satisfazer uma precisão e não sabia como se desembaraçar. Podia esconder-se no

fundo do quadro, por detrás das barracas, para lá dos tamboretes das doceiras. Ergueu-se meio decidida, tornou a acocorar-se. Abandonar os meninos, o marido naquele estado? Apertou-se e observou os quatro cantos com desespero, que a precisão era grande. Escapuliu-se disfarçadamente, chegou à esquina da loja, onde havia um magote de mulheres agachadas. E, olhando as frontarias das casas e as lanternas de papel, molhou o chão e os pés das outras matutas. Arrastou-se para junto da família, tirou do bolso o cachimbo de barro, atochou-o, acendeu-o, largou algumas baforadas longas de satisfação. Livre da necessidade, viu com interesse o formigueiro que circulava na praça, a mesa do leilão, as listas luminosas dos foguetes. Realmente a vida não era má. Pensou com um arrepio na seca, na viagem medonha que fizera em caminhos abrasados, vendo ossos e garranchos. Afastou a lembrança ruim, atentou naquelas belezas. O burburinho da multidão era doce, o realejo fanhoso dos cavalinhos não descansava. Para a vida ser boa, só faltava a sinha Vitória uma cama igual à de seu Tomás da bolandeira. Suspirou, pensando na cama de varas em que dormia. Ficou ali de cócoras, cachimbando, os olhos e os ouvidos muito abertos para não perder a festa.

Os meninos trocavam impressões cochichando, aflitos com o desaparecimento da cachorra. Puxaram a manga da mãe. Que fim teria levado Baleia? Sinha Vitória levantou o braço num gesto mole e indicou vagamente dois pontos cardeais com o canudo do cachimbo. Os pequenos insistiram. Onde estaria a cachorrinha? Indiferentes à igreja, às lanternas de papel, aos bazares, às mesas de jogo e aos foguetes, só se importavam com as pernas dos transeuntes. Coitadinha, andava por aí perdida, aguentando pontapés.

De repente Baleia apareceu. Trepou-se na calçada, mergulhou entre as saias das mulheres, passou por cima de Fabiano e chegou-se aos amigos, manifestando com a língua e com o rabo um vivo contentamento. O menino mais velho agarrou-a. Estava segura. Tentaram explicar-lhe que tinham tido susto enorme por causa dela, mas Baleia não ligou importância à explicação. Achava é que perdiam tempo num lugar esquisito, cheio de odores desconhecidos. Quis

latir, expressar oposição a tudo aquilo, mas percebeu que não convenceria ninguém e encolheu-se, baixou a cauda, resignou-se ao capricho dos seus donos.

A opinião dos meninos assemelhava-se à dela. Agora olhavam as lojas, as toldas, a mesa do leilão. E conferenciavam pasmados. Tinham percebido que havia muitas pessoas no mundo. Ocupavam-se em descobrir uma enorme quantidade de objetos. Comunicaram baixinho um ao outro as surpresas que os enchiam. Impossível imaginar tantas maravilhas juntas. O menino mais novo teve uma dúvida e apresentou-a timidamente ao irmão. Seria que aquilo tinha sido feito por gente? O menino mais velho hesitou, espiou as lojas, as toldas iluminadas, as moças bem-vestidas. Encolheu os ombros. Talvez aquilo tivesse sido feito por gente. Nova dificuldade chegou-lhe ao espírito, soprou-a no ouvido do irmão. Provavelmente aquelas coisas tinham nomes. O menino mais novo interrogou-o com os olhos. Sim, com certeza as preciosidades que se exibiam nos altares da igreja e nas prateleiras das lojas tinham nomes. Puseram-se a discutir a questão intricada. Como podiam os homens guardar tantas palavras? Era impossível, ninguém conservaria tão grande soma de conhecimentos. Livres dos nomes, as coisas ficavam distantes, misteriosas. Não tinham sido feitas por gente. E os indivíduos que mexiam nelas cometiam imprudência. Vistas de longe, eram bonitas. Admirados e medrosos, falavam baixo para não desencadear as forças estranhas que elas porventura encerrassem.

Baleia cochilava, de quando em quando balançava a cabeça e franzia o focinho. A cidade se enchera de suores que a desconcertavam.

Sinha Vitória enxergava, através das barracas, a cama de seu Tomás da bolandeira, uma cama de verdade.

Fabiano roncava de papo para cima, as abas do chapéu cobrindo-lhe os olhos, o quengo sobre as botinas de vaqueta. Sonhava, agoniado, e Baleia percebia nele um cheiro que o tornava irreconhecível. Fabiano se agitava, soprando. Muitos soldados amarelos tinham aparecido, pisavam-lhe os pés com enormes reiunas e ameaçavam-no com facões terríveis.

BALEIA

A cachorra Baleia estava para morrer. Tinha emagrecido, o pelo caíra-lhe em vários pontos, as costelas avultavam num fundo róseo, onde manchas escuras supuravam e sangravam, cobertas de moscas. As chagas da boca e a inchação dos beiços dificultavam-lhe a comida e a bebida.

Por isso Fabiano imaginara que ela estivesse com um princípio de hidrofobia e amarrara-lhe no pescoço um rosário de sabugos de milho queimados. Mas Baleia, sempre de mal a pior, roçava-se nas estacas do curral ou metia-se no mato, impaciente, enxotava os mosquitos sacudindo as orelhas murchas, agitando a cauda pelada e curta, grossa na base, cheia de roscas, semelhante a uma cauda de cascavel.

Então Fabiano resolveu matá-la. Foi buscar a espingarda de pederneira, lixou-a, limpou-a com o saca-trapo e fez tenção de carregá-la bem para a cachorra não sofrer muito.

Sinha Vitória fechou-se na camarinha, rebocando os meninos assustados, que adivinhavam desgraça e não se cansavam de repetir a mesma pergunta:

– Vão bulir com a Baleia?

Tinham visto o chumbeiro e o polvarinho, os modos de Fabiano afligiam-nos, davam-lhes a suspeita de que Baleia corria perigo.

Ela era como uma pessoa da família: brincavam juntos os três, para bem dizer não se diferençavam, rebolavam na areia do rio e no estrume fofo que ia subindo, ameaçava cobrir o chiqueiro das cabras.

Quiseram mexer na taramela e abrir a porta, mas sinha Vitória levou-os para a cama de varas, deitou-os e esforçou-se por tapar-lhes os ouvidos: prendeu a cabeça do mais velho entre as coxas e espalmou

as mãos nas orelhas do segundo. Como os pequenos resistissem, aperreou-se e tratou de subjugá-los, resmungando com energia.

Ela também tinha o coração pesado, mas resignava-se: naturalmente a decisão de Fabiano era necessária e justa. Pobre da Baleia.

Escutou, ouviu o rumor do chumbo que se derramava no cano da arma, as pancadas surdas da vareta na bucha. Suspirou. Coitadinha da Baleia.

Os meninos começaram a gritar e a espernear. E como sinha Vitória tinha relaxado os músculos, deixou escapar o mais taludo e soltou uma praga:

– Capeta excomungado.

Na luta que travou para segurar de novo o filho rebelde, zangou-se de verdade. Safadinho. Atirou um cocorote ao crânio enrolado na coberta vermelha e na saia de ramagens.

Pouco a pouco a cólera diminuiu, e sinha Vitória, embalando as crianças, enjoou-se da cadela achacada, gargarejou muxoxos e nomes feios. Bicho nojento, babão. Inconveniência deixar cachorro doido solto em casa. Mas compreendia que estava sendo severa demais, achava difícil Baleia endoidecer e lamentava que o marido não houvesse esperado mais um dia para ver se realmente a execução era indispensável.

Nesse momento Fabiano andava no copiar, batendo castanholas com os dedos. Sinha Vitória encolheu o pescoço e tentou encostar os ombros às orelhas. Como isto era impossível, levantou os braços e, sem largar o filho, conseguiu ocultar um pedaço da cabeça.

Fabiano percorreu o alpendre, olhando a baraúna e as porteiras, açulando um cão invisível contra animais invisíveis:

– Ecô! ecô!

Em seguida entrou na sala, atravessou o corredor e chegou à janela baixa da cozinha. Examinou o terreiro, viu Baleia coçando-se a esfregar as peladuras no pé de turco, levou a espingarda ao rosto. A cachorra espiou o dono desconfiada, enroscou-se no tronco e foi-se desviando, até ficar no outro lado da árvore, agachada e arisca, mostrando apenas as pupilas negras. Aborrecido com esta manobra,

Fabiano saltou a janela, esgueirou-se ao longo da cerca do curral, deteve-se no mourão do canto e levou de novo a arma ao rosto. Como o animal estivesse de frente e não apresentasse bom alvo, adiantou-se mais alguns passos. Ao chegar às catingueiras, modificou a pontaria e puxou o gatilho. A carga alcançou os quartos traseiros e inutilizou uma perna de Baleia, que se pôs a latir desesperadamente.

Ouvindo o tiro e os latidos, sinha Vitória pegou-se à Virgem Maria e os meninos rolaram na cama, chorando alto. Fabiano recolheu-se.

E Baleia fugiu precipitada, rodeou o barreiro, entrou no quintalzinho da esquerda, passou rente aos craveiros e às panelas de losna, meteu-se por um buraco da cerca e ganhou o pátio, correndo em três pés. Dirigiu-se ao copiar, mas temeu encontrar Fabiano e afastou-se para o chiqueiro das cabras. Demorou-se aí um instante, meio desorientada, saiu depois sem destino, aos pulos.

Defronte do carro de bois faltou-lhe a perna traseira. E, perdendo muito sangue, andou como gente, em dois pés, arrastando com dificuldade a parte posterior do corpo. Quis recuar e esconder-se debaixo do carro, mas teve medo da roda.

Encaminhou-se aos juazeiros. Sob a raiz de um deles havia uma barroca macia e funda. Gostava de espojar-se ali: cobria-se de poeira, evitava as moscas e os mosquitos, e quando se levantava, tinha folhas secas e gravetos colados às feridas, era um bicho diferente dos outros.

Caiu antes de alcançar essa cova arredada. Tentou erguer-se, endireitou a cabeça e estirou as pernas dianteiras, mas o resto do corpo ficou deitado de banda. Nesta posição torcida, mexeu-se a custo, ralando as patas, cravando as unhas no chão, agarrando-se nos seixos miúdos. Afinal esmoreceu e aquietou-se junto às pedras onde os meninos jogavam cobras mortas.

Uma sede horrível queimava-lhe a garganta. Procurou ver as pernas e não as distinguiu: um nevoeiro impedia-lhe a visão. Pôs-se a latir e desejou morder Fabiano. Realmente não latia: uivava baixinho, e os uivos iam diminuindo, tornavam-se quase imperceptíveis.

Como o sol a encandeasse, conseguiu adiantar-se umas polegadas e escondeu-se numa nesga de sombra que ladeava a pedra.

Olhou-se de novo, aflita. Que lhe estaria acontecendo? O nevoeiro engrossava e aproximava-se.

Sentiu o cheiro bom dos preás que desciam do morro, mas o cheiro vinha fraco e havia nele partículas de outros viventes. Parecia que o morro se tinha distanciado muito. Arregaçou o focinho, aspirou o ar lentamente, com vontade de subir a ladeira e perseguir os preás, que pulavam e corriam em liberdade.

Começou a arquejar penosamente, fingindo ladrar. Passou a língua pelos beiços torrados e não experimentou nenhum prazer.

O olfato cada vez mais se embotava: certamente os preás tinham fugido.

Esqueceu-os e de novo lhe veio o desejo de morder Fabiano, que lhe apareceu diante dos olhos meio vidrados, com um objeto esquisito na mão. Não conhecia o objeto, mas pôs-se a tremer, convencida de que ele encerrava surpresas desagradáveis. Fez um esforço para desviar-se daquilo e encolher o rabo. Cerrou as pálpebras pesadas e julgou que o rabo estava encolhido. Não poderia morder Fabiano: tinha nascido perto dele, numa camarinha, sob a cama de varas, e consumira a existência em submissão, ladrando para juntar o gado quando o vaqueiro batia palmas.

O objeto desconhecido continuava a ameaçá-la. Conteve a respiração, cobriu os dentes, espiou o inimigo por baixo das pestanas caídas. Ficou assim algum tempo, depois sossegou. Fabiano e a coisa perigosa tinham-se sumido.

Abriu os olhos a custo. Agora havia uma grande escuridão, com certeza o sol desaparecera.

Os chocalhos das cabras tilintaram para os lados do rio, o fartum do chiqueiro espalhou-se pela vizinhança.

Baleia assustou-se. Que faziam aqueles animais soltos de noite? A obrigação dela era levantar-se, conduzi-los ao bebedouro. Franziu as ventas, procurando distinguir os meninos. Estranhou a ausência deles.

Não se lembrava de Fabiano. Tinha havido um desastre, mas Baleia não atribuía a esse desastre a impotência em que se achava nem

percebia que estava livre de responsabilidades. Uma angústia apertou-lhe o pequeno coração. Precisava vigiar as cabras: àquela hora cheiros de suçuarana deviam andar pelas ribanceiras, rondar as moitas afastadas. Felizmente os meninos dormiam na esteira, por baixo do caritó onde sinha Vitória guardava o cachimbo.

Uma noite de inverno, gelada e nevoenta, cercava a criaturinha. Silêncio completo, nenhum sinal de vida nos arredores. O galo velho não cantava no poleiro, nem Fabiano roncava na cama de varas. Estes sons não interessavam Baleia, mas quando o galo batia as asas e Fabiano se virava, emanações familiares revelavam-lhe a presença deles. Agora parecia que a fazenda se tinha despovoado.

Baleia respirava depressa, a boca aberta, os queixos desgovernados, a língua pendente e insensível. Não sabia o que tinha sucedido. O estrondo, a pancada que recebera no quarto e a viagem difícil do barreiro ao fim do pátio desvaneciam-se no seu espírito.

Provavelmente estava na cozinha, entre as pedras que serviam de trempe. Antes de se deitar, sinha Vitória retirava dali os carvões e a cinza, varria com um molho de vassourinha o chão queimado, e aquilo ficava um bom lugar para cachorro descansar. O calor afugentava as pulgas, a terra se amaciava. E, findos os cochilos, numerosos preás corriam e saltavam, um formigueiro de preás invadia a cozinha.

A tremura subia, deixava a barriga e chegava ao peito de Baleia. Do peito para trás era tudo insensibilidade e esquecimento. Mas o resto do corpo se arrepiava, espinhos de mandacaru penetravam na carne meio comida pela doença.

Baleia encostava a cabecinha fatigada na pedra. A pedra estava fria, certamente sinha Vitória tinha deixado o fogo apagar- se muito cedo.

Baleia queria dormir. Acordaria feliz, num mundo cheio de preás. E lamberia as mãos de Fabiano, um Fabiano enorme. As crianças se espojariam com ela, rolariam com ela num pátio enorme, num chiqueiro enorme. O mundo ficaria todo cheio de preás, gordos, enormes.

CONTAS

Fabiano recebia na partilha a quarta parte dos bezerros e a terça dos cabritos. Mas como não tinha roça e apenas se limitava a semear na vazante uns punhados de feijão e milho, comia da feira, desfazia-se dos animais, não chegava a ferrar um bezerro ou assinar a orelha de um cabrito.

Se pudesse economizar durante alguns meses, levantaria a cabeça. Forjara planos. Tolice, quem é do chão não se trepa. Consumidos os legumes, roídas as espigas de milho, recorria à gaveta do amo, cedia por preço baixo o produto das sortes. Resmungava, rezingava, numa aflição, tentando espichar os recursos minguados, engasgava-se, engolia em seco. Transigindo com outro, não seria roubado tão descaradamente. Mas receava ser expulso da fazenda. E rendia-se. Aceitava o cobre e ouvia conselhos. Era bom pensar no futuro, criar juízo. Ficava de boca aberta, vermelho, o pescoço inchando. De repente estourava:

– Conversa. Dinheiro anda num cavalo e ninguém pode viver sem comer. Quem é do chão não se trepa.

Pouco a pouco o ferro do proprietário queimava os bichos de Fabiano. E quando não tinha mais nada para vender, o sertanejo endividava-se. Ao chegar a partilha, estava encalacrado, e na hora das contas davam-lhe uma ninharia.

Ora, daquela vez, como das outras, Fabiano ajustou o gado, arrependeu-se, enfim deixou a transação meio apalavrada e foi consultar a mulher. Sinha Vitória mandou os meninos para o barreiro, sentou-se na cozinha, concentrou-se, distribuiu no chão sementes de várias espécies, realizou somas e diminuições. No dia seguinte Fabiano voltou à cidade, mas ao fechar o negócio notou que as operações de sinha Vitória, como de costume, diferiam das do patrão.

Reclamou e obteve a explicação habitual: a diferença era proveniente de juros.

Não se conformou: devia haver engano. Ele era bruto, sim senhor, via-se perfeitamente que era bruto, mas a mulher tinha miolo. Com certeza havia um erro no papel do branco. Não se descobriu o erro, e Fabiano perdeu os estribos. Passar a vida inteira assim no toco, entregando o que era dele de mão beijada! Estava direito aquilo? Trabalhar como negro e nunca arranjar carta de alforria!

O patrão zangou-se, repeliu a insolência, achou bom que o vaqueiro fosse procurar serviço noutra fazenda.

Aí Fabiano baixou a pancada e amunhecou. Bem, bem. Não era preciso barulho não. Se havia dito palavra à toa, pedia desculpa. Era bruto, não fora ensinado. Atrevimento não tinha, conhecia o seu lugar. Um cabra. Ia lá puxar questão com gente rica? Bruto, sim senhor, mas sabia respeitar os homens. Devia ser ignorância da mulher, provavelmente devia ser ignorância da mulher. Até estranhara as contas dela. Enfim, como não sabia ler (um bruto, sim senhor), acreditara na sua velha. Mas pedia desculpa e jurava não cair noutra.

O amo abrandou, e Fabiano saiu de costas, o chapéu varrendo o tijolo. Na porta, virando-se, enganchou as rosetas das esporas, afastou-se tropeçando, os sapatões de couro cru batendo no chão como cascos.

Foi até a esquina, parou, tomou fôlego. Não deviam tratá-lo assim. Dirigiu-se ao quadro lentamente. Diante da bodega de seu Inácio virou o rosto e fez uma curva larga. Depois que acontecera aquela miséria, temia passar ali. Sentou-se numa calçada, tirou do bolso o dinheiro, examinou-o, procurando adivinhar quanto lhe tinham furtado. Não podia dizer em voz alta que aquilo era um furto, mas era. Tomavam-lhe o gado quase de graça e ainda inventavam juro. Que juro! O que havia era safadeza.

– Ladroeira.

Nem lhe permitiam queixas. Porque reclamara, achara a coisa uma exorbitância, o branco se levantara furioso, com quatro pedras na mão. Para que tanto espalhafato?

– Hum! hum!

Recordou-se do que lhe sucedera anos atrás, antes da seca, longe. Num dia de apuro recorrera ao porco magro que não queria engordar no chiqueiro e estava reservado às despesas do Natal: matara-o antes do tempo e fora vendê-lo na cidade. Mas o cobrador da prefeitura chegara com o recibo e atrapalhara-o. Fabiano fingira-se desentendido: não compreendia nada, era bruto. Como o outro lhe explicasse que, para vender o porco, devia pagar imposto, tentara convencê-lo de que ali não havia porco, havia quartos de porco, pedaços de carne. O agente se aborrecera, insultara-o, e Fabiano se encolhera. Bem, bem. Deus o livrasse de história com o governo. Julgava que podia dispor dos seus troços. Não entendia de imposto.

– Um bruto, está percebendo?

Supunha que o cevado era dele. Agora se a prefeitura tinha uma parte, estava acabado. Pois ia voltar para casa e comer a carne. Podia comer a carne? Podia ou não podia? O funcionário batera o pé agastado e Fabiano se desculpara, o chapéu de couro na mão, o espinhaço curvo:

– Quem foi que disse que eu queria brigar? O melhor é a gente acabar com isso.

Despedira-se, metera a carne no saco e fora vendê-la noutra rua, escondido. Mas, atracado pelo cobrador, gemera no imposto e na multa. Daquele dia em diante não criara mais porcos. Era perigoso criá-los.

Olhou as cédulas arrumadas na palma, os níqueis e as pratas, suspirou, mordeu os beiços. Nem lhe restava o direito de protestar. Baixava a crista. Se não baixasse, desocuparia a terra, largar-se-ia com a mulher, os filhos pequenos e os cacarecos. Para onde? Hem? Tinha para onde levar a mulher e os meninos? Tinha nada!

Espalhou a vista pelos quatro cantos. Além dos telhados, que lhe reduziam o horizonte, a campina se estendia, seca e dura. Lembrou-se da marcha penosa que fizera através dela, com a família, todos esmolambados e famintos. Haviam escapado, e isto lhe parecia um milagre. Nem sabia como tinham escapado.

Se pudesse mudar-se, gritaria bem alto que o roubavam. Aparentemente resignado, sentia um ódio imenso a qualquer coisa que era ao mesmo tempo a campina seca, o patrão, os soldados e os agentes da prefeitura. Tudo na verdade era contra ele. Estava acostumado, tinha a casca muito grossa, mas às vezes se arreliava. Não havia paciência que suportasse tanta coisa.

– Um dia um homem faz besteira e se desgraça.

Pois não estavam vendo que ele era de carne e osso? Tinha obrigação de trabalhar para os outros, naturalmente, conhecia o seu lugar. Bem. Nascera com esse destino, ninguém tinha culpa de ele haver nascido com um destino ruim. Que fazer? Podia mudar a sorte? Se lhe dissessem que era possível melhorar de situação, espantar-se-ia. Tinha vindo ao mundo para amansar brabo, curar feridas com rezas, consertar cercas de inverno a verão. Era sina. O pai vivera assim, o avô também. E para trás não existia família. Cortar mandacaru, ensebar látegos – aquilo estava no sangue. Conformava-se, não pretendia mais nada. Se lhe dessem o que era dele, estava certo. Não davam. Era um desgraçado, era como um cachorro, só recebia ossos. Por que seria que os homens ricos ainda lhe tomavam uma parte dos ossos? Fazia até nojo pessoas importantes se ocuparem com semelhantes porcarias.

Na palma da mão as notas estavam úmidas de suor. Desejava saber o tamanho da extorsão. Da última vez que fizera contas com o amo o prejuízo parecia menor. Alarmou-se. Ouvira falar em juros e em prazos. Isto lhe dera uma impressão bastante penosa: sempre que os homens sabidos lhe diziam palavras difíceis, ele saía logrado. Sobressaltava-se escutando-as. Evidentemente só serviam para encobrir ladroeiras. Mas eram bonitas. Às vezes decorava algumas e empregava-as fora de propósito. Depois esquecia-as. Para que um pobre da laia dele usar conversa de gente rica? Sinha Terta é que tinha uma ponta de língua terrível. Era: falava quase tão bem como as pessoas da cidade. Se ele soubesse falar como sinha Terta, procuraria serviço noutra fazenda, haveria de arranjar-se. Não sabia. Nas horas de aperto dava para gaguejar, embaraçava-se como um menino, coçava os cotovelos, aperreado. Por isso esfolavam-no. Safados.

Tomar as coisas de um infeliz que não tinha onde cair morto! Não viam que isso não estava certo? Que iam ganhar com semelhante procedimento? Hem? que iam ganhar?

– An!

Agora não criava porco e queria ver o tipo da prefeitura cobrar dele imposto e multa. Arrancavam-lhe a camisa do corpo e ainda por cima davam-lhe facão e cadeia. Pois não trabalharia mais, ia descansar.

Talvez não fosse. Interrompeu o monólogo, levou uma eternidade contando e recontando mentalmente o dinheiro.

Amarrotou-o com força, empurrou-o no bolso raso da calça, meteu na casa estreita o botão de osso. Porcaria.

Levantou-se, foi até a porta de uma bodega, com vontade de beber cachaça. Como havia muitas pessoas encostadas ao balcão, recuou. Não gostava de se ver no meio do povo. Falta de costume. Às vezes dizia uma coisa sem intenção de ofender, entendiam outra, e lá vinham questões. Perigoso entrar na bodega. O único vivente que o compreendia era a mulher. Nem precisava falar: bastavam os gestos. Sinha Terta é que se explicava como gente da rua. Muito bom uma criatura ser assim, ter recurso para se defender. Ele não tinha. Se tivesse, não viveria naquele estado.

Um perigo entrar na bodega. Estava com desejo de beber um quarteirão de cachaça, mas lembrava-se da última visita feita à venda de seu Inácio. Se não tivesse tido a ideia de beber, não lhe haveria sucedido aquele desastre. Nem podia tomar uma pinga descansado. Bem. Ia voltar para casa e dormir.

Saiu lento, pesado, capiongo, as rosetas das esporas silenciosas. Não conseguiria dormir. Na cama de varas havia um pau com um nó, bem no meio. Só muito cansaço fazia um cristão acomodar-se em semelhante dureza. Precisava fatigar-se no lombo de um cavalo ou passar o dia consertando cercas. Derreado, bambo, espichava--se e roncava como um porco. Agora não lhe seria possível fechar os olhos. Rolaria a noite inteira sobre as varas, matutando naquela perseguição. Desejaria imaginar o que ia fazer para o futuro. Não ia fazer nada. Matar-se-ia no serviço e moraria numa casa alheia,

enquanto o deixassem ficar. Depois sairia pelo mundo, iria morrer de fome na catinga seca.

Tirou do bolso o rolo de fumo, preparou um cigarro com a faca de ponta. Se ao menos pudesse recordar-se de fatos agradáveis, a vida não seria inteiramente má.

Deixara a rua. Levantou a cabeça, viu uma estrela, depois muitas estrelas. As figuras dos inimigos esmoreceram. Pensou na mulher, nos filhos e na cachorra morta. Pobre de Baleia. Era como se ele tivesse matado uma pessoa da família.

O SOLDADO AMARELO

Fabiano meteu-se na vereda que ia desembocar na lagoa seca, torrada, coberta de catingueiras e capões de mato. Ia pesado, o aió cheio a tiracolo, muitos látegos e chocalhos pendurados num braço. O facão batia nos tocos.

Espiava o chão como de costume, decifrando rastos. Conheceu os da égua ruça e da cria, marcas de cascos grandes e pequenos. A égua ruça, com certeza. Deixara pelos brancos num tronco de angico. Urinara na areia e o mijo desmanchara as pegadas, o que não aconteceria se se tratasse de um cavalo.

Fabiano ia desprecatado, observando esses sinais e outros que se cruzavam, de viventes menores. Corcunda, parecia farejar o solo – e a catinga deserta animava-se, os bichos que ali tinham passado voltavam, apareciam-lhe diante dos olhos miúdos.

Seguiu a direção que a égua havia tomado. Andara cerca de cem braças quando o cabresto de cabelo que trazia no ombro se enganchou num pé de quipá. Desembaraçou o cabresto, puxou o facão, pôs-se a cortar as quipás e as palmatórias que interrompiam a passagem.

Tinha feito um estrago feio, a terra se cobria de palmas espinhosas. Deteve-se percebendo rumor de garranchos, voltou-se e deu de cara com o soldado amarelo que, um ano antes, o levara à cadeia, onde ele aguentara uma surra e passara a noite. Baixou a arma. Aquilo durou um segundo. Menos: durou uma fração de segundo. Se houvesse durado mais tempo, o amarelo teria caído esperneando na poeira, com o quengo rachado. Como o impulso que moveu o braço de Fabiano foi muito forte, o gesto que ele fez teria sido bastante para um homicídio se outro impulso não lhe dirigisse o braço em sentido contrário. A lâmina parou de chofre, junto à cabeça do intruso, bem em cima do boné vermelho. A princípio o vaqueiro

não compreendeu nada. Viu apenas que estava ali um inimigo. De repente notou que aquilo era um homem e, coisa mais grave, uma autoridade. Sentiu um choque violento, deteve-se, o braço ficou irresoluto, bambo, inclinando-se para um lado e para outro.

O soldado, magrinho, enfezadinho, tremia. E Fabiano tinha vontade de levantar o facão de novo. Tinha vontade, mas os músculos afrouxavam. Realmente não quisera matar um cristão: procedera como quando, a montar brabo, evitava galhos e espinhos. Ignorava os movimentos que fazia na sela. Alguma coisa o empurrava para a direita ou para a esquerda. Era essa coisa que ia partindo a cabeça do amarelo. Se ela tivesse demorado um minuto, Fabiano seria um cabra valente. Não demorara. A certeza do perigo surgira – e ele estava indeciso, de olho arregalado, respirando com dificuldade, um espanto verdadeiro no rosto barbudo coberto de suor, o cabo do facão mal seguro entre os dois dedos úmidos.

Tinha medo e repetia que estava em perigo, mas isto lhe pareceu tão absurdo que se pôs a rir. Medo daquilo? Nunca vira uma pessoa tremer assim. Cachorro. Ele não era dunga na cidade? não pisava os pés dos matutos, na feira? não botava gente na cadeia? Sem-vergonha, mofino.

Irritou-se. Por que seria que aquele safado batia os dentes como um caititu? Não via que ele era incapaz de vingar-se? Não via? Fechou a cara. A ideia do perigo ia-se sumindo. Que perigo? Contra aquilo nem precisava facão, bastavam as unhas. Agitando os chocalhos e os látegos, chegou a mão esquerda, grossa e cabeluda, à cara do polícia, que recuou e se encostou a uma catingueira. Se não fosse a catingueira, o infeliz teria caído.

Fabiano pregou nele os olhos ensanguentados, meteu o facão na bainha. Podia matá-lo com as unhas. Lembrou-se da surra que levara e da noite passada na cadeia. Sim senhor. Aquilo ganhava dinheiro para maltratar as criaturas inofensivas. Estava certo? O rosto de Fabiano contraía-se medonho, mais feio que um focinho. Hem? estava certo? Bulir com as pessoas que não fazem mal a ninguém.

Por quê? Sufocava-se, as rugas da testa aprofundavam-se, os pequenos olhos azuis abriam-se demais, numa interrogação dolorosa.

O soldado encolhia-se, escondia-se por detrás da árvore. E Fabiano cravava as unhas nas palmas calosas. Desejava ficar cego outra vez. Impossível readquirir aquele instante de inconsciência. Repetia que a arma era desnecessária, mas tinha a certeza de que não conseguiria utilizá-la – e apenas queria enganar-se. Durante um minuto a cólera que sentia por se considerar impotente foi tão grande que recuperou a força e avançou para o inimigo.

A raiva cessou, os dedos que feriam a palma descerraram-se – e Fabiano estacou desajeitado, como um pato, o corpo amolecido.

Grudando-se à catingueira, o soldado apresentava apenas um braço, uma perna e um pedaço da cara, mas esta banda de homem começava a crescer aos olhos do vaqueiro. E a outra parte, a que estava escondida, devia ser maior. Fabiano tentou afastar a ideia absurda:

– Como a gente pensa coisas bestas!

Alguns minutos antes não pensava em nada, mas agora suava frio e tinha lembranças insuportáveis. Era um sujeito violento, de coração perto da goela. Não, era um cabra que se arreliava algumas vezes – e quando isto acontecia, sempre se dava mal.

Naquela tarde, por exemplo, se não tivesse perdido a paciência e xingado a mãe da autoridade, não teria dormido na cadeia depois de aguentar zinco no lombo. Dois excomungados tinham-lhe caído em cima, um ferro batera-lhe no peito, outro nas costas, ele se arrastara tiritando como um frango molhado. Tudo porque se esquentara e dissera uma palavra inconsideradamente. Falta de criação. Tinha lá culpa? O sarapatel se formara, o cabo abrira caminho entre os feirantes que se apertavam em redor: "Toca pra frente". Depois surra e cadeia, por causa de uma tolice. Ele, Fabiano, tinha sido provocado. Tinha ou não tinha? Salto de reiúna em cima da alpercata. Impacientara-se e largara o palavrão. Natural, xingar a mãe de uma pessoa não vale nada, porque todo o mundo vê logo que a gente não tem a intenção de maltratar ninguém. Um ditério sem importância. O

amarelo devia saber isso. Não sabia. Saíra-se com quatro pedras na mão, apitara. E Fabiano comera da banda podre. "Desafasta."

Deu um passo para a catingueira. Se ele gritasse agora "Desafasta", que faria o polícia? Não se afastaria, ficaria colado ao pé de pau. Uma lazeira, a gente podia xingar a mãe dele. Mas então... Fabiano estirava o beiço e rosnava. Aquela coisa arriada e achacada metia as pessoas na cadeia, dava-lhes surra. Não entendia. Se fosse uma criatura de saúde e muque, estava certo. Enfim apanhar do governo não é desfeita, e Fabiano até sentiria orgulho ao recordar-se da aventura. Mas aquilo... Soltou uns grunhidos. Por que motivo o governo aproveitava gente assim? Só se ele tinha receio de empregar tipos direitos. Aquela cambada só servia para morder as pessoas inofensivas. Ele, Fabiano, seria tão ruim se andasse fardado? Iria pisar os pés dos trabalhadores e dar pancada neles? Não iria.

Aproximou-se lento, fez uma volta, achou-se em frente do polícia, que embasbacou, apoiado ao tronco, a pistola e o punhal inúteis. Esperou que ele se mexesse. Era uma lazeira, certamente, mas vestia farda e não ia ficar assim, os olhos arregalados, os beiços brancos, os dentes chocalhando como bilros. Ia bater o pé, gritar, levantar a espinha, plantar-lhe o salto da reiuna em cima da alpercata. Desejava que ele fizesse isso. A ideia de ter sido insultado, preso, moído por uma criatura mofina era insuportável. Mirava-se naquela covardia, via-se mais lastimoso e miserável que o outro.

Baixou a cabeça, coçou os pelos ruivos do queixo. Se o soldado não puxasse o facão, não gritasse, ele, Fabiano, seria um vivente muito desgraçado.

Devia sujeitar-se àquela tremura, àquela amarelidão? Era um bicho resistente, calejado. Tinha nervo, queria brigar, metera-se em espalhafatos e saíra de crista levantada. Recordou-se de lutas antigas, em danças com fêmea e cachaça. Uma vez, de lambedeira em punho, espalhara a negrada. Aí sinha Vitória começara a gostar dele. Sempre fora reimoso. Iria esfriando com a idade? Quantos anos teria? Ignorava, mas certamente envelhecia e fraquejava. Se possuísse

espelhos, veria rugas e cabelos brancos. Arruinado, um caco. Não sentira a transformação, mas estava-se acabando.

O suor umedeceu-lhe as mãos duras. Então? Suando com medo de uma peste que se escondia tremendo? Não era uma infelicidade grande, a maior das infelicidades? Provavelmente não se esquentaria nunca mais, passaria o resto da vida assim mole e ronceiro. Como a gente muda! Era. Estava mudado. Outro indivíduo, muito diferente do Fabiano que levantava poeira nas salas de dança. Um Fabiano bom para aguentar facão no lombo e dormir na cadeia.

Virou a cara, enxergou o facão de rasto. Aquilo nem era facão, não servia para nada. Ora não servia!

– Quem disse que não servia?

Era um facão verdadeiro, sim senhor, movera-se como um raio cortando palmas de quipá. E estivera a pique de rachar o quengo de um sem-vergonha. Agora dormia na bainha rota, era um troço inútil, mas tinha sido uma arma. Se aquela coisa tivesse durado mais um segundo, o polícia estaria morto. Imaginou-o assim, caído, as pernas abertas, os bugalhos apavorados, um fio de sangue empastando-lhe os cabelos, formando um riacho entre os seixos da vereda. Muito bem! Ia arrastá-lo para dentro da catinga, entregá-lo aos urubus. E não sentiria remorso. Dormiria com a mulher, sossegado, na cama de varas. Depois gritaria aos meninos, que precisavam criação. Era um homem, evidentemente.

Aprumou-se, fixou os olhos nos olhos do polícia, que se desviaram. Um homem. Besteira pensar que ia ficar murcho o resto da vida. Estava acabado? Não estava. Mas para que suprimir aquele doente que bambeava e só queria ir para baixo? Inutilizar-se por causa de uma fraqueza fardada que vadiava na feira e insultava os pobres! Não se inutilizava, não valia a pena inutilizar-se. Guardava a sua força.

Vacilou e coçou a testa. Havia muitos bichinhos assim ruins, havia um horror de bichinhos assim fracos e ruins.

Afastou-se, inquieto. Vendo-o acanalhado e ordeiro, o soldado ganhou coragem, avançou, pisou firme, perguntou o caminho.

E Fabiano tirou o chapéu de couro.

– Governo é governo.

Tirou o chapéu de couro, curvou-se e ensinou o caminho ao soldado amarelo.

O MUNDO COBERTO DE PENAS

O mulungu do bebedouro cobria-se de arribações. Mau sinal, provavelmente o sertão ia pegar fogo. Vinham em bandos, arranchavam-se nas árvores da beira do rio, descansavam, bebiam e, como em redor não havia comida, seguiam viagem para o sul. O casal agoniado sonhava desgraças. O sol chupava os poços, e aquelas excomungadas levavam o resto da água, queriam matar o gado.

Sinha Vitória falou assim, mas Fabiano resmungou, franziu a testa, achando a frase extravagante. Aves matarem bois e cabras, que lembrança! Olhou a mulher, desconfiado, julgou que ela estivesse tresvariando. Foi sentar-se no banco do copiar, examinou o céu limpo, cheio de claridades de mau agouro, que a sombra das arribações cortava. Um bicho de penas matar o gado! Provavelmente sinha Vitória não estava regulando.

Fabiano estirou o beiço e enrugou mais a testa suada: impossível compreender a intenção da mulher. Não atinava. Um bicho tão pequeno! Achou a coisa obscura e desistiu de aprofundá-la. Entrou em casa, trouxe o aió, preparou um cigarro, bateu com o fuzil na pedra, chupou uma tragada longa. Espiou os quatro cantos, ficou alguns minutos voltado para o norte, coçando o queixo.

– Chi! Que fim de mundo!

Não permaneceria ali muito tempo. No silêncio comprido só se ouvia um rumor de asas.

Como era que sinha Vitória tinha dito? A frase dela tornou ao espírito de Fabiano e logo a significação apareceu. As arribações bebiam a água. Bem. O gado curtia sede e morria. Muito bem. As arribações matavam o gado. Estava certo. Matutando, a gente via que era assim, mas sinha Vitória largava tiradas embaraçosas. Agora Fabia-

no percebia o que ela queria dizer. Esqueceu a infelicidade próxima, riu-se encantado com a esperteza de sinha Vitória. Uma pessoa como aquela valia ouro. Tinha ideias, sim senhor, tinha muita coisa no miolo. Nas situações difíceis encontrava saída. Então! Descobrir que as arribações matavam o gado! E matavam. Aquela hora o mulungu do bebedouro, sem folhas e sem flores, uma garrancharia pelada, enfeitava-se de penas.

Desejou ver aquilo de perto, levantou-se, botou o aió a tiracolo, foi buscar o chapéu de couro e a espingarda de pederneira. Desceu o copiar, atravessou o pátio, avizinhou-se da ladeira pensando na cachorra Baleia. Coitadinha. Tinham-lhe aparecido aquelas coisas horríveis na boca, o pelo caíra, e ele precisara matá-la. Teria procedido bem? Nunca havia refletido nisso. A cachorra estava doente. Podia consentir que ela mordesse os meninos? Podia consentir? Loucura expor as crianças à hidrofobia. Pobre da Baleia. Sacudiu a cabeça para afastá-la do espírito. Era o diabo daquela espingarda que lhe trazia a imagem da cadelinha. A espingarda, sem dúvida. Virou o rosto defronte das pedras do fim do pátio, onde Baleia aparecera fria, inteiriçada, com os olhos comidos pelos urubus.

Alargou o passo, desceu a ladeira, pisou a terra de aluvião, aproximou-se do bebedouro. Havia um bater doido de asas por cima da poça de água preta, a garrancheira do mulungu estava completamente invisível. Pestes. Quando elas desciam do sertão, acabava-se tudo. O gado ia finar-se, até os espinhos secariam.

Suspirou. Que havia de fazer? Fugir de novo, aboletar-se noutro lugar, recomeçar a vida. Levantou a espingarda, puxou o gatilho sem pontaria. Cinco ou seis aves caíram no chão, o resto se espantou, os galhos queimados surgiram nus. Mas pouco a pouco se foram cobrindo, aquilo não tinha fim.

Fabiano sentou-se desanimado na ribanceira do bebedouro, carregou lentamente a espingarda com chumbo miúdo e não socou a bucha, para a carga espalhar-se e alcançar muitos inimigos. Novo tiro, novas quedas, mas isto não deu nenhum prazer a Fabiano. Tinha

ali comida para dois ou três dias; se possuísse munição, teria comida para semanas e meses.

Examinou o polvarinho e o chumbeiro, pensou na viagem, estremeceu. Tentou iludir-se, imaginou que ela não se realizaria se ele não a provocasse com ideias ruins. Reacendeu o cigarro, procurou distrair-se falando baixo. Sinha Terta era pessoa de muito saber naquelas beiradas. Como andariam as contas com o patrão? Estava ali o que ele não conseguiria nunca decifrar. Aquele negócio de juros engolia tudo, e afinal o branco ainda achava que fazia favor. O soldado amarelo...

Fabiano, encaiporado, fechou as mãos e deu murros na coxa. Diabo. Esforçava-se por esquecer uma infelicidade, e vinham outras infelicidades. Não queria lembrar-se do patrão nem do soldado amarelo. Mas lembrava-se, com desespero, enroscando-se como uma cascavel assanhada. Era um infeliz, era a criatura mais infeliz do mundo. Devia ter ferido naquela tarde o soldado amarelo, devia tê-lo cortado a facão. Cabra ordinário, mofino, encolhera-se e ensinara o caminho. Esfregou a testa suada e enrugada. Para que recordar vergonha? Pobre dele. Estava então decidido que viveria sempre assim? Cabra safado, mole. Se não fosse tão fraco, teria entrado no cangaço e feito misérias. Depois levaria um tiro de emboscada ou envelheceria na cadeia, cumprindo sentença, mas isto era melhor que acabar-se numa beira de caminho, assando no calor, a mulher e os filhos acabando-se também. Devia ter furado o pescoço do amarelo com faca de ponta, devagar. Talvez estivesse preso e respeitado, um homem respeitado, um homem. Assim como estava, ninguém podia respeitá-lo. Não era homem, não era nada. Aguentava zinco no lombo e não se vingava.

– Fabiano, meu filho, tem coragem. Tem vergonha, Fabiano. Mata o soldado amarelo. Os soldados amarelos são uns desgraçados que precisam morrer. Mata o soldado amarelo e os que mandam nele.

Como gesticulava com furor, gastando muita energia, pôs-se a resfolegar e sentiu sede. Pela cara vermelha e queimada o suor corria, tornava mais escura a barba ruiva. Desceu da ribanceira, agachou-se à beira da água salobra, pôs-se a beber ruidosamente nas

palmas das mãos. Uma nuvem de arribações voou assustada. Fabiano levantou-se, um brilho de indignação nos olhos.

– Miseráveis.

A cólera dele se voltava de novo contra as aves. Tornou a sentar-se na ribanceira, atirou muitas vezes nos ramos do mulungu, o chão ficou todo coberto de cadáveres. Iam ser salgados, estendidos em cordas. Tencionou aproveitá-los como alimento na viagem próxima. Devia gastar o resto do dinheiro em chumbo e pólvora, passar um dia no bebedouro, depois largar-se pelo mundo. Seria necessário mudar-se? Apesar de saber perfeitamente que era necessário, agarrou-se a esperanças frágeis. Talvez a seca não viesse, talvez chovesse. Aqueles malditos bichos é que lhe faziam medo. Procurou esquecê-los. Mas como poderia esquecê-los se estavam ali, voando-lhe em torno da cabeça, agitando-se na lama, empoleirados nos galhos, espalhados no chão, mortos? Se não fossem eles, a seca não existiria. Pelo menos não existiria naquele momento: viria depois, seria mais curta. Assim, começava logo – e Fabiano sentia-a de longe. Sentia-a como se ela já tivesse chegado, experimentava adiantadamente a fome, a sede, as fadigas imensas das retiradas. Alguns dias antes estava sossegado, preparando látegos, consertando cercas. De repente, um risco no céu, outros riscos, milhares de riscos juntos, nuvens, o medonho rumor de asas a anunciar destruição. Ele já andava meio desconfiado vendo as fontes minguarem. E olhava com desgosto a brancura das manhãs longas e a vermelhidão sinistra das tardes. Agora confirmavam-se as suspeitas.

– Miseráveis.

As bichas excomungadas eram a causa da seca. Se pudesse matá-las, a seca se extinguiria. Mexeu-se com violência, carregou a espingarda furiosamente. A mão grossa, cabeluda, cheia de manchas e descascada, tremia sacudindo a vareta.

– Pestes.

Impossível dar cabo daquela praga. Estirou os olhos pela campina, achou-se isolado. Sozinho num mundo coberto de penas, de aves que iam comê-lo. Pensou na mulher e suspirou. Coitada de sinha

Vitória, novamente nos descampados, transportando o baú de folha. Uma pessoa de tanto juízo marchar na terra queimada, esfolar os pés nos seixos, era duro. As arribações matavam o gado. Como tinha sinha Vitória descoberto aquilo? Difícil. Ele, Fabiano, espremendo os miolos, não diria semelhante frase. Sinha Vitória fazia contas direito: sentava-se na cozinha, consultava montes de sementes de várias espécies, correspondentes a mil-réis, tostões e vinténs. E acertava. As contas do patrão eram diferentes, arranjadas a tinta e contra o vaqueiro, mas Fabiano sabia que elas estavam erradas e o patrão queria enganá-lo. Enganava. Que remédio? Fabiano, um desgraçado, um cabra, dormia na cadeia e aguentava zinco no lombo. Podia reagir? Não podia. Um cabra. Mas as contas de sinha Vitória deviam ser exatas. Pobre de sinha Vitória. Não conseguiria nunca estender os ossos numa cama, o único desejo que tinha. Os outros não se deitavam em camas? Receando magoá-la, Fabiano concordava com ela, embora aquilo fosse um sonho. Não poderiam dormir como gente. E agora iam ser comidos pelas arribações.

Desceu da ribanceira, apanhou lentamente os cadáveres, meteu-os no aió, que ficou cheio, empanzinado. Retirou-se devagar. Ele, sinha Vitória e os dois meninos comeriam as arribações.

Se a cachorra Baleia estivesse viva, iria regalar-se. Por que seria que o coração dele se apertava? Coitadinha da cadela. Matara-a forçado, por causa da moléstia. Depois voltara aos látegos, às cercas, às contas embaraçadas do patrão. Subiu a ladeira, avizinhou-se dos juazeiros. Junto à raiz de um deles a pobrezinha gostava de espojar-se, cobrir-se de garranchos e folhas secas. Fabiano suspirou, sentiu um peso enorme por dentro. Se tivesse cometido um erro? Olhou a planície torrada, o morro onde os preás saltavam, confessou às catingueiras e aos alastrados que o animal tivera hidrofobia, ameaçara as crianças. Matara-o por isso.

Aqui as ideias de Fabiano atrapalharam-se: a cachorra misturou-se com as arribações, que não se distinguiam da seca. Ele, a mulher e os dois meninos seriam comidos. Sinha Vitória tinha razão: era atilada e percebia as coisas de longe. Fabiano arregalava os olhos

e desejava continuar a admirá-la. Mas o coração grosso, como um cururu, enchia-se com a lembrança da cadela. Coitadinha, magra, dura, inteiriçada, os olhos arrancados pelos urubus.

Diante dos juazeiros, Fabiano apressou-se. Sabia lá se a alma de Baleia andava por ali, fazendo visagem?

Chegou-se a casa, com medo. Ia escurecendo, e àquela hora ele sentia sempre uns vagos terrores. Ultimamente vivia esmorecido, mofino, porque as desgraças eram muitas. Precisava consultar sinha Vitória, combinar a viagem, livrar-se das arribações, explicar-se, convencer-se de que não praticara injustiça matando a cachorra. Necessário abandonar aqueles lugares amaldiçoados. Sinha Vitória pensaria como ele.

FUGA

A vida na fazenda se tornara difícil. Sinha Vitória benzia-se tremendo, manejava o rosário, mexia os beiços rezando rezas desesperadas. Encolhido no banco do copiar, Fabiano espiava a catinga amarela, onde as folhas secas se pulverizavam, trituradas pelos redemoinhos, e os garranchos se torciam, negros, torrados. No céu azul as últimas arribações tinham desaparecido. Pouco a pouco os bichos se finavam, devorados pelo carrapato. E Fabiano resistia, pedindo a Deus um milagre. Mas quando a fazenda se despovoou, viu que tudo estava perdido, combinou a viagem com a mulher, matou o bezerro morrinhento que possuíam, salgou a carne, largou-se com a família, sem se despedir do amo. Não poderia nunca liquidar aquela dívida exagerada. Só lhe restava jogar-se ao mundo, como negro fugido.

Saíram de madrugada. Sinha Vitória meteu o braço pelo buraco da parede e fechou a porta da frente com a taramela. Atravessaram o pátio, deixaram na escuridão o chiqueiro e o curral, vazios, de porteiras abertas, o carro de bois que apodrecia, os juazeiros. Ao passar junto às pedras onde os meninos atiravam cobras mortas, sinha Vitória lembrou-se da cachorra Baleia, chorou, mas estava invisível e ninguém percebeu o choro.

Desceram a ladeira, atravessaram o rio seco, tomaram rumo para o sul. Com a fresca da madrugada, andaram bastante, em silêncio, quatro sombras no caminho estreito coberto de seixos miúdos – os meninos à frente, conduzindo trouxas de roupa, sinha Vitória sob o baú de folha pintada e a cabaça de água, Fabiano atrás, de facão de rasto e faca de ponta, a cuia pendurada por uma correia amarrada ao cinturão, o aió a tiracolo, a espingarda de pederneira num ombro, o

saco da matalotagem no outro. Caminharam bem três léguas antes que a barra do nascente aparecesse.

Fizeram alto. E Fabiano depôs no chão parte da carga, olhou o céu, as mãos em pala na testa. Arrastara-se até ali na incerteza de que aquilo fosse realmente mudança. Retardara-se e repreendera os meninos, que se adiantavam, aconselhara-os a poupar forças. A verdade é que não queria afastar-se da fazenda. A viagem parecia-lhe sem jeito, nem acreditava nela. Preparara-a lentamente, adiara-a, tornara a prepará-la, e só se resolvera a partir quando estava definitivamente perdido. Podia continuar a viver num cemitério? Nada o prendia àquela terra dura, acharia um lugar menos seco para enterrar-se. Era o que Fabiano dizia, pensando em coisas alheias: o chiqueiro e o curral, que precisavam conserto, o cavalo de fábrica, bom companheiro, a égua alazã, as catingueiras, as panelas de losna, as pedras da cozinha, a cama de varas. E os pés dele esmoreciam, as alpercatas calavam-se na escuridão. Seria necessário largar tudo? As alpercatas chiavam de novo no caminho coberto de seixos.

Agora Fabiano examinava o céu, a barra que tingia o nascente, e não queria convencer-se da realidade. Procurou distinguir qualquer coisa diferente da vermelhidão que todos os dias espiava, com o coração aos baques. As mãos grossas, por baixo da aba curva do chapéu, protegiam-lhe os olhos contra a claridade e tremiam.

Os braços penderam, desanimados.

– Acabou-se.

Antes de olhar o céu, já sabia que ele estava negro num lado, cor de sangue no outro, e ia tornar-se profundamente azul.

Estremeceu como se descobrisse uma coisa muito ruim.

Desde o aparecimento das arribações vivia desassossegado. Trabalhava demais para não perder o sono. Mas no meio do serviço um arrepio corria-lhe no espinhaço, à noite acordava agoniado e encolhia-se num canto da cama de varas, mordido pelas pulgas, conjecturando misérias.

A luz aumentou e espalhou-se na campina. Só aí principiou a viagem. Fabiano atentou na mulher e nos filhos, apanhou a es-

pingarda e o saco dos mantimentos, ordenou a marcha com uma interjeição áspera.

Afastaram-se rápidos, como se alguém os tangesse, e as alpercatas de Fabiano iam quase tocando os calcanhares dos meninos. A lembrança da cachorra Baleia picava-o, intolerável. Não podia livrar-se dela. Os mandacarus e os alastrados vestiam a campina, espinho, só espinho. E Baleia aperreava-o. Precisava fugir daquela vegetação inimiga.

Os meninos corriam. Sinha Vitória procurou com a vista o rosário de contas brancas e azuis arrumado entre os peitos, mas, com o movimento que fez, o baú de folha pintada ia caindo. Aprumou-se e endireitou o baú, remexeu os beiços numa oração. Deus Nosso Senhor protegeria os inocentes. Sinha Vitória fraquejou, uma ternura imensa encheu-lhe o coração. Reanimou-se, tentou libertar-se dos pensamentos tristes e conversar com o marido por monossílabos. Apesar de ter boa ponta de língua, sentia um aperto na garganta e não poderia explicar-se. Mas achava-se desamparada e miúda na solidão, necessitava um apoio, alguém que lhe desse coragem. Indispensável ouvir qualquer som. A manhã, sem pássaros, sem folhas e sem vento, progredia num silêncio de morte. A faixa vermelha desaparecera, diluíra-se no azul que enchia o céu. Sinha Vitória precisava falar. Se ficasse calada, seria como um pé de mandacaru, secando, morrendo. Queria enganar-se, gritar, dizer que era forte, e a quentura medonha, as árvores transformadas em garranchos, a imobilidade e o silêncio não valiam nada. Chegou-se a Fabiano, amparou-o e amparou-se, esqueceu os objetos próximos, os espinhos, as arribações, os urubus que farejavam carniça. Falou no passado, confundiu-o com o futuro. Não poderiam voltar a ser o que já tinham sido?

Fabiano hesitou, resmungou, como fazia sempre que lhe dirigiam palavras incompreensíveis. Mas achou bom que sinha Vitória tivesse puxado conversa. Ia num desespero, o saco da comida e o aió começavam a pesar excessivamente. Sinha Vitória fez a pergunta, Fabiano matutou e andou bem meia légua sem sentir.

A princípio quis responder que evidentemente eles eram o que tinham sido; depois achou que estavam mudados, mais velhos e mais fracos. Eram outros, para bem dizer. Sinha Vitória insistiu. Não seria bom tornarem a viver como tinham vivido, muito longe? Fabiano agitava a cabeça, vacilando. Talvez fosse, talvez não fosse. Cochicharam uma conversa longa e entrecortada, cheia de mal-entendidos e repetições. Viver como tinham vivido, numa casinha protegida pela bolandeira de seu Tomás. Discutiram e acabaram reconhecendo que aquilo não valeria a pena, porque estariam sempre assustados, pensando na seca. Aproximavam-se agora dos lugares habitados, haveriam de achar morada. Não andariam sempre à toa, como ciganos. O vaqueiro ensombrava-se com a ideia de que se dirigia a terras onde talvez não houvesse gado para tratar. Sinha Vitória tentou sossegá-lo dizendo que ele poderia entregar-se a outras ocupações, e Fabiano estremeceu, voltou-se, estirou os olhos em direção à fazenda abandonada. Recordou-se dos animais feridos e logo afastou a lembrança. Que fazia ali virado para trás? Os animais estavam mortos. Encarquilhou as pálpebras contendo as lágrimas, uma grande saudade espremeu-lhe o coração, mas um instante depois vieram-lhe ao espírito figuras insuportáveis: o patrão, o soldado amarelo, a cachorra Baleia inteiriçada junto às pedras do fim do pátio.

Os meninos sumiam-se numa curva do caminho. Fabiano adiantou-se para alcançá-los. Era preciso aproveitar a disposição deles, deixar que andassem à vontade. Sinha Vitória acompanhou o marido, chegou-se aos filhos. Dobrando o cotovelo da estrada, Fabiano sentia distanciar-se um pouco dos lugares onde tinha vivido alguns anos; o patrão, o soldado amarelo e a cachorra Baleia esmoreceram no seu espírito.

E a conversa recomeçou. Agora Fabiano estava meio otimista. Endireitou o saco da comida, examinou o rosto carnudo e as pernas grossas da mulher. Bem. Desejou fumar. Como segurava a boca do saco e a coronha da espingarda, não pôde realizar o desejo. Temeu arriar, não prosseguir na caminhada. Continuou a tagarelar, agitando

a cabeça para afugentar uma nuvem que, vista de perto, escondia o patrão, o soldado amarelo e a cachorra Baleia. Os pés calosos, duros como cascos, metidos em alpercatas novas, caminhariam meses. Ou não caminhariam? Sinha Vitória achou que sim. Fabiano agradeceu a opinião dela e gabou-lhe as pernas grossas, as nádegas volumosas, os peitos cheios. As bochechas de sinha Vitória avermelharam-se e Fabiano repetiu com entusiasmo o elogio. Era. Estava boa, estava taluda, poderia andar muito. Sinha Vitória riu e baixou os olhos. Não era tanto como ele dizia não. Dentro de pouco tempo estaria magra, de seios bambos. Mas recuperaria carnes. E talvez esse lugar para onde iam fosse melhor que os outros onde tinham estado. Fabiano estirou o beiço, duvidando. Sinha Vitória combateu a dúvida. Por que não haveriam de ser gente, possuir uma cama igual à de seu Tomás da bolandeira? Fabiano franziu a testa: lá vinham os despropósitos. Sinha Vitória insistiu e dominou-o. Por que haveriam de ser sempre desgraçados, fugindo no mato como bichos? Com certeza existiam no mundo coisas extraordinárias. Podiam viver escondidos, como bichos? Fabiano respondeu que não podiam.

– O mundo é grande.

Realmente para eles era bem pequeno, mas afirmavam que era grande – e marchavam, meio confiados, meio inquietos. Olharam os meninos, que olhavam os montes distantes, onde havia seres misteriosos. Em que estariam pensando?, zumbiu sinha Vitória. Fabiano estranhou a pergunta e rosnou uma objeção. Menino é bicho miúdo, não pensa. Mas sinha Vitória renovou a pergunta – e a certeza do marido abalou-se. Ela devia ter razão. Tinha sempre razão. Agora desejava saber que iriam fazer os filhos quando crescessem.

– Vaquejar – opinou Fabiano.

Sinha Vitória, com uma careta enjoada, balançou a cabeça negativamente, arriscando-se a derrubar o baú de folha. Nossa Senhora os livrasse de semelhante desgraça. Vaquejar, que ideia! Chegariam a uma terra distante, esqueceriam a catinga onde havia montes baixos, cascalho, rios secos, espinho, urubus, bichos morrendo, gente morrendo. Não voltariam nunca mais, resistiriam à saudade

que ataca os sertanejos na mata. Então eles eram bois para morrer tristes por falta de espinhos? Fixar- se-iam muito longe, adotariam costumes diferentes.

Fabiano ouviu os sonhos da mulher, deslumbrado, relaxou os músculos, e o saco da comida escorregou-lhe no ombro. Aprumou-se, deu um puxão à carga. A conversa de sinha Vitória servira muito: haviam caminhado léguas quase sem sentir. De repente veio a fraqueza. Devia ser fome. Fabiano ergueu a cabeça, piscou os olhos por baixo da aba negra e queimada do chapéu de couro. Meio-dia, pouco mais ou menos. Baixou os olhos encandeados, procurou descobrir na planície uma sombra ou sinal de água. Estava realmente com um buraco no estômago. Endireitou o saco de novo e, para conservá-lo em equilíbrio, andou pendido, um ombro alto, outro baixo. O otimismo de sinha Vitória já não lhe fazia mossa. Ela ainda se agarrava a fantasias. Coitada. Armar semelhantes planos, assim bamba, o peso do baú e da cabaça enterrando-lhe o pescoço no corpo.

Foram descansar sob os garranchos de uma quixabeira, mastigaram punhados de farinha e pedaços de carne, beberam na cuia uns goles de água. Na testa de Fabiano o suor secava, misturando--se à poeira que enchia as rugas fundas, embebendo-se na correia do chapéu. A tontura desaparecera, o estômago sossegara. Quando partissem, a cabaça não envergaria o espinhaço de sinha Vitória. Instintivamente procurou no descampado indício de fonte. Um friozinho agudo arrepiou-o. Mostrou os dentes sujos num riso infantil. Como podia ter frio com semelhante calor? Ficou um instante assim besta, olhando os filhos, a mulher e a bagagem pesada. O menino mais velho esbrugava um osso com apetite. Fabiano lembrou-se da cachorra Baleia, outro arrepio correu-lhe a espinha, o riso besta esmoreceu.

Se achassem água ali por perto, beberiam muito, sairiam cheios, arrastando os pés. Fabiano comunicou isto a sinha Vitória e indicou uma depressão do terreno. Era um bebedouro, não era? Sinha Vitória estirou o beiço, indecisa, e Fabiano afirmou o que

havia perguntado. Então ele não conhecia aquelas paragens? Estava a falar variedades? Se a mulher tivesse concordado, Fabiano arrefeceria, pois lhe faltava convicção; como sinha Vitória tinha dúvidas, Fabiano exaltava-se, procurava incutir-lhe coragem. Inventava o bebedouro, descrevia-o, mentia sem saber que estava mentindo. E sinha Vitória excitava-se, transmitia- lhe esperanças. Andavam por lugares conhecidos. Qual era o emprego de Fabiano? Tratar de bichos, explorar os arredores, no lombo de um cavalo. E ele explorava tudo. Para lá dos montes afastados havia outro mundo, um mundo temeroso; mas para cá, na planície, tinha de cor plantas e animais, buracos e pedras.

Os meninos deitaram-se e pegaram no sono. Sinha Vitória pediu o binga ao companheiro e acendeu o cachimbo. Fabiano preparou um cigarro. Por enquanto estavam sossegados. O bebedouro indeciso tornara-se realidade. Voltaram a cochichar projetos, as fumaças do cigarro e do cachimbo misturaram-se. Fabiano insistiu nos seus conhecimentos topográficos, falou no cavalo de fábrica. Ia morrer na certa, um animal tão bom. Se tivesse vindo com eles, transportaria a bagagem. Algum tempo comeria folhas secas, mas além dos montes encontraria alimento verde. Infelizmente pertencia ao fazendeiro – e definhava, sem ter quem lhe desse a ração. Ia morrer o amigo, lazarento e com esparavões, num canto de cerca, vendo os urubus chegarem banzeiros, saltando, os bicos ameaçando-lhe os olhos. A lembrança das aves medonhas, que ameaçavam com os bicos pontudos os olhos de criaturas vivas, horrorizou Fabiano. Se elas tivessem paciência, comeriam tranquilamente a carniça. Não tinham paciência, aquelas pestes vorazes que voavam lá em cima, fazendo curvas.

– Pestes.

Voavam sempre, não se podia saber donde vinha tanto urubu.

– Pestes.

Olhou as sombras movediças que enchiam a campina. Talvez estivessem fazendo círculos em redor do pobre cavalo esmorecido num canto de cerca. Os olhos de Fabiano se umedeceram. Coitado

do cavalo. Estava magro, pelado, faminto, e arredondava uns olhos que pareciam de gente.

– Pestes.

O que indignava Fabiano era o costume que os miseráveis tinham de atirar bicadas aos olhos de criaturas que já não se podiam defender. Ergueu-se, assustado, como se os bichos tivessem descido do céu azul e andassem ali perto, num voo baixo, fazendo curvas cada vez menores em torno do seu corpo, de sinha Vitória e dos meninos.

Sinha Vitória percebeu-lhe a inquietação na cara torturada e levantou-se também, acordou os filhos, arrumou os picuás. Fabiano retomou o carrego. Sinha Vitória desatou-lhe a correia presa ao cinturão, tirou a cuia e emborcou-a na cabeça do menino mais velho, sobre uma rodilha de molambos. Em cima pôs uma trouxa. Fabiano aprovou o arranjo, sorriu, esqueceu os urubus e o cavalo. Sim senhor. Que mulher! Assim ele ficaria com a carga aliviada e o pequeno teria um guarda-sol. O peso da cuia era uma insignificância, mas Fabiano achou-se leve, pisou rijo e encaminhou-se ao bebedouro. Chegariam lá antes da noite, beberiam, descansariam, continuariam a viagem com o luar. Tudo isso era duvidoso, mas adquiria consistência. E a conversa recomeçou, enquanto o sol descambava.

– Tenho comido toicinho com mais cabelo – declarou Fabiano desafiando o céu, os espinhos e os urubus.

– Não é? – murmurou sinha Vitória sem perguntar, apenas confirmando o que ele dizia.

Pouco a pouco uma vida nova, ainda confusa, se foi esboçando. Acomodar-se-iam num sítio pequeno, o que parecia difícil a Fabiano, criado solto no mato. Cultivariam um pedaço de terra. Mudar-se-iam depois para uma cidade, e os meninos frequentariam escolas, seriam diferentes deles. Sinha Vitória esquentava-se. Fabiano ria, tinha desejo de esfregar as mãos agarradas à boca do saco e a coronha da espingarda de pederneira.

Não sentia a espingarda, o saco, as pedras miúdas que lhe entravam nas alpercatas, o cheiro de carniças que empestavam o caminho. As palavras de sinha Vitória encantavam-no. Iriam para dian-

te, alcançariam uma terra desconhecida. Fabiano estava contente e acreditava nessa terra, porque não sabia como ela era nem onde era. Repetia docilmente as palavras de sinha Vitória, as palavras que sinha Vitória murmurava porque tinha confiança nele. E andavam para o sul, metidos naquele sonho. Uma cidade grande, cheia de pessoas fortes. Os meninos em escolas, aprendendo coisas difíceis e necessárias. Eles dois velhinhos, acabando-se como uns cachorros, inúteis, acabando-se como Baleia. Que iriam fazer? Retardaram-se, temerosos. Chegariam a uma terra desconhecida e civilizada, ficariam presos nela. E o sertão continuaria a mandar gente para lá. O sertão mandaria para a cidade homens fortes, brutos, como Fabiano, sinha Vitória e os dois meninos.

S.
BERNARDO

ntes de iniciar este livro, imaginei construí-lo pela divisão do trabalho.

Dirigi-me a alguns amigos, e quase todos consentiram de boa vontade em contribuir para o desenvolvimento das letras nacionais. Padre Silvestre ficaria com a parte moral e as citações latinas; João Nogueira aceitou a pontuação, a ortografia e a sintaxe; prometi ao Arquimedes a composição tipográfica; para a composição literária convidei Lúcio Gomes de Azevedo Gondim, redator e diretor do Cruzeiro. Eu traçaria o plano, introduziria na história rudimentos de agricultura e pecuária, faria as despesas e poria o meu nome na capa.

Estive uma semana bastante animado, em conferências com os principais colaboradores, e já via os volumes expostos, um milheiro vendido graças aos elogios que, agora com a morte do Costa Brito, eu meteria na esfomeada Gazeta, mediante lambujem. Mas o otimismo levou água na fervura, compreendi que não nos entendíamos.

João Nogueira queria o romance em língua de Camões, com períodos formados de trás para diante. Calculem.

Padre Silvestre recebeu-me friamente. Depois da revolução de Outubro, tornou-se uma fera, exige devassas rigorosas e castigos para os que não usaram lenços vermelhos. Torceu-me a cara. E éramos amigos. Patriota. Está direito: cada qual tem as suas manias.

Afastei-o da combinação e concentrei as minhas esperanças em Lúcio Gomes de Azevedo Gondim, periodista de boa índole e que escreve o que lhe mandam.

Trabalhamos alguns dias. À tardinha Azevedo Gondim entregava a redação ao Arquimedes, trancava a gaveta onde guarda os níqueis e as pratas, tomava a bicicleta e, pedalando meia hora pela estrada de ro-

dagem que ultimamente Casimiro Lopes andava a consertar com dois ou três homens, alcançava S. Bernardo. Comentava os telegramas dos jornais, atacava o governo, bebia um copo de conhaque que Maria das Dores lhe trazia e, sentindo-se necessário, comandava com submissão:

— Vamos a isso.

Íamos para o alpendre, mergulhávamos em cadeiras de vime e ajeitávamos o enredo, fumando, olhando as novilhas caracus que pastavam no prado, embaixo, e mais longe, à entrada da mata, o telhado vermelho da serraria.

A princípio tudo correu bem, não houve entre nós nenhuma divergência. A conversa era longa, mas cada um prestava atenção às próprias palavras, sem ligar importância ao que o outro dizia. Eu por mim, entusiasmado com o assunto, esquecia constantemente a natureza do Gondim e chegava a considerá-lo uma espécie de folha de papel destinada a receber as ideias confusas que me fervilhavam na cabeça.

O resultado foi um desastre. Quinze dias depois do nosso primeiro encontro, o redator do Cruzeiro apresentou-me dois capítulos datilografados, tão cheios de besteiras que me zanguei:

— Vá para o inferno, Gondim. Você acanalhou o troço. Está pernóstico, está safado, está idiota. Há lá ninguém que fale dessa forma!

Azevedo Gondim apagou o sorriso, engoliu em seco, apanhou os cacos da sua pequenina vaidade e replicou amuado que um artista não pode escrever como fala.

— Não pode? — perguntei com assombro. — E por quê?

Azevedo Gondim respondeu que não pode porque não pode.

— Foi assim que sempre se fez. A literatura é a literatura, seu Paulo. A gente discute, briga, trata de negócios naturalmente, mas arranjar palavras com tinta é outra coisa. Se eu fosse escrever como falo, ninguém me lia.

Levantei-me e encostei-me à balaustrada para ver de perto o touro limosino que Marciano conduzia ao estábulo. Uma cigarra começou a chiar. A velha Margarida veio vindo pelo paredão do

açude, curvada em duas. Na torre da igreja uma coruja piou. Estremeci, pensei em Madalena. Em seguida enchi o cachimbo:

— É o diabo, Gondim. O mingau virou água. Três tentativas falhadas num mês! Beba conhaque, Gondim.

II

A bandonei a empresa, mas um dia destes ouvi novo pio de coruja – e iniciei a composição de repente, valendo-me dos meus próprios recursos e sem indagar se isto me traz qualquer vantagem, direta ou indireta.

Afinal foi bom privar-me da cooperação de padre Silvestre, de João Nogueira e do Gondim. Há fatos que eu não revelaria, cara a cara, a ninguém. Vou narrá-los porque a obra será publicada com pseudônimo. E se souberem que o autor sou eu, naturalmente me chamarão potoqueiro.

Continuemos. Tenciono contar a minha história. Difícil. Talvez deixe de mencionar particularidades úteis, que me pareçam acessórias e dispensáveis. Também pode ser que, habituado a tratar com matutos, não confie suficientemente na compreensão dos leitores e repita passagens insignificantes. De resto isto vai arranjado sem nenhuma ordem, como se vê. Não importa. Na opinião dos caboclos que me servem, todo o caminho dá na venda.

Aqui sentado à mesa da sala de jantar, fumando cachimbo e bebendo café, suspendo às vezes o trabalho moroso, olho a folhagem das laranjeiras que a noite enegrece, digo a mim mesmo que esta pena é um objeto pesado. Não estou acostumado a pensar. Levanto-me, chego à janela que deita para a horta. Casimiro Lopes pergunta se me falta alguma coisa.

– Não.

Casimiro Lopes acocora-se num canto. Volto a sentar-me, releio estes períodos chinfrins.

Ora vejam. Se eu possuísse metade da instrução de Madalena, encoivarava isto brincando. Reconheço finalmente que aquela papelada tinha préstimo.

O que é certo é que, a respeito de letras, sou versado em estatística, pecuária, agricultura, escrituração mercantil, conhecimentos inúteis neste gênero. Recorrendo a eles, arrisco-me a usar expressões técnicas, desconhecidas do público, e a ser tido por pedante. Saindo daí, a minha ignorância é completa. E não vou, está claro, aos cinquenta anos, munir- -me de noções que não obtive na mocidade.

Não obtive, porque elas não me tentavam e porque me orientei num sentido diferente. O meu fito na vida foi apossar-me das terras de S. Bernardo, construir esta casa, plantar algodão, plantar mamona, levantar a serraria e o descaroçador, introduzir nestas brenhas a pomicultura e a avicultura, adquirir um rebanho bovino regular. Tudo isso é fácil quando está terminado e embira-se em duas linhas, mas para o sujeito que vai começar, olha os quatro cantos e não tem em que se pegue, as dificuldades são terríveis. Há também a capela, que fiz por insinuações de padre Silvestre.

Ocupado com esses empreendimentos, não alcancei a ciência de João Nogueira nem as tolices do Gondim. As pessoas que me lerem terão, pois, a bondade de traduzir isto em linguagem literária, se quiserem. Se não quiserem, pouco se perde. Não pretendo bancar escritor. É tarde para mudar de profissão. E o pequeno que ali está chorando necessita quem o encaminhe e lhe ensine as regras de bem viver.

– Então para que escreve?

– Sei lá!

O pior é que já estraguei diversas folhas e ainda não principiei.

– Maria das Dores, outra xícara de café.

Dois capítulos perdidos. Talvez não fosse mau aproveitar os do Gondim, depois de expurgados.

Começo declarando que me chamo Paulo Honório, peso oitenta e nove quilos e completei cinquenta anos pelo S. Pedro. A idade, o peso, as sobrancelhas cerradas e grisalhas, este rosto vermelho e cabeludo têm-me rendido muita consideração. Quando me faltavam estas qualidades, a consideração era menor.

Para falar com franqueza, o número de anos assim positivo e a data de S. Pedro são convencionais: adoto-os porque estão no livro de assentamentos de batizados da freguesia. Possuo a certidão, que menciona padrinhos, mas não menciona pai nem mãe. Provavelmente eles tinham motivos para não desejarem ser conhecidos. Não posso, portanto, festejar com exatidão o meu aniversário. Em todo o caso, se houver diferença, não deve ser grande: mês a mais ou mês a menos. Isto não vale nada: acontecimentos importantes estão nas mesmas condições.

Sou, pois, o iniciador de uma família, o que, se por um lado me causa alguma decepção, por outro lado me livra da maçada de suportar parentes pobres, indivíduos que de ordinário escorregam com uma sem-vergonheza da peste na intimidade dos que vão trepando.

Se tentasse contar-lhes a minha meninice, precisava mentir. Julgo que rolei por aí à toa. Lembro-me de um cego que me puxava as orelhas e da velha Margarida, que vendia doces. O cego desapareceu. A velha Margarida mora aqui em S. Bernardo, numa casinha limpa, e ninguém a incomoda. Custa-me dez mil-réis por semana, quantia suficiente para compensar o bocado que me deu. Tem um século, e qualquer dia destes compro-lhe mortalha e mando enterrá-la perto do altar-mor da capela.

Até os dezoito anos gastei muita enxada ganhando cinco tostões por doze horas de serviço. Aí pratiquei o meu primeiro ato

digno de referência. Numa sentinela, que acabou em furdunço, abrequei a Germana, cabritinha sarará danadamente assanhada, e arrochei-lhe um beliscão retorcido na popa da bunda. Ela ficou-se mijando de gosto.

Depois botou os quartos de banda e enxeriu-se com o João Fagundes, um que mudou o nome para furtar cavalos. O resultado foi eu arrumar uns cocorotes na Germana e esfaquear João Fagundes. Então o delegado de polícia me prendeu, levei uma surra de cipó de boi, tomei cabacinho e estive de molho, pubo, três anos, nove meses e quinze dias na cadeia, onde aprendi leitura com o Joaquim sapateiro, que tinha uma bíblia miúda, dos protestantes.

Joaquim sapateiro morreu. Germana arruinou. Quando me soltaram, ela estava na vida, de porta aberta, com doença do mundo.

Nesse tempo eu não pensava mais nela, pensava em ganhar dinheiro. Tirei o título de eleitor, e seu Pereira, agiota e chefe político, emprestou-me cem mil-réis a juro de cinco por cento ao mês. Paguei os cem mil-réis e obtive duzentos com o juro reduzido para três e meio por cento. Daí não baixou mais, e estudei aritmética para não ser roubado além da conveniência.

De bicho na capação (falando com pouco ensino), esperneei nas unhas do Pereira, que me levou músculo e nervo, aquele malvado. Depois vinguei-me: hipotecou-me a propriedade e tomei-lhe tudo, deixei-o de tanga. Mas isso foi muito mais tarde.

A princípio o capital se desviava de mim, e persegui-o sem descanso, viajando pelo sertão, negociando com redes, gado, imagens, rosários, miudezas, ganhando aqui, perdendo ali, marchando no fiado, assinando letras, realizando operações embrulhadíssimas. Sofri sede e fome, dormi na areia dos rios secos, briguei com gente que fala aos berros e efetuei transações comerciais de armas engatilhadas. Está um exemplo. O dr. Sampaio comprou-me uma boiada, e na hora da onça beber água deu-me com o cotovelo, ficou palitando os dentes. Andei, virei, mexi, procurei empenhos – e ele duro como beira de sino. Chorei as minhas desgraças: tinha obrigações em penca, aquilo não era trato, e tal, enfim etc. O safado do velhaco, turuna, homem

de facão grande no município dele, passou-me um esbregue. Não desanimei: escolhi uns rapazes em Cancalancó e quando o doutor ia para a fazenda, caí-lhe em cima, de supetão. Amarrei-o, meti-me com ele na capoeira, estraguei-lhe os couros nos espinhos dos mandacarus, quipás, alastrados e rabos-de-raposa.

– Vamos ver quem tem roupa na mochila. Agora eu lhe mostro com quantos paus se faz uma canoa.

O doutor, que ensinou rato a furar almotolia, sacudiu-me a justiça e a religião.

– Que justiça! Não há justiça nem há religião. O que há é que o senhor vai espichar aqui trinta contos e mais os juros de seis meses. Ou paga ou eu mando sangrá-lo devagarinho.

Dr. Sampaio escreveu um bilhete à família e entregou-me no mesmo dia trinta e seis contos e trezentos. Casimiro Lopes foi o portador. Passei o recibo, agradeci e despedi-me:

– Obrigado, Deus o acrescente. Sinto muito ter-lhe causado incômodo. Adeus. E não me venha com a sua justiça, porque se vier, eu viro cachorro doido e o senhor morre na faca cega.

Não tornei a aparecer por aquelas bandas. Se tornasse, era um tiro de pé de pau na certa, a cara esfolada para não ser reconhecido quando me encontrassem com os dentes de fora, fazendo munganga ao sol, e a supressão da minha fortuna, que eu conduzia dentro de um chocalho grande, arrolhado com folhas e pendurado no arção da sela. Ali estava em segurança: se o dinheiro e as folhas caíssem, o chocalho tocava.

Afinal, cansado daquela vida de cigano, voltei para a mata.

Casimiro Lopes, que não bebia água na ribeira do Navio, acompanhou- me. Gosto dele. É corajoso, laça, rasteja, tem faro de cão e fidelidade de cão.

IV

esolvi estabelecer-me aqui na minha terra, município de Viçosa, Alagoas, e logo planeei adquirir a propriedade S. Bernardo, onde trabalhei, no eito, com salário de cinco tostões.

Meu antigo patrão, Salustiano Padilha, que tinha levado uma vida de economias indecentes para fazer o filho doutor, acabara morrendo do estômago e de fome sem ver na família o título que ambicionava. Como quem não quer nada, procurei avistar-me com Padilha moço (Luís).

Encontrei-o no bilhar, jogando bacará, completamente bêbedo. Está claro que o jogo é uma profissão, embora censurável, mas o homem que bebe jogando não tem juízo. Aperuei meia hora e percebi que o rapaz era pexote e estava sendo roubado descaradamente.

Travei amizade com ele e em dois meses emprestei-lhe dois contos de réis, que ele sapecou depressa na orelha da sota e em folias de bacalhau e aguardente, com fêmeas ratuínas, no Pão-sem-Miolo. Vi essas maluqueiras bastante satisfeito, e quando um dia, de novo quebrado, ele me veio convidar para um S. João na fazenda, afrouxei mais quinhentos mil-réis. Ao ver a letra, fingi desprendimento:

– Para que isso? Entre nós... Formalidades.

Mas guardei o papel.

Achei a propriedade em cacos: mato, lama e potó como os diabos. A casa-grande tinha paredes caídas, e os caminhos estavam quase intransitáveis. Mas que terra excelente!

À noite, enquanto a negrada sambava, num forrobodó empestado, levantando poeira na sala, e a música de zabumba e pífanos tocava o hino nacional, Padilha andava com um lote de caboclas fazendo voltas em redor de um tacho de canjica, no pátio que os muçambês invadiam. Tirei-o desse interessante divertimento:

– Por que é que você não cultiva S. Bernardo?

– Como? – perguntou Padilha esfregando os olhos por causa da fumaça e encostando-se a um mamoeiro que murchava ao calor do fogo.

– Tratores, arados, uma agricultura decente. Você nunca pensou? Quanto julga que isto rende, sendo bem aproveitado?

Luís Padilha revelou com a mão e com o beiço ignorância lastimável num proprietário e, sem ligar importância ao assunto, voltou às rodas interrompidas e às caboclas. Mas de madrugada, numa carraspana terrível, importunou-me gemendo palavras desconexas. A cada solavanco do carro de bois que nos conduzia à cidade, levantava a cabeça:

– Tudo rico, seu Paulo. Vai ser uma desgraceira.

Agarrava-se a um fueiro do carro e punha-se a vomitar. Depois pegava no sono para acordar agoniado e arrotando:

– Arados, não há nada como os arados.

Apareceu-me no dia seguinte, ainda com vestígios do pifão:

– Seu Paulo Honório, venho consultá-lo. O senhor, homem prático...

– Às ordens.

– Creio que já lhe disse que resolvi cultivar a fazenda.

– Mais ou menos.

– Resolvi. Aquilo como está não convém. Produz bastante, mas poderá produzir muito mais. Com arados... O senhor não acha? Tenho pensado numa plantação de mandioca e numa fábrica de farinha, moderna. Que diz?

Burrice. Estragar terra tão fértil plantando mandioca!

– É bom.

E não prestei mais atenção ao caso, deixei que ele se entusiasmasse só e fosse discutir o seu projeto no Gurganema, à noite, ao som do violão. Realmente transformou-se. Nas pedras do Paraíba, com uma garrafa de cachaça, aperreava os companheiros de farra – declamando sementes e adubos químicos. Tornou-se regularmente

vaidoso, desejava aprender agronomia, e em pouco tempo a cidade inteira conheceu as plantações, as máquinas, a fábrica de farinha.

– Como vai a lavoura, Padilha?

A princípio respondia, depois compreendeu o ridículo e deu para se esquivar, magoado com as perfídias dos amigos.

– Selvagens! – rosnava aguentando as batotas no bacará. – Vamos para diante.

E a gente ficava sem saber se ele se referia aos parceiros que o pelavam ou aos camaradas que mangavam dele. Procurou-me e desabafou:

– Selvagens! Um empreendimento de vulto, o senhor está vendo, e esses burros vêm com picuinha. Aqui ninguém entende nada, seu Paulo, isto é um lugar infeliz. Aqui só se cogita de safadeza e pulhice.

Cheio de amargura, abalada a decisão dos primeiros dias, confessou-me que tinha tentado contrair um empréstimo com o Pereira.

– Cavalo! Fiz uma exposição minuciosa, demonstrei cabalmente que o negócio é magnífico. Não acreditou, disse que estava no pau da arara. E eu calculei que talvez a transação lhe interessasse. Quer desembolsar aí uns vinte contos?

Examinei sorrindo aquele bichinho amarelo, de beiços delgados e dentes podres.

– Ó Padilha – gracejei –, você já fechou cigarros?

Padilha comprava cigarros feitos.

– É mais cômodo – concordei –, mas é mais caro. Pois, Padilha, se você tivesse fechado cigarros, sabia como é difícil enrolar um milheiro deles. Imagine agora que dá mais trabalho ganhar dez tostões que fechar um cigarro. E um conto de réis tem mil notas de dez tostões. Vinte contos de réis são vinte mil notas de dez tostões. Parece que você ignora isto. Fala em vinte contos assim com essa carinha, como se dinheiro fosse papel sujo. Dinheiro é dinheiro.

Padilha baixou a cabeça e resmungou amuado que sabia contar.

Saiu, voltou outras vezes, insistindo.

– Eu sou capitalista, homem? Você quer-me arrasar?

Padilha rezingava e oferecia a hipoteca de S. Bernardo.

– Bobagem! S. Bernardo não vale o que um periquito rói. O Pereira tem razão. Seu pai esbagaçou a propriedade.

Afinal prometi vagamente:

– Está bem. Vou refletir.

No outro dia ainda estava refletindo:

– Vamos ver, Padilha. Dinheiro é dinheiro.

Passei uma semana nesse jogo, colhendo informações sobre a idade, a saúde e a fortuna do velho Mendonça. Quando me decidi, sujeitos prudentes juraram que eu estava doido.

Padilha recebeu os vinte contos (menos o que me devia e os juros), comprou uma tipografia e fundou o Correio de Viçosa, folha política, noticiosa, independente, que teve apenas quatro números e foi substituída pelo Grêmio Literário e Recreativo. Azevedo Gondim elaborou os estatutos, e na primeira sessão de assembleia geral Padilha foi aclamado sócio benemérito e presidente honorário perpétuo.

Relativamente à agricultura Luís Padilha acuou, esperando uns catálogos de máquinas, que nunca chegaram. Começou a fugir de mim. Se me encontrava, encolhia-se, fingia-se distraído, embicava o chapéu. No vencimento da primeira letra adoeceu. Fui visitá-lo e achei-o escondido na sala de jantar, jogando gamão com João Nogueira. Vendo- -me, atrapalhou-se tanto que os dedos magros, queimados, de unhas roídas, tremiam chocalhando os dados.

Daí em diante encantou-se. Disseram-me que tinha ensebado as canelas para S. Bernardo.

– Que estará fazendo por lá?

A última letra se venceu num dia de inverno. Chovia que era um deus nos acuda. De manhã cedinho mandei Casimiro Lopes selar o cavalo, vesti o capote e parti. Duas léguas em quatro horas. O caminho era um atoleiro sem fim. Avistei as chaminés do engenho do Mendonça e a faixa de terra que sempre foi motivo de questão entre ele e Salustiano Padilha. Agora as cercas de Bom-Sucesso iam comendo S. Bernardo.

Dirigi-me à casa-grande, que parecia mais velha e mais arruinada debaixo do aguaceiro. Os muçambês não tinham sido cortados. Apeei-me e entrei, batendo os pés com força, as esporas tinindo. Luís Padilha dormia na sala principal, numa rede encardida, insensível à chuva que açoitava as janelas e às goteiras que alagavam o chão. Balancei o punho da rede. O ex-diretor do Correio de Viçosa ergueu-se, atordoado:

– Por aqui? Como vai?

– Bem, agradecido.

Sentei-me num banco e apresentei-lhe as letras. Padilha, com um estremecimento de repugnância, mudou a vista:

– Eu tenho pensado nesse negócio, tenho pensado muito. Até perdi o sono. Ontem amanheci com vontade de lhe aparecer, para combinar. Mas não pude. Semelhante chuva...

– Deixemos a chuva.

– Estou em dificuldades sérias. Ia propor uma prorrogação com juros acumulados. Recurso não tenho.

– E a fábrica, os arados?

Luís Padilha respondeu ambiguamente:

– Um inverno deste esculhamba tudo. Recurso não tenho, mas o negócio está garantido. A prorrogação...

– Não vale a pena. Vamos liquidar.

– Ora liquidar! Já não lhe disse que não posso? Salvo se quiser aceitar a tipografia.

– Que tipografia! Você é besta?

– É o que tenho. Cada qual se remedeia com o que tem. Devo, não nego, mas como hei de pagar assim de faca no peito? Se me virarem hoje de cabeça para baixo, não cai do bolso um níquel. Estou liso.

– Isso não são maneiras, Padilha. Olhe que as letras se venceram.

– Mas se não tenho! Hei de furtar? Não posso, está acabado.

– Acabado o quê, meu sem-vergonha! Agora é que vai começar. Tomo-lhe tudo, seu cachorro, deixo-o de camisa e ceroula.

O presidente honorário perpétuo do Grêmio Literário e Recreativo assustou-se:

— Tenha paciência, seu Paulo. Com barulho ninguém se entende. Eu pago. Espere uns dias. A dívida só é ruim para quem deve.

— Não espero nem uma hora. Estou falando sério, e você com tolices! Despropósito não! Quer resolver o caso amigavelmente? Faça preço na propriedade.

Luís Padilha abriu a boca e arregalou os olhos miúdos. S. Bernardo era para ele uma coisa inútil, mas de estimação: ali escondia a amargura e a quebradeira, matava passarinhos, tomava banho no riacho e dormia. Dormia demais, porque receava encontrar o Mendonça.

— Faça o preço.

— Aqui entre nós — murmurou o desgraçado —, sempre desejei conservar a fazenda.

— Para quê? S. Bernardo é uma pinoia. Falo como amigo. Sim senhor, como amigo. Não tenciono ver um camarada com a corda no pescoço. Esses bacharéis têm fome canina, e se eu mandar o Nogueira tocar fogo na binga, você fica de saco nas costas. Despesa muita, Padilha. Faça preço. Debatemos a transação até o lusco-fusco.

Para começar, Luís Padilha pediu oitenta contos.

— Você está maluco! Seu pai dava isto ao Fidélis por cinquenta. E era caro. Hoje que o engenho caiu, o gado dos vizinhos rebentou as porteiras, as casas são taperas, o Mendonça vai passando as unhas nos babados...

Perdi o fôlego. Respirei e ofereci trinta contos. Ele baixou para setenta e mudamos de conversa. Quando tornamos à barganha, subi a trinta e dois. Padilha fez abate para sessenta e cinco e jurou por Deus do céu que era a última palavra. Eu também asseverei que não pingava mais um vintém, porque não valia. Mas lancei trinta e quatro. Padilha, por camaradagem, consentiu em receber sessenta. Discutimos duas horas, repetindo os mesmos embelecos, sem nenhum resultado.

Resolvi discorrer sobre as minhas viagens ao sertão. Depois, com indiferença, insisti nos trinta e quatro contos e obtive modificação para cinquenta e cinco. Mostrei generosidade: trinta e cinco. Padilha endureceu nos cinquenta e cinco, e eu injuriei-o, declarei

que o velho Salustiano tinha deitado fora o dinheiro gasto com ele, no colégio.

Cheguei a ameaçá-lo com as mãos. Recuou para cinquenta. Avancei a quarenta e afirmei que estava roubando a mim mesmo. Nesse ponto cada um puxou para o seu lado. Finca-pé. Chamei em meu auxílio o Mendonça, que engolia a terra, o oficial de justiça, a avaliação e as custas. O infeliz, apavorado, desceu a quarenta e oito. Arrependi-me de haver arriscado quarenta: não valia, era um roubo. Padilha escorregou a quarenta e cinco. Firmei-me nos quarenta. Em seguida roí a corda:

– Muito por baixo. Pindaíba.

Descontado o que ele me devia, o resto seria dividido em letras. Padilha endoideceu: chorou, entregou-se a Deus e desmanchou o que tinha feito. Viesse o advogado, viesse a justiça, viesse a polícia, viesse o diabo. Tomassem tudo. Um fumo para o acordo! Um fumo para a lei!

– Eu me importo com lei? Um fumo!

Tinha meios. Perfeitamente, não andava com a cara para trás. Tinha meios. Ia à tribuna da imprensa, reclamar os seus direitos, protestar contra o esbulho. Afetei comiseração e prometi pagar com dinheiro e com uma casa que possuía na rua. Dez contos. Padilha botou sete contos na casa e quarenta e três em S. Bernardo. Arranquei-lhe mais dois contos: quarenta e dois pela propriedade e oito pela casa. Arengamos ainda meia hora e findamos o ajuste.

Para evitar arrependimento, levei Padilha para a cidade, vigiei-o durante a noite. No outro dia, cedo, ele meteu o rabo na ratoeira e assinou a escritura. Deduzi a dívida, os juros, o preço da casa, e entreguei-lhe sete contos, quinhentos e cinquenta mil-réis. Não tive remorsos.

V

— O senhor andou mal adquirindo a propriedade sem me consultar — gritou Mendonça do outro lado da cerca.

— Por quê? O antigo proprietário não era maior?

— Sem dúvida — respondeu Mendonça avançando as barbas brancas e o nariz curvo. — Mas o senhor devia ter-se informado antes de comprar questão.

— Eu por mim não desejo questionar. Creio que nos entendemos.

— Depende do senhor. Os limites atuais são provisórios, já sabe? É bom esclarecermos isto. Cada qual no que é seu. Não vale a pena consertar a cerca. Eu vou derrubá-la para acertarmos onde deve ficar.

Ponderei ao velho Mendonça que ele já tinha encolhido muito as terras de S. Bernardo. Pedi-lhe que mostrasse os seus papéis. Não sendo possível acordo, era melhor vir o advogado e vir o agrimensor.

— Ótimo! Arranjava-se com os tabeliães e metia-me no bolso. Mas eu não vou nisso. Derruba-se a cerca.

Contei rapidamente os caboclos que iam com ele, contei os meus e asseverei que a cerca não se derrubava. Explicações, com bons modos, sim; gritos não.

E abrandei, meio arrependido, porque não me convinha uma briga com Mendonça, homem reimoso. O que eu não queria era baixar a crista logo no primeiro encontro.

Casimiro Lopes deu um passo; toquei-lhe no ombro e ele recuou.

Mendonça compreendeu a situação, passou a tratar-me com amabilidade excessiva. Paguei na mesma moeda, e como ele precisasse de uns cedros que havia perto de Bom-Sucesso, ofereci-lhe os cedros. Recusou, propôs trocá-los por novilhas zebus. Declarei que não tencionava criar gado indiano, falei com entusiasmo sobre o limosino e o Schwitz.

Mendonça desdenhava as raças finas, que comem demais e não aguentam o carrapato: engordava garrotes para açougue.

Insisti no oferecimento da madeira, e ele estremeceu. A nossa conversa era seca, em voz rápida, com sorrisos frios. Os caboclos estavam desconfiados. Eu tinha o coração aos baques e avaliava as consequências daquela falsidade toda. Mendonça coçava a barba.

– Relativamente aos limites, julgo que podemos resolver isso depois, com calma.

– Perfeitamente – concordou Mendonça.

Despedimo-nos. Continuei a estirar o arame farpado e a substituir os grampos velhos por outros novos. Mendonça, de longe, ainda se virou, sorrindo e pregando-me os olhos vermelhos.

À tarde, quando voltei para casa, Casimiro Lopes acompanhou-me, carrancudo. Como eu não dissesse nada, tossiu, parou. Encostei-me a um limoeiro e espalhei ideias ruins que me perseguiam:

– Amanhã traga quatro homens, venha aterrar este charco. E limpe aqui o riacho para as águas não entrarem na várzea.

– Só?

Pensei que, em vez de aterrar o charco, era melhor mandar chamar mestre Caetano para trabalhar na pedreira. Mas não dei contraordem, coisa prejudicial a um chefe.

– Só? – tornou a perguntar Casimiro Lopes.

Apanhei o pensamento que lhe escorregava pelos cabelos emaranhados, pela testa estreita, pelas maçãs enormes e pelos beiços grossos. Talvez ele tivesse razão. Era preciso mexer-me com prudência, evitar as moitas, ter cuidado com os caminhos. E aquela casa esburacada, de paredes caídas...

Decidi convidar mestre Caetano e cavouqueiros.

Diabo! Agitei a cabeça e afastei um plano mal esboçado.

– Por enquanto, só.

VI

Naquele segundo ano houve dificuldades medonhas.

Plantei mamona e algodão, mas a safra foi ruim, os preços baixos, vivi meses aperreado, vendendo macacos e fazendo das fraquezas forças para não ir ao fundo. Trabalhava danadamente, dormindo pouco, levantando-me às quatro da manhã, passando dias ao sol, à chuva, de facão, pistola e cartucheira, comendo nas horas de descanso um pedaço de bacalhau assado e um punhado de farinha. À noite, na rede, explicava pormenores do serviço a Casimiro Lopes. Ele acocorava-se na esteira e, apesar da fadiga, ouvia atento. Às vezes Tubarão ladrava lá fora e nós aguçávamos o ouvido.

Uma feita distinguimos passos em redor da casa. Olhei por uma fresta na parede. A escuridão era grande, mas percebi um vulto. E as pisadas continuaram. O cachorro latiu e rosnou.

– Mais esta! – cochichou Casimiro Lopes.

No dia seguinte visitei Mendonça, que me recebeu inquieto. Conversamos sobre tudo, especialmente sobre votos. Dirigi amabilidades às filhas dele, duas solteironas, e lamentei a morte da mulher, excelente pessoa, caridosa, amiga de servir, sim senhor.

Mendonça, espantado, perguntou onde eu tinha visto d. Alexandrina.

– Faz tempo. Fui morador do velho Salustiano. Arrastei a enxada, no eito.

As moças acanharam-se, mas o pai achou que eu procedia com honestidade revelando francamente a minha origem. Depois queixou-se dos vizinhos (nenhum se dava com ele).

– Há por aí umas pestes que principiaram como o senhor e arrotam importância. Trabalhar não é desonra. Mas se eu tivesse nascido na poeira, por que havia de negar?

Tentou envergonhar-me:

– Trabalhador alugado, hem? Não se incomode. O Fidélis, que hoje é senhor de engenho, e conceituado, furtou galinhas.

Enquanto ele tesourava o próximo, observei-o. Pouco a pouco ia perdendo os sinais de inquietação que a minha presença lhe tinha trazido. Parecia à vontade catando os defeitos dos vizinhos e esquecido do resto do mundo, mas não sei se aquilo era tapeação. Eu me insinuava, discutindo eleições. É possível, porém, que não conseguisse enganá-lo convenientemente e que ele fizesse comigo o jogo que eu fazia com ele. Sendo assim, acho que representou bem, pois cheguei a capacitar-me de que ele não desconfiava de mim. Ou então quem representou bem fui eu, se o convenci de que tinha ido ali politicar. Se ele pensou isso, era doido. Provavelmente não pensou. Talvez tenha pensado depois de iludir-se e julgar que estava sendo sincero. Foi o que me sucedeu. Repetindo as mesmas palavras, os mesmos gestos, e ouvindo as mesmas histórias, acabei gostando do proprietário de Bom-Sucesso.

Continuava a observá-lo, mas a observação era instintiva.

Despertou. Bocejando, mostrando os caninos amarelos e pontudos, Mendonça bateu palmas e esfarelou um mosquito. Mosquito como bala! Tinha passado uma noite horrível.

Respondi que havia dormido como pedra. Os pântanos em S. Bernardo estavam aterrados, não restava um mosquito para remédio. Arrependi-me de ter falado precipitadamente. Mendonça examinou-me de través, e suponho que não ficou satisfeito. Tornou a referir-se à noite de insônia, e eu repeti que tinha dormido. Pouco seguro, com a cara mexendo. Naturalmente ele compreendeu que era mentira.

Cada um de nós mentiu estupidamente. Empurrei de novo na palestra a minha vida de trabalhador. Resultado medíocre: as moças cochilaram e Mendonça estirou o beiço.

Um caboclo mal-encarado entrou na sala. Mendonça franziu a testa.

Quis despedir-me; receei, porém, que o momento fosse impróprio e conservei-me sentado, esperando modificar a impressão desagradável que produzia. As moças me achavam maçador, evidentemente.

– Se o inverno vindouro for como este, desgraça-se tudo: isto vira lama e não nasce um pé de mandioca.

– Decerto – concordou Mendonça, visivelmente aporrinhado com o caboclo, que me olhava tranquilo, sem levantar a cabeça.

– Pois até logo – exclamei de chofre. – A eleição domingo, hem? Entendido. Mato um... (Ia dizer um boi. Moderei-me: todo o mundo sabia que eu tinha meia dúzia de eleitores) um carneiro. Um carneiro é bastante, não? Está direito. Até domingo.

E saí, descontente. Creio que foi mais ou menos o que aconteceu. Não me lembro com precisão.

Atravessei o pátio e entrei no atalho que ia ter a S. Bernardo. Que vergonha! Tomar a terra dos outros e deixá-la com aquelas veredas indecentes, cheias de camaleões, o mato batendo no rosto de quem passava!

Percorri a zona da encrenca. A cerca ainda estava no ponto em que eu a tinha encontrado no ano anterior. Mendonça forcejava por avançar, mas continha-se; eu procurava alcançar os limites antigos, inutilmente. Discórdia séria só esta: um moleque de S. Bernardo fizera mal à filha do mestre de açúcar de Mendonça, e Mendonça, em consequência, metera o alicate no arame; mas eu havia consertado a cerca e arranjado o casamento do moleque com a cabrochinha.

Dei uma vista no algodoal e encaminhei-me ao paredão do açude. Poucos trabalhadores.

Subi a colina. Tinham-se concluído os alicerces desta nossa casa, as paredes começavam a elevar-se. De repente um tiro. Estremeci. Era na pedreira, que mestre Caetano escavacava lentamente, com dois cavouqueiros. Outro tiro, ruim: pedra miúda voando.

Quando se acabariam aqueles serviços moles? Desgraçadamente faltavam-me recursos para atacá-los firme. Assim mesmo, lidando

com pessoal escasso, às vezes na sexta-feira eu não sabia onde buscar dinheiro para pagar as folhas no sábado.

Fiz algumas perguntas ao pedreiro. Um pedreiro só. As paredes tinham um metro de altura. Se eu empregasse muitos operários, as obras sairiam mais baratas. O paredão do açude não ia para a frente, acuava. E a pedreira, onde uns vultos miudinhos se moviam, era como se em seis meses de trabalho não tivesse sido desfalcada.

Um carro de bois passou lá embaixo; outro carro de bois veio vindo, carregado de tijolos.

Onde andaria a velha Margarida? Seria bom encontrar a velha Margarida e trazê-la para S. Bernardo. Devia estar pegando um século, pobre da negra.

Demorei-me até que os serventes lavaram as colheres e guardaram as ferramentas. Fiquei só. Os homens da lavoura e os do açude foram debandando também.

Mais tiros na pedreira, os últimos. Pensei no Mendonça. Canalha.

Do lado de cá da cerca o algodão pintava, a mamona crescia nos aceiros da roça; do lado de lá, sapé e espinho. Quantas braças de terra aquele malandro tinha furtado! Felizmente estávamos em paz. Aparentemente. De qualquer forma era-me necessário caminhar depressa.

Desci a ladeira e fui jantar. Enquanto jantava, falei em voz baixa a Casimiro Lopes, a princípio com panos mornos, depois delineando um projeto. Casimiro Lopes desviou-se dos panos mornos e colaborou no projeto.

Deixei o negócio entabulado, fechei as portas e escrevi algumas cartas aos bancos da capital e ao governador do estado. Aos bancos solicitei empréstimos, ao governador comuniquei a instalação próxima de numerosas indústrias e pedi a dispensa de imposto sobre os maquinismos que importasse. A verdade é que os empréstimos eram improváveis e eu não imaginava a maneira de pagar os maquinismos. Mas havia-me habituado a considerá-los meio comprados.

Em seguida consultei o Aprendizado Agrícola da Satuba relativamente à possível aquisição de um bezerro limosino.

Quando ia terminando, ouvi pisadas em redor da casa. Levantei-me e olhei pela fresta. Lá estava um tipo dando estalos com os dedos, enganando o Tubarão. Reparando, julguei reconhecer o freguês carrancudo que tinha entrado na sala do Mendonça. Abandonei a espreita e chamei Casimiro Lopes, que me substituiu. Deitei-me pensando em mestre Caetano e na pedreira. Marretas, alavancas, aço para broca, pólvora, estopim.

— Gente de lá — murmurou Casimiro Lopes balançando o punho da rede.

— Com certeza.

No outro dia, sábado, matei o carneiro para os eleitores. Domingo à tarde, de volta da eleição, Mendonça recebeu um tiro na costela mindinha e bateu as botas ali mesmo na estrada, perto de Bom-Sucesso. No lugar há hoje uma cruz com um braço de menos.

Na hora do crime eu estava na cidade, conversando com o vigário a respeito da igreja que pretendia levantar em S. Bernardo. Para o futuro, se os negócios corressem bem.

— Que horror! — exclamou padre Silvestre quando chegou a notícia. — Ele tinha inimigos?

— Se tinha! Ora se tinha! Inimigo como carrapato. Vamos ao resto, padre Silvestre. Quanto custa um sino?

VII

Por esse tempo encontrei em Maceió, chupando uma barata na Gazeta do Brito, um velho alto, magro, curvado, amarelo, de suíças, chamado Ribeiro. Via-se perfeitamente que andava com fome. Simpatizei com ele e, como necessitava um guarda-livros, trouxe-o para S. Bernardo. Dei-lhe alguma confiança e ouvi a sua história, que aqui reproduzo pondo os verbos na terceira pessoa e usando quase a linguagem dele.

Seu Ribeiro tinha setenta anos e era infeliz, mas havia sido moço e feliz. Na povoação onde ele morava os homens descobriam-se ao avistá-lo e as mulheres baixavam a cabeça e diziam:

– Louvado seja Nosso Senhor Jesus Cristo, seu major.

Quando alguém recebia cartas, ia pedir-lhe a tradução delas. Seu Ribeiro lia as cartas, conhecia os segredos, era considerado e major.

Se dois vizinhos brigavam por terra, seu Ribeiro chamava-os, estudava o caso, traçava as fronteiras e impedia que os contendores se grudassem.

Todos acreditavam na sabedoria do major. Com efeito, seu Ribeiro não era inocente: decorava leis, antigas, relia jornais, antigos, e, à luz da candeia de azeite, queimava as pestanas sobre livros que encerravam palavras misteriosas de pronúncia difícil. Se se divulgava uma dessas palavras esquisitas, seu Ribeiro explicava a significação dela e aumentava o vocabulário da povoação.

Os outros homens, sim, eram inocentes.

Acontecia às vezes que uma dessas criaturas inocentes aparecia morta a cacete ou a faca. Seu Ribeiro, que era justo, procurava o matador, amarrava-o, levava-o para a cadeia da cidade. E a família do defunto ficava sob a proteção do major.

Também acontecia que uma sujeitinha começava a chorar e acabava confessando que estava pejada. Seu Ribeiro descobria o sedutor, chamava o padre, e o casamento se realizava na capela da povoação.

Nascia um menino – e seu Ribeiro era o padrinho.

O major decidia, ninguém apelava. A decisão do major era um prego.

Não havia soldados no lugar, nem havia juiz. E como o vigário residia longe, a mulher de seu Ribeiro rezava o terço e contava histórias de santos às crianças. É possível que nem todas as histórias fossem verdadeiras, mas as crianças daquele tempo não se preocupavam com a verdade.

Seu Ribeiro tinha família pequena e casa grande. A casa estava sempre cheia. Os algodoais do major eram grandes também. Nas colheitas a população corria para eles. E os pretos não sabiam que eram pretos, e os brancos não sabiam que eram brancos.

Na verdade seu Ribeiro infundia respeito. Se havia barulho na feira, levantava o braço e gritava:

– Quem for meu me acompanhe.

E a feira se desmanchava, o barulho findava, todo o mundo seguia o major porque todo o mundo era do major.

Nas noites de S. João uma fogueira enorme iluminava a casa de seu Ribeiro. Havia fogueiras diante das outras casas, mas a fogueira do major tinha muitas carradas de lenha. As moças e os rapazes andavam em redor dela, de braço dado. Assava-se milho verde nas brasas e davam-se tiros medonhos de bacamarte. O major possuía um bacamarte, mas o bacamarte só se desenferrujava pelos festejos de S. João.

Ora, essas coisas se passaram antigamente.

Mudou tudo. Gente nasceu, gente morreu, os afilhados do major cresceram e foram para o serviço militar, em estrada de ferro.

O povoado transformou-se em vila, a vila transformou-se em cidade, com chefe político, juiz de direito, promotor e delegado de polícia.

Trouxeram máquinas – e a bolandeira do major parou.

Veio o vigário, que fechou a capela e construiu uma igreja bonita. As histórias dos santos morreram na memória das crianças.

Chegou o médico. Não acreditava nos santos. A mulher de seu Ribeiro entristeceu, emagreceu e finou-se.

O advogado abriu consultório, a sabedoria do major encolheu-se – e surgiram no foro numerosas questões.

Efetivamente a cidade teve um progresso rápido. Muitos homens adotaram gravatas e profissões desconhecidas. Os carros de bois deixaram de chiar nos caminhos estreitos. O automóvel, a gasolina, a eletricidade e o cinema. E impostos.

As moças e os rapazes não rodeavam, de braço dado, as fogueiras de S. João: dançavam o tango, no frevo.

Um dia seu Ribeiro reconheceu que vivia numa casa grande demais.

Vendeu-a e adquiriu outra, pequena. Como havia agora liberdade excessiva, a autoridade dele foi minguando, até desaparecer.

Seu Ribeiro tinha um filho, que jogava futebol, e uma filha, que usava fitas, muitas fitas. Acharam o lugar atrasado e fugiram. Seu Ribeiro escondeu-se, cheio de vergonha. Amofinou-se uma semana, desfez-se dos cacarecos e foi procurar os filhos. Não os encontrou: andavam por aí, ela pelas fábricas, ele no exército.

Seu Ribeiro enraizou-se na capital. Conheceu enfermarias de indigentes, dormiu nos bancos dos jardins, vendeu bilhetes de loterias, tornou-se bicheiro e agente de sociedades ratoeiras. Ao cabo de dez anos era gerente e guarda-livros da Gazeta, com cento e cinquenta mil-réis de ordenado, e pedia dinheiro aos amigos.

Quando o velho acabou de escorrer a sua narrativa, exclamei:

– Tenho a impressão de que o senhor deixou as pernas debaixo de um automóvel, seu Ribeiro. Por que não andou mais depressa? É o diabo.

O caboclo mal-encarado que encontrei um dia em casa do Mendonça também se acabou em desgraça. Uma limpeza. Essa gente quase nunca morre direito. Uns são levados pela cobra, outros pela cachaça, outros matam-se.

Na pedreira perdi um. A alavanca soltou-se da pedra, bateu-lhe no peito, e foi a conta. Deixou viúva e órfãos miúdos. Sumiram-se: um dos meninos caiu no fogo, as lombrigas comeram o segundo, o último teve angina e a mulher enforcou-se.

Para diminuir a mortalidade e aumentar a produção, proibi a aguardente.

Concluiu-se a construção da casa nova. Julgo que não preciso descrevê-la. As partes principais apareceram ou aparecerão; o resto é dispensável e apenas pode interessar aos arquitetos, homens que provavelmente não lerão isto. Ficou tudo confortável e bonito.

Naturalmente deixei de dormir em rede. Comprei móveis e diversos objetos que entrei a utilizar com receio, outros que ainda hoje não utilizo, porque não sei para que servem.

Aqui existe um salto de cinco anos, e em cinco anos o mundo dá um bando de voltas.

Ninguém imaginará que, topando os obstáculos mencionados, eu haja procedido invariavelmente com segurança e percorrido, sem me deter, caminhos certos. Não senhor, não procedi nem percorri. Tive abatimentos, desejo de recuar; contornei dificuldades: muitas curvas. Acham que andei mal? A verdade é que nunca soube quais foram os meus atos bons e quais foram os maus. Fiz coisas boas que me trouxeram prejuízo; fiz coisas ruins que deram lucro. E como sempre tive a intenção de possuir as terras de S. Bernardo, considerei legítimas as ações que me levaram a obtê-las.

Alcancei mais do que esperava, mercê de Deus. Vieram-me as rugas, já se vê, mas o crédito, que a princípio se esquivava, agarrou-se comigo, as taxas desceram. E os negócios desdobraram-se automaticamente. Automaticamente. Difícil? Nada! Se eles entram nos trilhos, rodam que é uma beleza. Se não entram, cruzem os braços. Mas se virem que estão de sorte, metam o pau: as tolices que praticarem viram sabedoria. Tenho visto criaturas que trabalham demais e não progridem. Conheço indivíduos preguiçosos que têm faro: quando a ocasião chega, desenroscam-se, abrem a boca – e engolem tudo.

Eu não sou preguiçoso. Fui feliz nas primeiras tentativas e obriguei a fortuna a ser-me favorável nas seguintes.

Depois da morte do Mendonça, derrubei a cerca, naturalmente, e levei-a para além do ponto em que estava no tempo de Salustiano Padilha. Houve reclamações.

– Minhas senhoras, seu Mendonça pintou o diabo enquanto viveu. Mas agora é isto. E quem não gostar, paciência, vá à justiça.

Como a justiça era cara, não foram à justiça. E eu, o caminho aplainado, invadi a terra do Fidélis, paralítico de um braço, e a dos Gama, que pandegavam no Recife, estudando direito. Respeitei o engenho do dr. Magalhães, juiz.

Violências miúdas passaram despercebidas. As questões mais sérias foram ganhas no foro, graças às chicanas de João Nogueira.

Efetuei transações arriscadas, endividei-me, importei maquinismos e não prestei atenção aos que me censuravam por querer abarcar o mundo com as pernas. Iniciei a pomicultura e a avicultura. Para levar os meus produtos ao mercado, comecei uma estrada de rodagem. Azevedo Gondim compôs sobre ela dois artigos, chamou-me patriota, citou Ford e Delmiro Gouveia. Costa Brito também publicou uma nota na Gazeta, elogiando-me e elogiando o chefe político local. Em consequência mordeu-me cem mil-réis.

Não obstante essa propaganda, as dificuldades surgiram. Enquanto estive esburacando S. Bernardo, tudo andou bem; mas quando varei quatro ou cinco propriedades, caiu-me em cima uma nuvem de maribondos. Perdi dois caboclos e levei um tiro de emboscada.

Ferimento leve, tenho a cicatriz no ombro. Exasperado, mandei mais cem mil-réis a Costa Brito e procurei João Nogueira e Gondim:

– Desorientem essas cavalgaduras. Olhem que estou fazendo obra pública e não cobro imposto. É uma vergonha. O município devia auxiliar-me. Fale com o prefeito, dr. Nogueira. Veja se ele me arranja umas barricas de cimento para os mata-burros.

Não recebi o cimento, mas construí os mata-burros. Como os meus planos eram volumosos e adotei processos irregulares, as pessoas comodistas julgaram-me doido e deixaram-me em paz.

Tive por esse tempo a visita do governador do estado. Fazia três anos que o açude estava concluído – burrice, na opinião do Fidélis.

Para que açude onde corre um riacho que não seca?

Realmente parecia não servir. Mas saiu dali, numa levada, a água que foi movimentar as máquinas do descaroçador e da serraria.

O governador gostou do pomar, das galinhas Orpington, do algodão e da mamona, achou conveniente o gado limosino, pediu-me fotografias e perguntou onde ficava a escola. Respondi que não ficava em parte nenhuma. No almoço, que teve champanhe, o dr. Magalhães gemeu um discurso. S. excia. tornou a falar na escola. Tive vontade de dar uns apartes, mas contive-me.

Escola! Que me importava que os outros soubessem ler ou fossem analfabetos?

– Esses homens de governo têm um parafuso frouxo. Metam pessoal letrado na apanha da mamona. Hão de ver a colheita.

Levantando-se da mesa, Padilha, de olho vidrado, pediu-me em voz baixa cinquenta mil-réis.

– Nem um tostão.

E fui mostrar ao ilustre hóspede a serraria, o descaroçador e o estábulo. Expliquei em resumo a prensa, o dínamo, as serras e o banheiro carrapaticida. De repente supus que a escola poderia trazer a benevolência do governador para certos favores que eu tencionava solicitar.

– Pois sim senhor. Quando V. excia. vier aqui outra vez, encontrará essa gente aprendendo cartilha.

Mais tarde, enquanto dos alicerces da igreja olhávamos a paisagem, chamei de parte o advogado:

– Ó dr. Nogueira, mande-me cá o Padilha amanhã. Preciso falar com ele, mas esse desgraçado nem se aguenta nas pernas. Não se esqueça, ouviu? Amanhã, quando ele curtir o pileque.

S. excia. despediu-se, e aquela data ficou célebre. Os automóveis rolaram na estrada. Olhando a nuvem de poeira que levantavam, esfreguei as mãos:

– Com os diabos! Esta visita me traz uma penca de vantagens. Um capital. Quero ver quanto rende.

A verdade é que, aparentando segurança, eu andava assustado com os credores. Ia bem, sem dúvida, o ativo era superior ao passivo, mas se aqueles malvados quisessem, capavam-me. Agora os receios diminuíam. A escola seria um capital. Os alicerces da igreja eram também capital.

Continuei a esfregar as mãos. Com os diabos! E decidi proteger as Mendonça. A minha prosperidade começara depois da morte do pai delas. Naquele tempo algumas braças de massapê valiam muito para mim. Ninharia o massapê.

Senti pena das Mendonça. Mandaria no dia seguinte dar uma limpa no algodão de Bom-Sucesso, enfezado, coberto de mato. Muito por baixo, as Mendonça. O pai era safado, mas que culpa tinham as pobres? Resolvi abrir o olho para que vizinhos sem escrúpulos não se apoderassem do que era delas. Mulheres quase nunca se defendem. Pois se qualquer daqueles patifes tentasse prejudicá-las, estava embrulhado comigo.

IX

No outro dia, de volta do campo, encontrei no alpendre João Nogueira, Padilha e Azevedo Gondim elogiando umas pernas e uns peitos. Elevaram a conversa.

– Mulher educada – afirmou João Nogueira. – Instruída.

– E sisuda – acrescentou Azevedo Gondim.

Padilha não achou qualidade que se comparasse aos peitos e às pernas.

– Realmente – murmurou esgaravatando as unhas com um fósforo.

João Nogueira lembrou-se de que era homem de responsabilidades. Bacharel, mais de quarenta anos, uma calvície respeitável. Às vezes metia-se em badernas. Mas com os clientes só negócios. E a mim, que lhe dava quatro contos e oitocentos por ano para ajudar-me com leis a melhorar S. Bernardo, exibia ideias corretas e algum pedantismo.

Eu tratava-o por doutor: não poderia tratá-lo com familiaridade. Julgava-me superior a ele, embora possuindo menos ciência e menos manha. Até certo ponto parecia-me que as habilidades dele mereciam desprezo. Mas eram úteis – e havia entre nós muita consideração.

– Acompanhamos o nosso Padilha – disse Nogueira. – Viemos andando. Como o passeio era agradável, com a fresca da tarde, cheguei cá, para consultá-lo.

Convidei-o silenciosamente olhando uma janela por onde se viam, sobre livros de escrituração, as suíças brancas e os óculos de seu Ribeiro. Entramos no escritório. Estávamos em princípio de mês. Abri o cofre e entreguei ao advogado duas pelegas de duzentos. Seu Ribeiro tremeu no borrador um lançamento circunstan-

ciado e afastou-se discretamente. João Nogueira sentou-se, passou o recibo, tirou papéis da pasta e explicou-me o estado de vários processos. Logo no primeiro convenci-me de que os quatrocentos mil-réis tinham sido gastos com proveito. Os outros também iam em bom caminho. O tabelião é que não inspirava confiança. E o oficial de justiça. Arame.

– Claro. Faça promessas, dr. Nogueira. Não adiante um vintém. Prometa. O pagamento no fim, se eles forem honestos.

Inteirei-me de particularidades pouco interessantes, dei umas instruções a seu Ribeiro e voltamos ao alpendre, onde Luís Padilha tinha recomeçado com Azevedo Gondim os elogios às pernas.

– De quem são as pernas?

– Da Madalena – respondeu Gondim.

– Quem?

– Uma professora. Não conhece? Bonita.

– Educada – atalhou João Nogueira.

– Bonita – disse outra vez Gondim. – Uma lourinha, aí de uns trinta anos.

– Quantos? – perguntou João Nogueira.

– Uns trinta, pouco mais ou menos.

– Vinte, se tanto.

– É porque você não viu de perto – interrompeu Gondim. – Se tivesse visto, não sustentava semelhante barbaridade.

– Como não? Vi muito de perto, em casa do Magalhães, no aniversário da Marcela. Tem vinte.

– É porque você viu à noite. De manhã é diferente. Tem trinta.

Padilha, observando com tristeza as novilhas que pastavam no capim-gordura, à margem do riacho, e o açude, onde patos nadavam, suspirou e propôs vinte e cinco:

– É o que ela tem. Vinte e cinco.

Estirei os braços, fatigado de haver passado o dia inteiro ao sol, brigando com os trabalhadores:

– Muito bem, Padilha, vinte e cinco para acabar. Vocês jantam, não jantam? Voltam no automóvel. Preciso falar com você, Padilha.

Luís Padilha tinha recebido o recado e desde a véspera remexia o quengo, curioso.

– É isto. Creio que estou com vontade de abrir uma escola.

– Magnífico! – exclamou Azevedo Gondim com um sorriso que lhe achatou mais o nariz. – Aceitou o meu conselho, hem? Não há nada como a instrução.

O advogado passou os dedos pela testa e pressagiou, distraído, que a escola teria grande utilidade.

Encolhi os ombros:

– Sei lá! Não acredito. Tanto que resolvi aproveitar o Padilha. Está claro que se poderia arranjar uma boa escola rural, com ensino razoável de agricultura e pecuária. Mas onde vou encontrar técnicos? E que dinheirão! Por enquanto é apenas um bocado de leitura, escrita e conta. Você estará em condições de encarregar-se disso, Padilha?

Luís Padilha informou-se do ordenado e declarou que vivia cheio de ocupações.

Devagarinho, foram clareando as lâmpadas da iluminação elétrica. Luzes também nas casas dos moradores. Se aqueles desgraçados que se apertavam lá embaixo, ao pé das cercas de Bom-Sucesso, tinham nunca pensado em alumiar-se com eletricidade! Luz até meia-noite. Conforto! E eu pretendia instalar telefones.

Casimiro Lopes aproximou-se, capengando.

– Vamos jantar. Mandei chamá-lo porque julguei que você necessitasse, Padilha. Desde que está ocupado, ponto final. Vamos para a mesa.

Durante o jantar Azevedo Gondim referiu o motivo da sua visita: tinha-se descoberto o paradeiro da velha Margarida.

– Que está dizendo! E você calado, Gondim!

Azevedo Gondim encheu o copo:

– Mora em Jacaré-dos-Homens.

– Onde é isso?

– Em Pão-de-Açúcar. Recebi hoje uma carta. Os sinais, a idade, a cor, tudo confere. Vive com uma família que faz queijos. Já retirei o anúncio do Cruzeiro.

– Está direito. Vocês conhecem alguém em Pão-de-Açúcar? Conhece alguém em Pão-de-Açúcar, seu Ribeiro?

Não conheciam.

– Ó Gondim, já que tomou a empreitada, peça ao vigário que escreva ao padre Soares sobre a remessa da negra. Acho que acompanho vocês, vou falar a padre Silvestre. É conveniente que a mulher seja remetida com cuidado, para não se estragar na viagem. E quando ela chegar, pode encomendar as miçangas, Gondim. Como se chamam?

– Clichês. Clichês e vinhetas.

– Pois sim. Mande buscar os clichês e as vinhetas, quando tivermos a velha.

– Estava aqui pensando na escola – murmurou Padilha.

– E eu. Tirou-me a palavra da boca – atalhou João Nogueira. – Convide a Madalena, seu Paulo Honório. Excelente aquisição, mulher instruída.

– Até lhe enfeita a casa, seu Paulo – gritou Azevedo Gondim.

– Tolice. Ando lá procurando bibelôs?

Padilha, meio desconcertado, rosnou, agarrando-se ao osso:

– Eu não disse que não aceitava. O que disse é que tenho muitas ocupações. Mas perguntei qual é o ordenado.

Entretido em desarticular uma asa de galinha, não respondi.

– Perguntei qual é o ordenado – tornou Padilha timidamente.

Coitado! Tão miúdo, tão chato, parecia um percevejo.

– Conforme. Nem sei quanto você vale. Uns cem mil-réis por mês. Ponhamos cento e cinquenta a título de experiência. Casa, mesa, boas conversas, cento e cinquenta mil-réis por mês e oito horas de trabalho por dia. Convém? Mas aviso logo: serviço é serviço, e aqui ninguém bebe. Aqui só bebem os hóspedes.

– Perfeitamente – mastigou Padilha encabulado. – Vou refletir. Quanto à bebida dispenso recomendação, que não bebo. Bebo nas refeições, nem sempre, e lá uma vez ou outra um cálice, por insistência de amigos. Talvez aceite.

Acabamos o jantar em silêncio. Maria das Dores trouxe o café e retirou os pratos. Abri a caixa de charutos, acendi o cachimbo e fomos para o salão.

Seu Ribeiro desdobrou a Gazeta. Instintivamente escondi-me num canto, afastado das portas abertas. Não consegui evitar uma janela. Quis fechá-la, mas sosseguei: Casimiro Lopes, que vigiava a casa, sentou-se numa das paredes começadas da igreja, acomodou o rifle entre as pernas e ficou imóvel, farejando.

– Vai o nosso Padilha voltar a S. Bernardo – disse João Nogueira.

– E concluir o livro – acrescentou Azevedo Gondim. – Você, com a vida regularizada, escreve à beça, Padilha.

– Qual nada!

Envergonha-se de compor uns contos que publica no Cruzeiro, com pseudônimo, e quando lhe falam neles, imagina que é esculhambação e atrapalha-se. Aprumou-se, lançou um olhar amargurado às cadeiras, ao soalho, às lâmpadas:

– O ordenado é pequeno, não chega para os livros. Mas venho. Venho porque se trata de instrução e tenho embocadura para o magistério.

Seu Ribeiro virava a folha do jornal, movia os beiços, às vezes gesticulava.

Indecente, aquela Gazeta. E o Brito, a pedir dinheiro, estava-se tornando insuportável.

Azevedo Gondim, cansado por duas léguas a pé, bocejou e espreguiçou-se:

– Então os candidatos do Pereira são derrotados, hem? Eleição municipal.

– Não interessa. Bico de pena!

Torcidas de verdade, sim: mandava os meus eleitores às urnas e recebia em troca os agradecimentos do partido. Tricazinhas locais, não. Se o Pereira tinha pisado em casca de banana, pior para ele: caía, vinha outro e arranjava-se nova chapa.

– Bem feito – resmungou Padilha, que não perdoa ao Pereira ter desconfiado dos seus projetos de agricultura. – Aquilo é um jumento.

– Que injustiça! – bradou João Nogueira sorrindo. – O Pereira até agora foi um sujeito de tino.

Todo o mundo gabava a prudência dele. Hoje o Padilha tacha-o de jumento.

– Homem – aventurou Azevedo Gondim coçando a barba –, não é só o Padilha. Eu também. E você. Num momento como este dar murro em faca de ponta! Se tivéssemos uma eleição federal de cabala, vá. Mas quando o governo não faz caso de votos, querer sacudir padre Silvestre na prefeitura! O Padilha tem razão.

– Ora essa! – atalhei. – Você não sustentou a candidatura do vigário no jornal, Gondim?

– Sustentei. Sustentei por dever de solidariedade política. Mas particularmente discordei. O Nogueira está aí para atestar. E quanto a dizer que era disparate, era.

Sabia que padre Silvestre falara em cortar a subvenção de cento e cinquenta mil-réis mensais que o município dava ao Cruzeiro. Tinha esta ameaça atravessada na garganta. E, cheio de raiva, defendia o vigário, exaltando-lhe as virtudes e esquecendo o resto de propósito.

– Um desastre. Bom homem. É pouco. Muito ingênuo, emprenha pelos ouvidos, inteligência de peru novo, besta como aruá.

– Padres! – exclamou Luís Padilha com desprezo.

Era ateu e transformista. Depois que eu o havia desembaraçado da fazenda, manifestava ideias sanguinárias e pregava, cochichando, o extermínio dos burgueses.

– Canalha!

E roeu as unhas com furor.

Seu Ribeiro, os óculos atentos, comentava em silêncio, com gestos de desagrado, a prosa ruim do Brito.

– O que eu não compreendo, estranhei, é a razão dessa rasteira no vigário. Estava quase eleito, reconhecido, empossado, e de repente – zás! – no chão. Por que foi?

– Padre Silvestre é revolucionário – explicou João Nogueira. – Pretende salvar o país por processos violentos.

Estremeci. Casimiro Lopes, de binga na mão, acendia o cigarro. O luar estava muito branco. Um pedaço de mata aparecia, longe, e distinguiam-se as flores amarelas dos paus-d'arco.

Levantei-me, fiz um sinal a João Nogueira e aproximamo-nos da janela.

– Ó dr. Nogueira, diga-me cá – perguntei em voz baixa –, essa história da queda do Pereira é certa?

João Nogueira aceitou um charuto e declarou que não havia dúvida nenhuma.

– O governador estava razoável e propôs um acordo metendo o padre no conselho. O Pereira jogou no padre e levou taboca.

– Pois, dr. Nogueira – murmurei abafando mais a voz –, cuido que chegou a ocasião de liquidar os meus negócios com o Pereira. Tenho marombado, espiado maré, porque o chefe era ele. Mas se foi ao barro, acabou-se. Está aqui enrascado numa conta de cabelos brancos. Vou entregar-lhe a conta. Veja se me consegue uma hipoteca.

– Perfeitamente – concordou João Nogueira. E entusiasmou-se: – Perfeitissimamente! Passe a procuração. O senhor vai prestar ao partido um grande serviço. Aperte o Pereira, seu Paulo Honório.

X

qui nos dias santos surgem viagens, doenças e outros pretextos para o trabalhador gazear. O domingo é perdido, o sábado também se perde, por causa da feira, a semana tem apenas cinco dias, que a Igreja ainda reduz. O resultado é a paga encolher e essa cambada viver com a barriga tinindo.

Num feriado de mentira, não tendo podido encontrar gente para tirar baronesas do açude e brocar um pedaço de capoeira, distraí-me ouvindo Padilha e Casimiro Lopes conversarem a respeito de onças.

Não se entendem. Padilha, homem da mata e franzino, fala muito e admira as ações violentas; Casimiro Lopes é coxo e tem um vocabulário mesquinho. Julga o mestre-escola uma criatura superior, porque usa livros, mas para manifestar esta opinião arregala os olhos e dá um pequeno assobio. Gagueja. No sertão passava horas calado, e quando estava satisfeito, aboiava. Quanto a palavras, meia dúzia delas.

Ultimamente, ouvindo pessoas da cidade, tinha decorado alguns termos, que empregava fora de propósito e deturpados. Naquele dia, por mais que forcejasse, só conseguia dizer que as onças são bichos brabos e arteiros.

– Pintada. Dentão grande, pezão grande, cada unha! Medonha!

Padilha exigia que o outro repetisse a descrição e ia intercalando nela, por conta própria, caracteres novos. Casimiro Lopes divergia; mas, confiado na ciência de Padilha, capitulava – e ao cabo de minutos a onça estava um animal como nunca se viu.

– Ó Casimiro, você vai levar um papel ao vigário.

E escrevi a padre Silvestre agradecendo o interesse que ele tinha tomado pela viagem difícil de Margarida. Chegara dias antes e estava alojada numa casinha cercada de bananeiras.

Entreguei a carta a Casimiro Lopes, tomei o chapéu e fui fazer a minha segunda visita à preta. Desci a ladeira. Ao atravessar o paredão do açude, amedrontei uma nuvem de marrecas e jaçanãs. Com as últimas chuvas a represa aumentara muito, os bancos de baronesa estavam com vontade de entupir o sangradouro. A levada que ia ter ao descaroçador e à serraria transbordava. Fechada a serraria, fechado o descaroçador. Dia perdido.

Encontrei Margarida sentada numa esteira, riscando os tijolos com carvões.

– Mãe Margarida, como vai a senhora?

Tentou endireitar o espinhaço emperrado e, antes de lançar-me os olhos brancos, reconheceu-me pela voz.

– Aqui gemendo e chorando, meu filho, cheia de pecados. Pecados! Antigamente era uma santa. E agora, miudinha, encolhidinha, com pouco movimento e pouco pensamento, que pecados poderia ter?

Como estava com a vista curta, falou sem levantar a cabeça, repetindo os conselhos que me dava quando eu era menino.

Uma fraqueza apertou-me o coração, aproximei-me, sentei-me na esteira, junto dela.

– Mãe Margarida, procurei a senhora muito tempo. Nunca me esqueci. Foi uma felicidade encontrá-la. E carecendo de alguma coisa, é dizer. Mande buscar o que for necessário, mãe Margarida, não se acanhe.

Olhou com espanto as cadeiras, a mesinha, a lâmpada elétrica, os móveis do quarto próximo.

– Para que tanto luxo? Guarde os seus troços, que podem servir. Em cama não me deito. E quem dá o que tem a pedir vem.

– Não faz mal, mãe Margarida. Esteja sossegada, durma sossegada. Faltando lenha para o fogo, avise. Não deixe o fogo apagar-se, que as noites estão frias.

– É o que eu preciso, o fogo. O fogo e um pote.

Continuou a riscar figuras no chão. Curvada, um rosário de contas brancas e azuis aparecia pelo cabeção aberto e batia-lhe nas pelancas dos peitos.

– Queria também um tacho. O outro furtaram.

Lembrei-me do tacho velho, que era o centro da pequenina casa onde vivíamos. Mexi-me em redor dele vários anos, lavei-o, tirei-lhe com areia e cinza as manchas de azinhavre – e dele recebi sustento. Margarida utilizou-o durante quase toda a vida. Ou foi ele que a utilizou. Agora, decrépita, não podia ser doceira, e aquele traste se tornava inteiramente desnecessário.

– Está bem, mãe Margarida, terá um tacho igual ao outro.

XI

manheci um dia pensando em casar. Foi uma ideia que me veio sem que nenhum rabo de saia a provocasse. Não me ocupo com amores, devem ter notado, e sempre me pareceu que mulher é um bicho esquisito, difícil de governar.

A que eu conhecia era a Rosa do Marciano, muito ordinária. Havia conhecido também a Germana e outras dessa laia. Por elas eu julgava todas. Não me sentia, pois, inclinado para nenhuma: o que sentia era desejo de preparar um herdeiro para as terras de S. Bernardo.

Tentei fantasiar uma criatura alta, sadia, com trinta anos, cabelos pretos – mas parei aí. Sou incapaz de imaginação, e as coisas boas que mencionei vinham destacadas, nunca se juntando para formar um ser completo. Lembrei-me de senhoras minhas conhecidas: d. Emília Mendonça, uma Gama, a irmã de Azevedo Gondim, d. Marcela, filha do dr. Magalhães, juiz de direito.

Nesse ponto surgiu-me um pequeno contratempo. Uma tarde surpreendi no oitão da capela (a capela estava concluída; faltava pintura) Luís Padilha discursando para Marciano e Casimiro Lopes:

– Um roubo. É o que tem sido demonstrado categoricamente pelos filósofos e vem nos livros. Vejam: mais de uma légua de terra, casas, mata, açude, gado, tudo de um homem. Não está certo.

Marciano, mulato esbodegado, regalou-se, entronchando-se todo e mostrando as gengivas banguelas:

– O senhor tem razão, seu Padilha. Eu não entendo, sou bruto, mas perco o sono assuntando nisso. A gente se mata por causa dos outros. É ou não é, Casimiro?

Casimiro Lopes franziu as ventas, declarou que as coisas desde o começo do mundo tinham dono.

– Qual dono! – gritou Padilha. – O que há é que morremos trabalhando para enriquecer os outros.

Saí da sacristia e estourei:

– Trabalhando em quê? Em que é que você trabalha, parasita, preguiçoso, lambaio?

– Não é nada não, seu Paulo – defendeu-se Padilha, trêmulo. – Estava aqui desenvolvendo umas teorias aos rapazes.

Atirei uma porção de desaforos aos dois, mandei que arrumassem a trouxa, fossem para a casa do diabo.

– Em minha terra não – acabei já rouco. – Puxem! Das cancelas para dentro ninguém mija fora do caco. Peguem as suas burundangas e danem-se. Com um professor assim, estou bonito. Dou por visto o que este sem-vergonha ensina aos alunos.

Mais tarde, porém, cheio de embromações e lamúrias, Padilha jurou por todos os santos que a escola funcionava normalmente e fazia cortar coração deixar tantas crianças sem o pão do saber. Quanto às teorias, aquilo era só para matar tempo e empulhar o Casimiro.

– Eu meto a mão em cumbuco? Sou lá capaz de propagar ideias subversivas?

No outro dia pela manhã, choramingando, balbuciando peditórios, a Rosa, com cinco filhos (três agarrados às saias, um nos braços, outro no bucho), atracou-me no pomar. E eu, que não tenho grande autoridade junto dela, sosseguei-a:

– Mande-me cá o Marciano, aquele cachorro. Até logo, vou ver.

À noite reuni Marciano e Padilha na sala de jantar, berrei um sermão comprido para demonstrar que era eu que trabalhava para eles. Mas atrapalhei-me e contentei-me com injuriá-los:

– Mal-agradecidos, estúpidos.

Amunhecaram, e baixei a pancada:

– Juízo de galinha. Embarcando em canoa furada! Tontos.

Dei-lhes conselhos. Encontrando macieza, Luís Padilha quis discutir; tornei a zangar-me, e ele se convenceu de que não tinha razão. Marciano encolhia-se, levantava os ombros e intentava meter a cabeça dentro do corpo. Parecia um cágado. Padilha roía as unhas.

– Por esta vez passa. Mas se me constar que vocês andam com saltos de pulga, chamo o delegado de polícia, que isto aqui não é a Rússia, estão ouvindo? E sumam-se.

Sumiram-se. Ficou-me um resto de indignação, depois serenei.

– Faz de conta que não houve nada.

Lorotas. Todos esses malucos dormem demais, falam à toa.

– Marciano, coitado, nem por isso. Trata bem do gado, é marido da Rosa.

Quanto ao Padilha, eu sentia prazer em humilhá-lo mostrando-lhe os melhoramentos que introduzia na propriedade.

E recomecei a elaborar mentalmente a mulher a que me referi no princípio deste capítulo. Revistei a Mendonça, a Gama, a irmã do Gondim (eu nem sabia como se chamava a Gondim) e d. Marcela do dr. Magalhães. D. Marcela era um pancadão. Cada olho! O que tinha de ruim era usar muita tinta no rosto e muitos ss na conversa. Paciência.

Perfeito só Deus.

Bambeava para me dirigir ao dr. Magalhães quando Costa Brito voou para cima de mim, numa carta, com a intenção de avançar-me em duzentos mil-réis.

Costa Brito tinha virado. A Gazeta, que sempre louvara furiosamente o governo, fugira para a oposição, por causa de um emprego de deputado estadual, e achava a administração pública desorganizada, entregue a homens incompetentes. A nós que votávamos com o partido dominante, mas não éramos peixe nem carne – queixumes, nariz torcido, modos de enjoo. Da minha última viagem à capital, em troca de uma notícia besta de quatro linhas, o diretor da Gazeta ainda me lambera cinquenta mil-réis, no café, bebendo cerveja com indignação:

– Querem jornal de graça. Para o inferno! A vida inteira escrevendo como um condenado, mentindo, para esses moços subirem! Só a despesa que se tem! Só o preço do papel! E na eleição, coice. Nem uma porcaria, uma desgraça que qualquer prefeito analfabeto consegue com facilidade. Querem elogios. Está aqui para eles.

Eu não precisava do Brito, mas passei o dinheiro, em atenção a serviços prestados anteriormente e porque não gosto de questões com gente de imprensa. Depois aludi à crise e dei a entender que não continuava a sangrar.

Mas o Brito tem barriga de ema: desprezou o aviso e mandou-me diversas cartas, as primeiras com choro, as últimas com exigências.

Essa que me vinha embrulhar os planos de casamento trazia ameaças. Recusei o cobre, num telegrama: "Inútil insistir. Fartíssimo".

Tinha graça viver aqui suando para sustentar um literato. Eu era pai dele?

– Quem pariu mateu que o balance. Uma ou outra facada razoável, com moderação, vá. Ameaças, não. Chantagem, não.

Que diabo diria ele contra mim na folha? Não sendo funcionário público, as minhas relações com o partido limitavam-se a aliciar eleitores, entregar-lhes a chapa oficial e contribuir para música e foguetes nas recepções do governador. O veneno da Gazeta não me atingia. Salvo se ela bulisse com os meus negócios particulares. Nesse caso só me restava pegar um pau e quebrar as costelas do Brito.

Recalquei as ideias violentas e esforcei-me por trazer de novo ao espírito as tintas e os ss de d. Marcela. Vieram. Mas afastavam-se de quando em quando – e nos intervalos apareciam Marciano, a Rosa com os meninos, Luís Padilha e Costa Brito.

XII

A questão do Pereira estava dormindo no cartório, esperando que o juiz de direito desse uma penada nos autos. João Nogueira disse-me isso uma tarde. Eu então, ligando o caso do Pereira aos predicados de d. Marcela, desci no dia seguinte à cidade, resolvido a visitar o dr. Magalhães.

Encontrei-o à noitinha no salão, que servia de gabinete de trabalho, com a filha e três visitantes: João Nogueira, uma senhora de preto, alta, velha, magra, outra senhora moça, loura e bonita.

Estavam calados, em dois grupos, os homens separados das mulheres.

O dr. Magalhães é pequenino, tem um nariz grande, um pince-nez e por detrás do pince-nez uns olhinhos risonhos. Os beiços, delgados, apertam-se. Só se descolam para o dr. Magalhães falar a respeito da sua pessoa. Também quando entra neste assunto, não para.

Naquele momento, porém, como já disse, conservavam-se todos em silêncio. D. Marcela sorria para a senhora nova e loura, que sorria também, mostrando os dentinhos brancos. Comparei as duas, e a importância da minha visita teve uma redução de cinquenta por cento.

Larguei, pois, d. Marcela e procurei, por meios indiretos, arrancar do juiz as linhas indispensáveis ao advogado.

O dr. Magalhães passou a mão pela testa e perguntou:

– Quais são os jornais que o senhor assina?

Respondi que assinava revistas de agricultura, a folha do partido, o Cruzeiro e a Gazeta. Elogiei Azevedo Gondim e ataquei o Brito.

– Um caradura, não é?

O dr. Magalhães amoitou-se. João Nogueira foi à estante de duas prateleiras, tirou um livro, voltou a sentar-se e começou a ler.

Houve no outro lado da sala um sussurro entrecortado de risinhos.

Necessitando pensar, pensei que é esquisito este costume de viverem os machos apartados das fêmeas. Quando se entendem, quase sempre são levados por motivos que se referem ao sexo. Vem daí talvez a malícia excessiva que há em torno de coisas feitas inocentemente.

Dirijo-me a uma senhora, e ela se encolhe e se arrepia toda. Se não se encolhe nem se arrepia, um sujeito que está de fora jura que há safadeza no caso.

– Não tem aparecido ultimamente no cinema, hem? – disse em voz alta a senhora de preto.

– Faz quinze dias, d. Glória – respondeu d. Marcela. – Acho que faz quinze dias. Ó papai, quanto tempo faz que nós fomos ao cinema?

O dr. Magalhães calculou. Tirou do bolso um cigarro, dividiu-o em duas partes, transformou uma delas num cigarrinho fino, acendeu-o:

– Duas semanas.

– É isso mesmo, quinze dias.

– Não – discordou o dr. Magalhães –, duas semanas. Você está equivocada.

– Duas semanas não são quinze dias? – perguntou d. Marcela.

– Não. Duas semanas são catorze dias.

D. Marcela não se convenceu:

– Sempre ouvi dizer que duas semanas são quinze dias.

– Eu também tenho ouvido – confessou o dr. Magalhães. – Tenho ouvido até muitas vezes. Mas é engano. Uma semana tem sete dias. Sete e sete não são catorze? E então? São catorze.

João Nogueira soltou o livro. Talvez d. Marcela contasse com o dia do cinema.

– É possível – acedeu o dr. Magalhães. – Não contando, são catorze.

– Mas contando, são quinze – gritou d. Marcela.

– É bom não contar – aconselhou o dr. Magalhães.

Despertaram todos, e a lourinha fez um movimento para se levantar.

– Muito cedo – murmurou d. Marcela.

A senhora de preto continuou sentada e entrou a discorrer sobre romances. D. Marcela tinha acabado um, de aventuras. Ia ver se se lembrava do enredo. Mas enganchou-se e não acertou com os nomes das personagens. Recomeçou, tornou a enganchar-se:

– Um romance que faz gosto, d. Glória.

– Eu não gosto de literatura – disse o dr. Magalhães. – Folheei algumas obras antigamente. Hoje não. Desconheço tudo isso. Sou apenas juiz, pchiu! juiz.

D. Marcela estava quase acertando com o enredo do romance de aventuras. D. Glória escutava. A loura tinha a cabecinha inclinada e as mãozinhas cruzadas, lindas mãos, linda cabeça.

– Quando julgo – anunciava o dr. Magalhães –, abstraio-me, afasto os sentimentos.

– Estive comentando isso ontem à tarde com o dr. Nogueira – atalhei.

O dr. Magalhães agradeceu.

– Para proceder assim é necessário ter independência. Eu tenho independência. Que é que eles podem fazer comigo? Não preciso deles.

Ignoro a que pessoas se referia o dr. Magalhães. João Nogueira tocou-lhe no ombro e cochichou. Compreendi que se tratava do negócio do Pereira.

Levantei-me, arredei-me, para não prejudicar a integridade do juiz e para desemburrar-me um pouco. Fui à janela, acendi o cachimbo.

D. Marcela ia terminando a narração do romance. O advogado estava satisfeito. Apertei nos dentes o cachimbo e esfreguei as mãos com força:

– Ora muito bem. Que me dizem os senhores da chapa do partido? Não conheço os candidatos, mas suponho que há uns dois ou três oradores arrojados.

– O senhor acredita nisso? – perguntou João Nogueira.

– Em quê?

– Eleições, deputados, senadores.

Retraí-me, indeciso, porque não tenho ideias seguras a respeito dessas coisas.

– A gente se acostuma com o que vê. E eu, desde que me entendo, vejo eleitores e urnas. Às vezes suprimem os eleitores e as urnas: bastam livros. Mas é bom um cidadão pensar que tem influência no governo, embora não tenha nenhuma. Lá na fazenda o trabalhador mais desgraçado está convencido de que, se deixar a peroba, o serviço emperra. Eu cultivo a ilusão. E todos se interessam.

João Nogueira refletiu um instante:

– O que eu acho é que os deputados e os senadores são inúteis e comem demais.

Ia responder, mas notei que o dr. Magalhães se mexia. Fiquei com a resposta nas goelas. Ele conteve-se, e estivemos um minuto nesse jogo, cada um esperando pelo outro. Observei então que a mocinha loura voltava para nós, atenta, os grandes olhos azuis.

De repente conheci que estava querendo bem à pequena.

Precisamente o contrário da mulher que eu andava imaginando – mas agradava-me, com os diabos. Miudinha, fraquinha. D. Marcela era bichão. Uma peitaria, um pé de rabo, um toitiço!

Como o silêncio se prolongasse, repliquei ao Nogueira, quase me dirigindo à lourinha:

– Existem coisas inúteis que nós conservamos. Eu conservo este cachimbo, que é inútil e até me faz mal.

Enchi o cachimbo:

– Que, para ser franco, nem sei se ele é inútil. Talvez não seja. Por isso vou às eleições. O senhor com certeza não quer acabar com as leis.

O dr. Magalhães, para quem a lei escrita é como o ar, escandalizou-se:

– Oh!

– Não – tornou João Nogueira. – Que essas do congresso ordinariamente não prestam. O que é bom acabar é o congresso. As leis deviam ser feitas por especialistas.

– Ah! – suspirou o dr. Magalhães, aliviado. Leis ou decretos, desde que estivessem no papel, em forma, era tudo o mesmo. Cruzou as pernas, balançou a cabeça, estirou o beiço e levantou um dedo: – O que precisamos é uma elite.

– Perfeitamente – apoiou João Nogueira –, uma oligarquia.

Mas o dr. Magalhães embirrou com o nome:

– Ah! não.

– Ora essa! – exclamou João Nogueira. – Só podemos ter no governo uma elite de poucos indivíduos. É oligarquia.

– Mas que é que a oposição faz senão berrar nos jornais e nos meetings contra isso? – perguntei.

– A oposição não sabe o que diz. Nós temos lá oligarquia? Temos uma quantidade enorme de cavadores no poder. Só os congressistas! E os ministros, os presidentes, os governadores, os secretários, os políticos do sul. Muito dente roendo o tesouro. E que súcia! Veja os nossos representantes no congresso federal. Que diz, seu Magalhães?

O dr. Magalhães não dizia nada.

– Nunca leio política. Sou apenas juiz. Estudo, compulso os meus livros, pchiu! Acordo cedo, tomo uma xícara de café, pequena, faço a barba, vou ao banho. Depois passeio pelo quintal, volto, distraio-me com as revistas e almoço, pouco, por causa do estômago. Descanso uma hora, escrevo, consulto os mestres. Janto, dou um giro pela cidade, à noite recebo os amigos, quando aparecem, durmo.

D. Glória não se conteve:

– Obra com acerto, é preciso preservar a saúde.

João Nogueira deu ao rosto uma expressão safada:

– Sem dúvida, é preciso preservá-la. Mas, como íamos dizendo, isto nunca foi oligarquia. Há gente demais.

– Pois se, havendo tanta, a oposição grita, imagine se o número fosse menor. Aí é que a gritaria não findava.

– Por quê?

– Porque muitos dos que estão em cima estariam embaixo, o descontentamento seria maior.

Como o advogado se aproximasse da janela, soprei-lhe ao ouvido:

– Ele prometeu o despacho?

João Nogueira afirmou com um gesto. Despedi-me:

– Não concordo com o senhor não, dr. Nogueira. A república vai bem. Só a justiça que temos... Reflita.

– Eu por mim sou apenas juiz – disse o dr. Magalhães. – Estudo, consulto os bons autores...

Demorei-me até que ele terminasse, despedi-me pela segunda vez e saí.

Percorri a cidade, bestando, impressionado com os olhos da mocinha loura e esperando um acaso que me fizesse saber o nome dela. O acaso não veio, e decidi procurar João Nogueira, informar-me do nome, posição, família, as particularidades necessárias a quem pretende dar uma cabeçada séria. Às dez horas fui à redação do Cruzeiro, mas só encontrei Arquimedes, compondo. Estive no bilhar do Sousa. Não havia fregueses; apenas um, meio golado.

– O dr. Nogueira deve estar em casa da Ernestina.

Eu não sabia onde era a casa da Ernestina. Cerca de meia-noite descobri o advogado no hotel, discutindo poesia com Azevedo Gondim. Escutei uma hora, desejoso de instruir-me. Não me instruí.

– Dr. Nogueira, faz obséquio? É um instante, Gondim.

Mas tive acanhamento de tocar naquele assunto delicado, receei tornar-me ridículo, imaginei que podia o Nogueira andar também arrastando a asa para a lourinha e, sentindo uma espécie de despeito, pedi informações minuciosas sobre o processo do Pereira.

XIII

Tornei a encontrar a mocinha loura. Eu voltava da capital, aonde tinha ido por causa do sem-vergonha do Brito.

A coisa se deu assim. Depois do meu telegrama (lembram-se: o telegrama em que recusei duzentos mil-réis àquele pirata), a Gazeta entrou a difamar-me. A princípio foram mofinas cheias de rodeios, com muito vinagre, em seguida o ataque tornou-se claro e saíram dois artigos furiosos em que o nome mais doce que o Brito me chamava era assassino. Quando li essa infâmia, armei-me de um rebenque e desci à cidade.

– O que o senhor deve fazer é processá-lo – aconselhou João Nogueira. – É fácil metê-lo na cadeia.

– E querendo defender-se, tem cá o Cruzeiro – insinuou Azevedo Gondim. – Pode escrever. Ou então escrevo eu, ou escreve o Nogueira. Infelizmente o Cruzeiro circula pouco. Mas é o que temos. Disponha.

– Obrigado, Gondim; obrigado, dr. Nogueira. Depois resolvemos. Não vale a pena quebrar a cabeça com uma tolice dessa.

E ficamos no hotel até onze da noite, jogando dominó a tostão o tento.

No outro dia tomei o trem, ferrei no sono e acordei às dez horas, na estação central. Logo ali, com o rebenque debaixo do braço, comecei a examinar as caras.

Subi a rua do Comércio, dobrei o Livramento, a Alegria, parei em frente à Gazeta. Olhei um instante, pelas grades, as caixetas imundas, entrei, atravessei a sala de composição, a de impressão e, lá no fundo, desemboquei na redação, onde só estava um rapaz amarelo preparando telegramas com os jornais do Recife da véspera. O diretor tinha ido a Pajuçara.

– Obrigado.

Voltei pelo mesmo caminho e estive uma hora no relógio oficial, observando os passageiros dos bondes de Ponta-da-Terra. Afinal surgiu o focinho de rato do Brito.

– Olá!

Recuou, tentou retomar o estribo, mas o carro já ia longe. Franziu a testa com dignidade. Vendo o rebenque, empalideceu e gaguejou:

– Bons olhos o vejam. Que sorte! Sim senhor, precisamos conversar.

Agarrei-lhe o braço, puxei-o para junto do relógio e disse-lhe, quase cochichando para não espantar os transeuntes:

– Então, seu filho de uma égua, esses artigos...

– Aquilo é matéria paga – explicou o Brito. – Seção livre, não viu logo? Vamos à redação, lá nos entendemos melhor.

Em resposta passei-lhe os gadanhos no cachaço e dei-lhe um bando de chicotadas. Juntaram-se muitas pessoas, um guarda civil apitou, houve protestos, gritos, afinal Costa Brito conseguiu escapulir-se e azulou pelo Comércio, em direção aos Martírios.

Encaminhei-me ao hotel, mas nem tive tempo de almoçar, porque fui chamado à polícia. Apertaram-me com interrogatórios redundantes, perdi o trem das três e não consegui demonstrar ao delegado que ele era ranzinza e estúpido. Aborrecido, aporrinhado, recorri a um bacharel (trezentos mil-réis, fora despesas miúdas com automóvel, gorjetas etc.) e embarquei vinte e quatro horas depois, levando nos ouvidos um sermão do secretário do interior, que me seringou liberdade de imprensa e outros disparates.

No vagão comprei os jornais do dia. Nenhum noticiava o espalhafato. Camaradas. Comecei a ler umas coisas interessantes sobre a apicultura. Pouco a pouco esqueci as burrices do delegado e o liberalismo do secretário. E reconciliado com o Brito, confessei a mim mesmo que ele tinha bom coração e provavelmente não reincidiria.

Concentrei-me na leitura. Efetivamente as abelhas seriam para nós uma fonte de riqueza.

Nesse ponto veio sentar-se a meu lado uma senhora vestida de preto.

Como o sol a incomodasse, baixei a portinhola.

– Agradecida.

Reparando nela, reconheci a mulher que, um mês antes, em casa do dr. Magalhães, escutava o romance de d. Marcela.

– Não tem de quê, d. Glória.

Notei que ela estava com um pacote a furar-se nos joelhos agudos e pedi-o, coloquei-o junto à minha bagagem. Era uma velha acanhada: sorriso insignificante e modos de pobre. O trem pôs-se em movimento. E encetamos um diálogo que se foi animando até nos tornarmos amigos.

– Esta Great Western é uma joça. Porcaria! Isto nunca foi carro. Que chiqueiro!

Inicio de ordinário com frases assim as minhas viagens a trem. D. Glória sobressaltou-se, receando que a companhia ouvisse. Em tom confidencial, achou que os carros não eram bons.

– Péssimos, d. Glória.

Ela atentou em mim com respeito:

– Creio que já nos vimos. Não me lembro. A minha memória é uma lástima.

– Em casa do juiz, o mês passado. A senhora e uma mocinha loura...

Arregalou os olhos:

– Ah! sim.

E a conversa caiu. Para levantá-la, abri o jornal e preguei-lhe um dedo:

– Está aqui um artigo baita sobre a apicultura. O autor disto é osso. Não compreendeu.

De repente exclamou:

– Agora me recordo. O senhor estava com o dr. Nogueira, discutindo política.

– É isso mesmo.

Houve uma pausa.

– O senhor mora na capital?

– Não, moro no interior.

– Em Viçosa?

– É.

– Eu também, há pouco tempo. Mas cidade pequena... Horrível, não é?

– A cidade pequena? E a grande. Tudo é horrível. Gosto do campo, entende? Do campo.

D. Glória fechou a cara:

– Mato? Santo Deus! Mato só para bicho. E o senhor vive no mato?

– Em S. Bernardo.

D. Glória não conhecia S. Bernardo, e essa ignorância me ofendeu, porque para mim S. Bernardo era o lugar mais importante do mundo.

– Uma boa fazenda. Não há lá essa água podre que se bebe por aí. Lama. Não senhora, há conforto, há higiene.

D. Glória retificou a espinha, ergueu a voz e desfez o ar apoucado:

– Não me dou. Nasci na cidade, criei-me na cidade. Saindo daí, sou como peixe fora da água. Tanto que estive cavando transferência para um grupo da capital. Mas é preciso muito pistolão. Promessas...

– Ah! É professora?

– Não. Professora é minha sobrinha.

– Aquela moça que estava com a senhora em casa do dr. Magalhães?

– Sim.

– E como é a graça de sua sobrinha, d. Glória?

– Madalena. Veja o senhor. Fez um curso brilhante...

– Espere lá. O Nogueira e o Gondim me falaram nela. Mulher prendada, bonita. Perfeitamente. O Gondim falou muito. O Gondim do Cruzeiro, um da venta chata.

– Sei.

E recolheu, sorrindo, os elogios à sobrinha.

– Pois uma menina como aquela encafuar-se num buraco, seu...

— Paulo Honório, d. Glória. Faz pena. Isso de ensinar bê-á-bá é tolice. Perdoe a indiscrição, quanto ganha sua sobrinha ensinando bê-á-bá?

D. Glória baixou a voz para confessar que as professoras de primeira entrância tinham apenas cento e oitenta mil-réis.

— Quanto?

— Cento e oitenta mil-réis.

— Cento e oitenta mil-réis? Está aí! É uma desgraça, minha senhora. Como diabo se sustenta um cristão com cento e oitenta mil-réis por mês? Quer que lhe diga? Faz até raiva ver uma pessoa de certa ordem sujeitar-se a semelhante miséria. Tenho empregados que nunca estudaram e são mais bem pagos. Por que não aconselha sua sobrinha a deixar essa profissão, d. Glória?

D. Glória referiu-se à dificuldade de arranjar empregos e ao montepio.

— Que montepio! Isso vale nada! E empregos... Vou indicar um meio de sua sobrinha e a senhora ganharem dinheiro a rodo. Criem galinhas.

D. Glória formalizou-se, e um passageiro próximo, como eu gritava entusiasmado, pôs-se a rir. Era um mocinho de bigodinho e rubi no dedo. Aproximei dele o rosto cabeludo e a mão cabeluda:

— O senhor está rindo sem saber de quê. Vejo que possui uma carta. Quanto lhe rende? Se não tem pai rico, deve ser promotor público. Faria melhor negócio criando galinhas.

O mocinho encabulou.

— Boa ocupação, d. Glória, ocupação decente. Se quiser dedicar-se a ela, recomendo-lhe a Orpington. Escola! Bestidade. Abri uma na fazenda e entreguei-a ao Padilha. Sabe quem é? Um idiota. Mas diz ele que há progresso. E eu acredito. Pelo menos o Gondim e padre Silvestre estiveram lá examinando a molecoreba e acharam tudo em ordem.

D. Glória enrugou e desenrugou a cara:

— Cada qual tem o seu meio de vida.

— História! Dê um salto a S. Bernardo para eu lhe mostrar o que é uma lavoura de fazer água na boca.

Essa conversa, é claro, não saiu de cabo a rabo como está no papel. Houve suspensões, repetições, mal-entendidos, incongruências, naturais quando a gente fala sem pensar que aquilo vai ser lido. Reproduzo o que julgo interessante. Suprimi diversas passagens, modifiquei outras. O discurso que atirei ao mocinho do rubi, por exemplo, foi mais enérgico e mais extenso que as linhas chochas que aqui estão. A parte referente à enxaqueca de d. Glória (e a enxaqueca ocupou, sem exagero, metade da viagem) virou fumaça. Cortei igualmente, na cópia, numerosas tolices ditas por mim e por d. Glória. Ficaram muitas, as que as minhas luzes não alcançaram e as que me pareceram úteis. É o processo que adoto: extraio dos acontecimentos algumas parcelas; o resto é bagaço. Ora vejam. Quando arrastei Costa Brito para o relógio oficial, apliquei-lhe uns quatro ou cinco palavrões obscenos. Esses palavrões, desnecessários porque não aumentaram nem diminuíram o valor das chicotadas, sumiram-se, conforme notará quem reler a cena da agressão, cena que, expurgada dessas indecências, está descrita com bastante sobriedade.

Uma coisa que omiti e produziria bom efeito foi a paisagem. Andei mal. Efetivamente a minha narrativa dá ideia de uma palestra realizada fora da terra. Eu me explico: ali, com a portinhola fechada, apenas via de relance, pelas outras janelas, pedaços de estações, pedaços de mata, usinas e canaviais. Muitos canaviais, mas este gênero de agricultura não me interessa. Vi também novilhos zebus, gado que, na minha opinião, está acabando de escangalhar os nossos rebanhos.

Hoje isso forma para mim um todo confuso, e se eu tentasse uma descrição, arriscava-me a misturar os coqueiros da lagoa, que apareceram às três e quinze, com as mangueiras e os cajueiros, que vieram depois. Essa descrição, porém, só seria aqui embutida por motivos de ordem técnica. E não tenho o intuito de escrever em conformidade com as regras. Tanto que vou cometer um erro. Presumo que é um erro. Vou dividir um capítulo em dois. Realmente o que se segue podia encaixar-se no que procurei expor antes desta digressão.

Mas não tem dúvida, faço um capítulo especial por causa da Madalena.

XIV

Na estação d. Glória apresentou-me a sobrinha, que tinha ido recebê-la. Atrapalhei-me e, para desocupar a mão, deixei cair um dos pacotes que ia entregar ao ganhador.

– Muito prazer. Eu já conhecia a senhora de nome. E de vista. Mas não sabia que era uma pessoa só. Encontramo-nos há dias.

– Há um mês.

– Perfeitamente. Estive conversando sobre isso com sua tia, ótima companheira de viagem. Sim senhora, muito prazer.

Dirigi-me ao hotel. E como a casa delas era no meu caminho, saímos juntos.

– D. Marcela disse-me que o senhor tem uma propriedade bonita – começou Madalena.

– Bonita? Ainda não reparei. Talvez seja bonita. O que sei é que é uma propriedade regular.

E embuchei, afobado. Até então os meus sentimentos tinham sido simples, rudimentares, não havia razão para ocultá-los a criaturas como a Germana e a Rosa. A essas azunia-se a cantada sem rodeios, e elas não se admiravam, mas uma senhora que vem da escola normal é diferente. Emburrei, pois, e contei os embrulhos que o ganhador equilibrava na cabeça. Fiz um esforço para endereçar amabilidades a d. Glória:

– O convite está de pé, sim senhora, e eu tenho a sua promessa de ir passar uns dias na fazenda. Espero que leve a professora. Vem um automóvel, em dez minutos estão lá.

D. Glória não tinha prometido nada. Madalena espantou-se:

– Ah! não.

– Por quê? Agora com as férias...

– Passeios... Isso é para rico.

E, sorrindo:

– Que diria sua família se o senhor metesse duas desconhecidas em casa?

Aí quem se espantou fui eu:

– Mas não tenho família, minha senhora, nunca tive. Vivo só, com Deus.

– Então é pior – respondeu Madalena.

– Inconveniente – declarou d. Glória.

Cocei a barba:

– É pena. Um lugar tão bom para uma pessoa se refazer! Acabou-se. Se é inconveniente, fica o dito por não dito.

Depois tornei:

– Mas inconveniente por quê? Pois eu tinha muito gosto em mostrar a d. Glória uns marrecos-de-pequim que são mesmo uma beleza. Já viu os marrecos-de-pequim, d. Madalena?

– Ainda não.

– Está aí! – resmunguei. – Estudam a vida inteira nem sei para quê.

– Descansar um pouco? – disse d. Glória.

Estávamos à porta da casa delas, na Canafístula.

– Obrigado. Vou chegando ao hotel.

Demorei-me ainda um minuto:

– Estão as senhoras aqui pessimamente instaladas. Adeus. E se resolverem ir a S. Bernardo, avisem, para mandar o automóvel.

– Perfeitamente – disse d. Glória. – E muito agradecida pela companhia.

– Não tem de quê.

No hotel marchei para o banheiro, fui tirar o carvão e o suor. E ia-me sentando à mesa quando chegaram João Nogueira, Azevedo Gondim e padre Silvestre.

– Então que desordem foi essa? – perguntou Azevedo Gondim. – Soubemos ontem à noite.

– Imagine como nos assustamos – acrescentou o vigário. – Um escândalo! É verdade que o Brito andou mal.

– Andou. Necessidade. Ele não é ruim. Queria duzentos mil-
-réis, coitado, e eu torci o corpo. Tolice: gastei bem seiscentos, sem
contar a aporrinhação de dois dias. O diabo é que, se ele recebesse
os duzentos, havia de pedir mais duzentos e assim por diante.

– A notícia que circulou ontem foi que ele estava no hospital,
com uma punhalada – informou padre Silvestre. – Constou até que
tinha morrido. Felizmente hoje sossegamos. Ferimentos leves, não?

– Que ferimentos! O que houve foi troca de palavras. O Brito dis-
se uns desaforos, eu disse outros, juntou-se gente e a polícia entrou na
questão, que não era com ela. Não houve nada.

– Logo vi – bradou padre Silvestre. – Um homem prudente
como o senhor não ia provocar barulho.

– Essa agora! – gritou Azevedo Gondim. – Pois eu tinha escrito
duas colunas sobre o caso para o número de domingo.

João Nogueira aproximou-se e falou-me ao ouvido:

– Francamente, que foi que houve?

– Uma arenga sem importância.

E, pegando a ocasião:

– Ó dr. Nogueira, quem é aquela d. Glória?

– A tia da professora?

– Sim. Que tal é essa família?

– Em que sentido?

– Em tudo – respondi evasivamente. – A velha viajou hoje co-
migo, no trem. É simpática.

– Mas que interesse tem o senhor...

– É que a mulher, indiretamente, tocou-me numa pretensão:
transferência da sobrinha. Eu nunca vi o diretor da instrução pública,
mas dou-me com o Silveira, que faz regulamentos. Talvez não fosse
impossível conseguir a transferência. Se elas merecem, está claro.

– Mas é uma excelente professora, seu Paulo, e um nobre caráter.

– O senhor quer retirá-la! Que lembrança! Se ela sair, sabe o
que acontece? Mandam para cá uma velha analfabeta.

– Tem razão.

E, em voz alta:

– Jantar?

Agradeceram e despediram-se. Padre Silvestre abraçou-me:

– O amigo numa entalação dessa! A culpa foi do Brito. Ele é meio esquentado, mas ultimamente a orientação que vem dando à Gazeta é boa.

Acompanhei-os:

– Ó Gondim, eu precisava falar com você.

Ficou.

– Estou morrendo de fome, Gondim. Dois dias quase sem comer! Calcule. Vamos jantar?

Recusou o jantar, mas aceitou um copo de cerveja. Quando cheguei à sobremesa, ele ia na terceira garrafa.

– Ó Gondim, você me falou há tempo numa professora.

– A Madalena?

– Sim. Encontrei-a uma noite destas e gostei da cara. É moça direita?

Azevedo Gondim encetou a quarta garrafa de cerveja e desmanchou-se em elogios.

– Mulher superior. Só os artigos que publica no Cruzeiro!

Desanimei:

– Ah! faz artigos!

– Sim, muito instruída. Que negócio tem o senhor com ela?

Eu sei lá! Tinha um projeto, mas a colaboração no Cruzeiro me esfriou. Julguei que fosse uma criatura sensata.

– Essa agora! – bradou Gondim picado. – O senhor tem cada uma!

– Está bem. Para você não há segredo. Ouça. Estou aborrecido com o Padilha.

– Alguma carraspana que ele tomou?

– Pior. Anda querendo botar socialismo na fazenda. Surpreendi-o dizendo besteiras. Não liguei importância, tanto que o conservei, mas, o caso bem pensado, talvez fosse melhor arranjar para ele outra colocação, fora.

– E convidar a Madalena.

– Sim, estive pensando. Não sei. Se ela for moça de bons costumes.

– De bons costumes? Claro. O diabo é que talvez não aceite. Morar nas brenhas!

– Isso são bobagens da tia, uma velha tonta. Mas a outra, se tem juízo como você diz, aceita.

Azevedo Gondim mastigava amendoins torrados e bebia cerveja:

– É, pode ser. Vantagem para ela, com certeza, aumento de ordenado.

– Sem dúvida.

– Pode ser. Eu só tenho pena do pobre do Padilha.

– Não. Cavo uma colocação para ele. Já não lhe disse? É um canalha, coitado. E a respeito da moça…

– O senhor entendeu-se com ela?

– Não, homem. Se me tivesse entendido, não estava consultando você. Ó Gondim, faça-me um favor. Foi justamente para isso que lhe pedi que ficasse. Sonde a mulher.

Azevedo Gondim resistiu, encarecendo o serviço que ia prestar:

– Mas eu não tenho intimidade com ela. Fale o senhor.

– Impossível. Há dois dias que estou ausente. Preciso chegar a S. Bernardo hoje. E não sei a maneira de tratar com essa gente. Muitas voltas… Peite a moça, Gondim, faça-me o favor.

– Pois sim. Arrumo-lhe a paisagem, a poesia do campo, a simplicidade das almas. E se ela não se convencer, sapeco-lhe um bocado de patriotismo por cima.

XV

Depois do convite, tornei-me quase íntimo das duas mulheres. Madalena não se decidiu logo. E eu, a pretexto de saber a resposta, comecei a frequentar a casinha da Canafístula. Um dia dei uns toques a d. Glória:

– Por que é que sua sobrinha não procura marido?

Melindrou-se:

– Minha sobrinha não é feijão bichado para se andar oferecendo.

– Nem eu digo isso, minha senhora. Deus me livre. É um conselho de amigo. Garantir o futuro...

D. Glória empinou a coluna vertebral, e o peito cavado se achatou. Esse movimento de dignidade repentina fazia-lhe o vestido preto, já gasto, ficar esticado na barriga e frouxo nas costas. Resmungou palavras imperceptíveis. Pouco a pouco voltou à posição normal, a omoplata adaptou-se novamente ao pano coçado e o gargarejo tornou-se compreensível:

– Está visto que o casamento para as mulheres é uma situação...

– Razoável, d. Glória. E até é bom para a saúde.

– Mas há tantos casamentos desastrados... Demais isso não é coisa que se imponha.

– Não, infelizmente. É preciso propor. Tudo mal organizado, d. Glória. Há lá ninguém que saiba com quem deve casar?

– Quanto a mim, acho que em questões de sentimento é indispensável haver reciprocidade.

– Qual reciprocidade! Pieguice. Se o casal for bom, os filhos saem bons; se for ruim, os filhos não prestam. A vontade dos pais não tira nem põe. Conheço o meu manual de zootecnia.

Depois dessa conversa, a colheita do algodão prendeu-me duas semanas em S. Bernardo. Refleti algumas vezes no caso. Era provável

que d. Glória houvesse batido com a língua nos dentes. Que teria dito? Apareci a Madalena com medo de ser mal recebido por causa da sugestão. Fui bem recebido:

– Como vai a lavoura?

– Vai regularmente. Creio que vai regularmente: ainda não posso prever o resultado da safra. E a sua escola? Os meninos, a d. Glória, sem novidade? Estimo. O que é certo é que a senhora não se importa com lavoura, e eu vinha tratar de outro assunto.

– O convite que me fez pelo Gondim?

Vacilei:

– Mais ou menos.

– Já lhe devia ter respondido que não aceito.

– Que diabo! Mas o aumento do ordenado, filha de Deus?

– Não convém. Estou em seis anos de magistério, não deixo o certo pelo duvidoso. Essas escolas particulares hoje se abrem, amanhã se fecham...

Fiz-lhe um cumprimento:

– Felicito-a pela sua prudência. Efetivamente a senhora arriscava a ficar sem mel nem cabaço.

– Se o senhor reconhece...

– Reconheço. E venho trazer-lhe outra proposta. Para ser franco, essa história de escola foi tapeação.

Madalena esperava, com uma rugazinha entre as sobrancelhas.

– O que vou dizer é difícil. Deve compreender... Enfim, para não estarmos com prólogos, arreio a trouxa e falo com o coração na mão.

Tossi, encalistrado:

– Está aí. Resolvi escolher uma companheira. E como a senhora me quadra... Sim, como me engracei da senhora quando a vi pela primeira vez...

Engasguei-me. Séria, pálida, Madalena permaneceu calada, mas não parecia surpreendida.

– Já se vê que não sou o homem ideal que a senhora tem na cabeça.

Afastou a frase com a mão fina, de dedos compridos:

– Nada disso. O que há é que não nos conhecemos.

– Ora essa! Não lhe tenho contado pedaços da minha vida? O que não contei vale pouco. A senhora, pelo que mostra e pelas informações que peguei, é sisuda, econômica, sabe onde tem as ventas e pode dar uma boa mãe de família.

Madalena foi à janela e esteve algum tempo debruçada, olhando a rua. Quando se voltou, eu passeava pela sala, enchendo o cachimbo.

– Deve haver muitas diferenças entre nós.

– Diferenças? E então? Se não houvesse diferenças, nós seríamos uma pessoa só. Deve haver muitas. Com licença, vou acender o cachimbo. A senhora aprendeu várias embrulhadas na escola, eu aprendi outras quebrando a cabeça por este mundo. Tenho quarenta e cinco anos. A senhora tem uns vinte.

– Não, vinte e sete.

– Vinte e sete? Ninguém lhe dá mais de vinte. Pois está aí. Já nos aproximamos. Com um bocado de boa vontade, em uma semana estamos na igreja.

– O seu oferecimento é vantajoso para mim, seu Paulo Honório – murmurou Madalena. – Muito vantajoso. Mas é preciso refletir. De qualquer maneira, estou agradecida ao senhor, ouviu? A verdade é que sou pobre como Jó, entende?

– Não fale assim, menina. E a instrução, a sua pessoa, isso não vale nada? Quer que lhe diga? Se chegarmos a acordo, quem faz um negócio supimpa sou eu.

XVI

Uma semana depois, à tardinha, eu, que ali estava aboletado desde meio-dia, tomava café e conversava, bastante satisfeito. No melhor da conversa Azevedo Gondim entrou sem cerimônia e atirou uma inconveniência que não tinha tamanho:

– Ah! O senhor está aqui? Eu vinha dar os parabéns a d. Madalena. Foi bom encontrá-lo. Minhas felicitações.

– Que história é essa? – perguntei estremecendo.

– O casamento – explicou Azevedo Gondim. – É em que se fala. O senhor não tinha dito nada... Quando é isso?

Não respondi. Madalena contou os fios do bordado. D. Glória imobilizou-se, com uma xícara na mão. Tive desejo de torcer o pescoço do Gondim, que, percebendo a tolice, se encostou à parede, raspando o queixo. Levantei-me, cheguei à janela para disfarçar o constrangimento. Como Gondim se aproximasse, rosnei:

– Você está bêbedo?

– Julguei que não fosse segredo. Todo o mundo sabe.

– Idiota.

E voltei a sentar-me. Acanhado, as orelhas num fogaréu, agarrei-me ao hospital de Nossa Senhora da Conceição e ao Grêmio Literário e Recreativo, que levava uma existência precária, com as estantes cheias de traças e abrindo-se uma vez por ano para a posse da diretoria.

– Que utilidade tem isso?

Azevedo Gondim sentou-se, pouco a pouco serenou:

– É uma sociedade que presta bons serviços, seu Paulo.

– Lorota! O hospital, sim senhor. Mas biblioteca num lugar como este! Para quê? Para o Nogueira ler um romance de mês em mês. Uma literatura desgraçada...

Azevedo Gondim, aferrando-se a uma ideia, gira em redor dela, como peru:

– A instrução é indispensável, a instrução é uma chave, a senhora não concorda, d. Madalena?

– Quem se habitua aos livros...

– É não habituar-se – interrompi. – E não confundam instrução com leitura de papel impresso.

– Dá no mesmo – disse Gondim.

– Qual nada!

– E como é que se consegue instrução se não for nos livros?

– Por aí, vendo, ouvindo, correndo mundo. O Nogueira veio da escola sabido como o diabo, mas não sabia inquirir uma testemunha. Hoje esqueceu o latim e é um bom advogado.

– Entretanto o senhor acha o hospital necessário. E por que não deita fora os seus tratados de agricultura?

– É diferente. Em todo o caso suponho que os médicos estudam menos nos livros que abrindo barrigas, cortando vivos e defuntos em experiências. Eu, nas horas vagas, leio apenas observações de homens práticos. E não dou valor demasiado a elas, confio mais em mim que nos outros. Os meus autores não vieram olhar de perto os homens e as terras de S. Bernardo.

Madalena balançava a cabeça:

– Perfeitamente. O que há é que não estamos acostumados a pensar assim. Assisti um dia destes a uma fita no cinema, e creio que aprendi mais que se visse aquilo escrito. Sem contar que se gasta menos tempo.

– E não se enche o quengo com estopadas – acrescentei. – Vocês engolem muita bucha, Gondim. Há por aí volumes que cabem em quatro linhas.

D. Glória estava quase dormindo. Azevedo Gondim, aturdido, agastado, ergueu os ombros:

– Cá para mim os livros são úteis. Se o senhor julga que são inúteis, deve ter lá as suas razões.

– Você vê que me refiro às histórias fiadas do Grêmio.

– O pior é que o que é desnecessário ao senhor talvez seja necessário a muitos – disse Madalena.

– Sem dúvida, a beleza – triunfou Azevedo Gondim. – É o que se quer. Harmonia, beleza, entende?

– Ora sebo!

D. Glória levantou-se e entrou. Como o assunto estivesse reduzido a cinza, calamo-nos. Azevedo Gondim tentou atiçá-lo, inutilmente.

– Que poeira, hem? com o nordeste.

Retirou-se.

Animei-me e avizinhei-me de Madalena:

– Está vendo? Por aí já falam. E só em que falam, pelo que disse o Gondim.

Nenhuma resposta.

– Não torno a pôr os pés aqui. Primeiro porque não quero prejudicá-la, segundo porque é ridículo. Naturalmente a senhora já refletiu.

Madalena soltou o bordado:

– Parece que nos entendemos. Sempre desejei viver no campo, acordar cedo, cuidar de um jardim. Há lá um jardim, não? Mas por que não espera mais um pouco? Para ser franca, não sinto amor.

– Ora essa! Se a senhora dissesse que sentia isso, eu não acreditava. E não gosto de gente que se apaixona e toma resoluções às cegas. Especialmente uma resolução como esta. Vamos marcar o dia.

– Não há pressa. Talvez daqui a um ano… Eu preciso preparar-me.

– Um ano? Negócio com prazo de ano não presta. Que é que falta? Um vestido branco faz-se em vinte e quatro horas.

Ouvindo passos no corredor, baixei a voz:

– Podemos avisar sua tia, não?

Madalena sorriu, irresoluta.

– Está bem.

– Já acabaram aquela discussão pau? – perguntou d. Glória da porta. – Eu estava morrendo de sono.

– E eu. O culpado foi o Gondim, que tem ideias extravagantes.

Procurei maneira de formular o pedido, mas perturbei-me e não atinei com o que devia dizer:

– D. Glória, comunico-lhe que eu e sua sobrinha dentro de uma semana estaremos embirados. Para usar linguagem mais correta, vamos casar. A senhora, está claro, acompanha a gente. Onde comem dois comem três. E a casa é grande, tem uma porção de caritós.

D. Glória começou a chorar.

XVII

asou-nos o padre Silvestre, na capela de S. Bernardo, diante do altar de S. Pedro.

Estávamos em fim de janeiro. Os paus-d'arco, floridos, salpicavam a mata de pontos amarelos; de manhã a serra cachimbava; o riacho, depois das últimas trovoadas, cantava grosso, bancando rio, e a cascata em que se despenha, antes de entrar no açude, enfeitava-se de espuma.

Quando viu os arames da iluminação, o telefone, os móveis, vários trastes de metal, que Maria das Dores conservava areados, brilhando, d. Glória confessou que a vida ali era suportável.

– Eu não dizia?

Ofereci-lhe um quarto no lado esquerdo da casa, por detrás do escritório, com janela para o muro da igreja, vermelho. O muro está hoje esverdeado pelas águas da chuva, mas naquele tempo era novo e cor de carne crua. Eu e Madalena ficamos no lado direito – e da nossa varanda avistávamos o algodoal, o prado, o descaroçador com a serraria e a estrada, que se torce contornando um morro.

– Vamos começar vida nova, hem? – disse Madalena alegremente.

Desde então comecei a fazer nela algumas descobertas que me surpreenderam. Como se sabe, eu me havia contentado com o rosto e com algumas informações ligeiras.

Tive, durante uma semana, o cuidado de procurar afinar a minha sintaxe pela dela, mas não consegui evitar numerosos solecismos.

Mudei de rumo. Tolice. Madalena não se incomodava com essas coisas. Imaginei-a uma boneca da escola normal. Engano. Enjoou o Padilha, que achou "uma alma baixa". (Aí eu expliquei que a alma dele não tinha importância. Exigia dos meus homens

serviços: o resto não me interessava.) Enjoou o Padilha. Mas gostou de seu Ribeiro: meteu-se no escritório, folheou os livros, examinou documentos, desarmou a máquina de escrever, que estava emperrada. E dois dias depois do casamento, ainda com um ar machucado, largou-se para o campo e rasgou a roupa nos garranchos do algodão. A hora do jantar encontrei-a no descaroçador, conversando com o maquinista.

– Ora muito bem. Isto é mulher.

Mas aconselhei-a a não expor-se:

– Esses caboclos são uns brutos. Quer trabalhar? Combino. Trabalhe com Maria das Dores. A gente da lavoura só comigo.

– A ocupação de Maria das Dores não me agrada. E eu não vim para aqui dormir.

– São entusiasmos do princípio.

– Outra coisa – continuou Madalena. – A família de mestre Caetano está sofrendo privações.

– Já conhece mestre Caetano? – perguntei admirado. – Privações, é sempre a mesma cantiga. A verdade é que não preciso mais dele. Era melhor ir cavar a vida fora.

– Doente...

– Devia ter feito economia. São todos assim, imprevidentes. Uma doença qualquer, e é isto: adiantamentos, remédios. Vai-se o lucro todo.

– Ele já trabalhou demais. E está tão velho!

– Muito, perdeu a força. Põe a alavanca numa pedra pequena e chama os cavouqueiros para deslocá-la. Não vale os seis mil-réis que recebia. Mas não tem dúvida: mande o que for necessário. Mande meia cuia de farinha, mande uns litros de feijão. É dinheiro perdido.

XVIII

– A excelentíssima – declarou seu Ribeiro – entende de escrituração.

Seu Ribeiro morava aqui, trabalhava comigo, mas não gostava de mim. Creio que não gostava de ninguém. Tudo nele se voltava para o lugarejo que se transformou em cidade e que tinha, há meio século, bolandeira, terços, candeias de azeite e adivinhações em noites de S. João. Com mais de setenta anos, andava a pé, de preferência pelas veredas. E só falava ao telefone constrangido. Odiava a época em que vivia, mas tirava-se de dificuldades empregando uns modos cerimoniosos e expressões que hoje não se usam. O reduzido calor que ainda guardava servia para aquecer aqueles livros grossos, de cantos e lombadas de couro. Escrevia neles com amor lançamentos complicados, e gastava quinze minutos para abrir um título, em letras grandes e curvas, um pouco trêmulas, as iniciais cheias de enfeites.

– Entende muito – continuou. – E embora eu não concorde integralmente com o método que preconiza, reconheço que poderá, querendo, encarregar-se da escrita.

– Obrigada.

– Não há de quê. A excelentíssima conhece a matéria e tem caligrafia. Eu sou uma ruína. Qualquer dia destes...

Catou palavras:

– Qualquer dia destes estou com Deus.

– Sempre diz isso – resmungou Padilha. – O senhor tem fôlego de sete gatos.

Pretendia acumular os cargos de professor e guarda-livros. E impacientava-se.

– Não duro, estou gasto – respondeu seu Ribeiro. – E morreria tranquilo deixando os livros a uma pessoa que não viesse estragá-los com raspadelas.

– Isso é fácil – murmurou Padilha.

– Talvez, mas convém saber. Aqui a excelentíssima...

– Tinha graça – tornou Padilha –, d. Madalena escrevendo os diversos a diversos.

– Nada mais natural – atalhou Madalena. – Não desejo, Deus me livre.

– Seu Ribeiro está forte.

– Somos todos mortais, minha senhora. É verdade que ninguém pode penetrar os desígnios da Providência, mas na minha idade...

– Qual é o ordenado?

– Ora essa! – estranhou Padilha. – A senhora ocupar-se com essas migalhas! Receber ordenado! Era tirar de uma mão e deitar na outra.

– Por que não? Se seu Ribeiro tiver de aposentar-se... Quanto ganha o senhor, seu Ribeiro?

O guarda-livros afagou as suíças brancas:

– Duzentos mil-réis.

Madalena desanimou:

– É pouco.

– Como? – bradei estremecendo.

– Muito pouco.

– Que maluqueira! Quando ele estava com o Brito, ganhava cento e cinquenta a seco. Hoje tem duzentos, casa, mesa e roupa lavada.

– É exato – confessou seu Ribeiro. – Não me falta nada, o que recebo chega.

– Se o senhor tivesse dez filhos, não chegava – disse Madalena.

– Naturalmente – concordou d. Glória.

– Ora gaitas! – berrei. – Até a senhora? Meta-se com os romances.

Madalena empalideceu:

– Não é preciso zangar-se. Todos nós temos as nossas opiniões.

– Sem dúvida. Mas é tolice querer uma pessoa ter opinião sobre assunto que desconhece. Cada macaco no seu galho. Que diabo! Eu nunca andei discutindo gramática. Mas as coisas da minha fazenda julgo que devo saber. E era bom que não me viessem dar lições. Vocês me fazem perder a paciência.

Joguei o guardanapo sobre os pratos, antes da sobremesa, e levantei-me. Um bate-boca oito dias depois do casamento! Mau sinal. Mas atirei a responsabilidade para d. Glória, que só tinha dito uma palavra.

XIX

Conheci que Madalena era boa em demasia, mas não conheci tudo de uma vez. Ela se revelou pouco a pouco, e nunca se revelou inteiramente. A culpa foi minha, ou antes, a culpa foi desta vida agreste, que me deu uma alma agreste.

E, falando assim, compreendo que perco o tempo. Com efeito, se me escapa o retrato moral de minha mulher, para que serve esta narrativa? Para nada, mas sou forçado a escrever.

Quando os grilos cantam, sento-me aqui à mesa da sala de jantar, bebo café, acendo o cachimbo. Às vezes as ideias não vêm, ou vêm muito numerosas – e a folha permanece meio escrita, como estava na véspera. Releio algumas linhas, que me desagradam. Não vale a pena tentar corrigi-las. Afasto o papel.

Emoções indefiníveis me agitam – inquietação terrível, desejo doido de voltar, tagarelar novamente com Madalena, como fazíamos todos os dias, a esta hora. Saudade? Não, não é isto: é desespero, raiva, um peso enorme no coração.

Procuro recordar o que dizíamos. Impossível. As minhas palavras eram apenas palavras, reprodução imperfeita de fatos exteriores, e as dela tinham alguma coisa que não consigo exprimir. Para senti-las melhor, eu apagava as luzes, deixava que a sombra nos envolvesse até ficarmos dois vultos indistintos na escuridão.

Lá fora os sapos arengavam, o vento gemia, as árvores do pomar tornavam-se massas negras.

– Casimiro!

Casimiro Lopes estava no jardim, acocorado ao pé da janela, vigiando.

– Casimiro!

A figura de Casimiro Lopes aparece à janela, os sapos gritam, o vento sacode as árvores, apenas visíveis na treva. Maria das Dores entra e vai abrir o comutador. Detenho-a: não quero luz.

O tique-taque do relógio diminui, os grilos começam a cantar. E Madalena surge no lado de lá da mesa. Digo baixinho:

– Madalena!

A voz dela me chega aos ouvidos. Não, não é aos ouvidos. Também já não a vejo com os olhos.

Estou encostado à mesa, as mãos cruzadas. Os objetos fundiram-se, e não enxergo sequer a toalha branca.

– Madalena...

A voz de Madalena continua a acariciar-me. Que diz ela? Pede-me naturalmente que mande algum dinheiro a mestre Caetano. Isto me irrita, mas a irritação é diferente das outras, é uma irritação antiga, que me deixa inteiramente calmo. Loucura estar uma pessoa ao mesmo tempo zangada e tranquila. Mas estou assim. Irritado contra quem?

Contra mestre Caetano. Não obstante ele ter morrido, acho bom que vá trabalhar. Mandrião!

A toalha reaparece, mas não sei se é esta toalha sobre que tenho as mãos cruzadas ou a que estava aqui há cinco anos.

Rumor do vento, dos sapos, dos grilos. A porta do escritório abre-se de manso, os passos de seu Ribeiro afastam-se. Uma coruja pia na torre da igreja. Terá realmente piado a coruja? Será a mesma que piava há dois anos? Talvez seja até o mesmo pio daquele tempo.

Agora seu Ribeiro está conversando com d. Glória no salão. Esqueço que eles me deixaram e que esta casa está quase deserta.

– Casimiro!

Penso que chamei Casimiro Lopes. A cabeça dele, com o chapéu de couro de sertanejo, assoma de quando em quando à janela, mas ignoro se a visão que me dá é atual ou remota.

Agitam-se em mim sentimentos inconciliáveis: encolerizo-me e enterneço-me; bato na mesa e tenho vontade de chorar.

Aparentemente estou sossegado: as mãos continuam cruzadas sobre a toalha e os dedos parecem de pedra. Entretanto ameaço Madalena com o punho. Esquisito.

Distingo no ramerrão da fazenda as mais insignificantes minudências. Maria das Dores, na cozinha, dá lições ao papagaio. Tubarão rosna acolá no jardim. O gado muge no estábulo.

O salão fica longe: para irmos lá temos de atravessar um corredor comprido. Apesar disso a palestra de seu Ribeiro e d. Glória é bastante clara. A dificuldade seria reproduzir o que eles dizem. É preciso admitir que estão conversando sem palavras.

Padilha assobia no alpendre. Onde andará Padilha?

Se eu convencesse Madalena de que ela não tem razão... Se lhe explicasse que é necessário vivermos em paz... Não me entende. Não nos entendemos. O que vai acontecer será muito diferente do que esperamos. Absurdo.

Há um grande silêncio. Estamos em julho. O nordeste não sopra e os sapos dormem. Quanto às corujas, Marciano subiu ao forro da igreja e acabou com elas a pau. E foram tapados os buracos de grilos.

Repito que tudo isso continua a azucrinar-me.

O que não percebo é o tique-taque do relógio. Que horas são? Não posso ver o mostrador assim às escuras. Quando me sentei aqui, ouviam-se as pancadas do pêndulo, ouviam-se muito bem. Seria conveniente dar corda ao relógio, mas não consigo mexer-me.

Conforme declarei, Madalena possuía um excelente coração. Descobri nela manifestações de ternura que me sensibilizaram. E, como sabem, não sou homem de sensibilidades. É certo que tenho experimentado mudanças nestes dois últimos anos. Mas isto passa.

As amabilidades de Madalena surpreenderam-me. Esmola grande. Percebi depois que eram apenas vestígios da bondade que havia nela para todos os viventes. Paciência. Eu não devia esperar nem esses sobejos – e o que viesse era lucro. Vivemos algum tempo muito bem.

Lembram-se de que deixei a mesa aborrecido com d. Glória. Pois, passados minutos, Madalena me trouxe uma xícara de café e deu a entender que estava arrependida de haver provocado o incidente.

– Foi uma leviandade.

– Foi – balbuciou Madalena vermelhinha –, foi inconsideração.

– Antes de falar, a gente pensa.

– Com certeza – disse ela bastante perturbada. – Esqueci que os dois eram empregados e deixei escapar aquela inconveniência. Ah! foi uma inconveniência e grande.

Aí eu peguei a xícara de café e amoleci:

– Não, assim também não. Para que exagerar? Houve apenas incompreensão. Obrigado, pouco açúcar. Incompreensão, é o termo. Eu explico. Aqui não é como lá fora. O cinema, o bar, os convites, a loteria, o bilhar, o diabo, não temos nada disso, e às vezes nem sabemos em que gastar dinheiro. Quer que lhe diga? Comecei a vida com cem mil-réis alheios. Cem mil-réis, sim senhora. Pois estiraram como borracha. Tudo quanto possuímos vem desses cem mil-réis que o ladrão do Pereira me emprestou. Usura de judeu, cinco por cento ao mês.

Madalena ouviu atenta, aprovando, com modos de menina bem-educada:

– Acredito, acredito. O que há é que ainda não conheço o meio. Preciso acostumar-me.

Chamei Casimiro Lopes, entreguei-lhe a xícara e a bandeja. Depois acendi o cachimbo:

– O que sinto...

Ergui-me:

– Nunca me arrependo de nada. O que está feito está feito. Mas enfim cara feia não bota ninguém para diante. E aquilo que eu azuni a d. Glória...

– Coitada! Ela nem estava prestando atenção à conversa. Falou por falar.

– Foi uma dos diabos. Pois faça-me um favor: mostre a ela, por alto, que não tive intenção de magoá-la. Uma pessoa idosa e respeitável... Que não tive intenção, ouviu? Eu sou mesmo um sujeito meio azuretado.

Veem que estávamos brandos como duas bananas. E assim passamos um mês. Por insistência dela, dei-lhe ocupação:

– Faça a correspondência. Quer ordenado. Perfeitamente, depois combinaremos isso. Seu Ribeiro que lhe abra uma conta.

XXI

Pois, apesar das precauções que tomamos, do asbesto que usamos para amortecer os atritos, veio nova desinteligência. Depois vieram muitas.

Pela manhã Madalena trabalhava no escritório, mas à tarde saía a passear, percorria as casas dos moradores. Garotos empalamados e beiçudos agarravam-se às saias dela.

Foi à escola, criticou o método de ensino do Padilha e entrou a amolar-me reclamando um globo, mapas, outros arreios que não menciono porque não quero tomar o incômodo de examinar ali o arquivo. Um dia, distraidamente, ordenei a encomenda. Quando a fatura chegou, tremi. Um buraco: seis contos de réis. Seis contos de folhetos, cartões e pedacinhos de tábua para os filhos dos trabalhadores.

Calculem. Uma dinheirama tão grande gasta por um homem que aprendeu leitura na cadeia, em carta de ABC, em almanaques, numa bíblia de capa preta, dos bodes. Mas contive-me. Contive-me porque tinha feito tenção de evitar dissidências com minha mulher e porque imaginei mostrar aquelas complicações ao governador quando ele aparecesse aqui. Em todo o caso era despesa supérflua.

Assinei a duplicata, pus o chapéu e saí. Ao passar pelo estábulo, notei que os animais não tinham ração.

– Isto vai mal.

E gritei:

– Marciano!

Gritei em vão. Desci a ladeira, com raiva. Lá embaixo, à porta da escola, descobri Marciano escanchado num tamborete, taramelando com o Padilha.

– Já para as suas obrigações, safado.

– Acabei o serviço, seu Paulo – gaguejou Marciano perfilando-se.

– Acabou nada!

– Acabei, senhor sim. Juro por esta luz que nos alumia.

– Mentiroso. Os animais estão morrendo de fome, roendo a madeira.

Marciano teve um rompante:

– Ainda agorinha os cochos estavam cheios. Nunca vi gado comer tanto. E ninguém aguenta mais viver nesta terra. Não se descansa.

Era verdade, mas nenhum morador me havia ainda falado de semelhante modo.

– Você está se fazendo besta, seu corno?

Mandei-lhe o braço ao pé do ouvido e derrubei-o. Levantou-se zonzo, bambeando, recebeu mais uns cinco trompaços e levou outras tantas quedas. A última deixou-o esperneando na poeira. Enfim ergueu-se e saiu de cabeça baixa, trocando os passos e limpando com a manga o nariz, que escorria sangue. Estive uns minutos soprando. Depois voltei-me para o Padilha:

– O culpado é você.

– Eu?

– Sim, você, que anda enchendo de folhas as ventas daquele sem-vergonha.

Padilha defendeu-se, pálido:

– Não ando enchendo nada não, seu Paulo. É injustiça. Ele veio de enxerido, acredite. Não chamei, até disse: "Marciano, é melhor que você vá dar comida aos bichos". Não escutou e ficou aí, lesando. Eu estava enjoado, por Deus do céu, que não gosto da cara desse moleque.

Ia pregar-lhe uma descompostura, mas avistei Madalena, que, no paredão do açude, se virava para as ruínas do Marciano. Fui ao encontro dela, resmungando:

– Insolente! dá-se o pé, e quer tomar a mão.

Mas a cólera tinha desaparecido. O que agora me importunava eram as caixas com o material pedagógico inútil nestes cafundós.

Para que aquilo? O governador se contentaria se a escola produzisse alguns indivíduos capazes de tirar o título de eleitor.

– Tomando fresca, hem? – perguntei a Madalena, que tinha a vista presa no telhado escuro do estábulo.

Não deu resposta. Pus-me a olhar o bebedouro dos animais, o leito vazio do riacho além do sangradouro do açude e, longe, na encosta da serra, a pedreira, que era apenas uma nódoa alvacenta. A mata ia enegrecendo. Um vento frio começou a soprar. As últimas cargas de algodão chegaram ao descaroçador. Houve um apito demorado e os trabalhadores largaram o serviço. Consultei o relógio: seis horas.

– É horrível! – bradou Madalena.

– Como?

– Horrível! – insistiu.

– Que é?

– O seu procedimento. Que barbaridade! Despropósito.

– Que diabo de história…

Estaria tresvariando? Não: estava bem acordada, com os beiços contraídos, uma ruga entre as sobrancelhas.

– Não entendo. Explique-se.

Indignada, a voz trêmula:

– Como tem coragem de espancar uma criatura daquela forma?

– Ah! sim! por causa do Marciano. Pensei que fosse coisa séria. Assustou-me.

Naquele momento não supus que um caso tão insignificante pudesse provocar desavença entre pessoas razoáveis.

– Bater assim num homem! Que horror!

Julguei que ela se aborrecesse por outro motivo, pois aquilo era uma frivolidade.

– Ninharia, filha. Está você aí se afogando em pouca água. Essa gente faz o que se manda, mas não vai sem pancada. E Marciano não é propriamente um homem.

– Por quê?

– Eu sei lá! Foi vontade de Deus. É um molambo.

– Claro. Você vive a humilhá-lo.

– Protesto! – exclamei alterando-me. – Quando o conheci, já ele era molambo.

– Provavelmente porque sempre foi tratado a pontapés.

– Qual nada! É molambo porque nasceu molambo.

Madalena calou-se, deu as costas e começou a subir a ladeira.

Acompanhei-a, embuchado. De repente voltou-se e, com voz rouca, uma chama nos olhos azuis, que estavam quase pretos:

– Mas é uma crueldade. Para que fez aquilo?

Perdi os estribos:

– Fiz aquilo porque achei que devia fazer aquilo. E não estou habituado a justificar-me, está ouvindo? Era o que faltava. Grande acontecimento, três ou quatro muxicões num cabra. Que diabo tem você com o Marciano para estar tão parida por ele?

D. Glória gostava de conversar com seu Ribeiro. Eram conversas intermináveis, em dois tons: ele falava alto e olhava de frente, ela cochichava e olhava para os lados. Quando me via, calava-se.

Compreendo perfeitamente essas mudanças. Fui trabalhador alugado e sei que de ordinário a gente miúda emprega as horas de folga depreciando os que são mais graúdos. Ora, as horas de folga de d. Glória eram quase todas.

Dormia, almoçava, jantava, ceava, lia romances à sombra das laranjeiras e atenazava Maria das Dores, que endoidecia com a colaboração dela. Queixava-se de tudo: dos ratos, dos sapos, das cobras, da escuridão. Afetava na minha presença uma atitude de vítima. Não se cansava de gabar a cidade, fora de propósito. Passava parte dos dias no escritório.

Seu Ribeiro tratava-a por excelentíssima senhora (Madalena era apenas excelentíssima). Julguei perceber, por certas palavras, gestos e silêncios, que ela ia ali deplorar a sorte da sobrinha. Estava sempre ao pé da carteira, amolando.

Madalena batia no teclado da máquina. Seu Ribeiro escrevia com lentidão trêmula, às vezes se aperreava procurando a régua, a borracha, o frasco de cola, que se ausentavam, porque d. Glória tinha o mau costume de mexer nos objetos e não os pôr nunca onde os encontrava. Eu me danava com essa desordem, fechava a cara, dava ordens secas rapidamente e saía para não estourar. Enfim desabafei. Num dia quatro o balancete do mês passado não estava pronto.

– Por que foi esse atraso, seu Ribeiro? Doença?

O velho esfregou as suíças, angustiado:

– Não senhor. É que há uma diferença nas somas. Desde ontem procuro fazer a conferência, mas não posso.

– Por que, seu Ribeiro?

E ele calado.

– Está bem. Ponha um cartaz ali na porta proibindo a entrada às pessoas que não tiverem negócio. Aqui trabalha-se. Um cartaz com letras bem grandes. Todas as pessoas, ouviu? Sem exceção.

– Isso é comigo? – disse d. Glória esticando-se.

– Prepare logo o cartaz, seu Ribeiro.

– Perguntei se era comigo – tornou d. Glória diminuindo um pouco.

– Ora, minha senhora, é com toda a gente. Se eu digo que não há exceção, não há exceção.

– Vim falar com minha sobrinha – balbuciou d. Glória reduzindo-se ao seu volume ordinário.

– Sua sobrinha, enquanto estiver nesta sala, não recebe visitas, é um empregado como os outros.

– Eu não sabia. Pensei que não interrompesse.

– Pensou mal. Ninguém pode escrever, calcular e conversar ao mesmo tempo.

D. Glória saiu descrevendo um ângulo reto: esgueirou-se da carteira até a parede e, beirando-a, alcançou a porta, que se abriu e fechou silenciosamente. Sentei-me e comecei a confrontar o diário com o razão. Seu Ribeiro aproximou-se para auxiliar-me.

– Obrigado.

Seu Ribeiro aprontou, com o canivete e a régua, um quadrado de papelão. Madalena levantou-se, cobriu a máquina, trouxe-me as cartas, esperou que eu terminasse a leitura delas e retirou-se. Assinei as cartas e meti-as nos envelopes.

– Que é que d. Glória vem fuxicar aqui, seu Ribeiro?

– Nada de importância – respondeu o guarda-livros. – A senhora d. Glória é um coração de ouro e versa diferentes temas com proficiência, mas eu, para ser franco, não a tenho escutado com a devida atenção.

174

Achei ridículo interrogar aquele homem grave sobre os mexericos de d. Glória.

— Excelente senhora — afirmava seu Ribeiro pautando a lápis o quadrado de papelão.

— Mais ou menos.

Levantei-me:

— Cuidado com os intrusos.

— Perfeitamente — respondeu seu Ribeiro.

No salão encontrei Madalena caída no sofá, acabrunhada. Enxugou os olhos à pressa:

— Por que foi aquela brutalidade?

Madalena estava prenhe, e eu pegava nela como em louça fina.

Ultimamente dizia-me coisas desagradáveis, que eu fingia não compreender. Via a barriga crescer-lhe. Uma compensação. Sentei-me e, para não desgostá-la:

— Foi realmente brutalidade. Brutalidade necessária, mas enfim brutalidade. É uma peste recorrer a isso.

— E para que recorre? — chasqueou Madalena.

— Já você começa. Esses modos não, tenha paciência. Detesto picuinhas. Comigo é trás zás, nó cego. Subterfúgios não.

— Quem é que está com subterfúgios? Foi uma brutalidade.

— Necessária.

— Desnecessária. Vê-se bem que você não gosta de minha tia.

— Eu? Nem gosto nem desgosto. Pensei que ela quisesse alguma ocupação. A propósito, é bom você deixar a máquina. Aquilo é ruim para a barriga. Não se sente mal?

— Não.

— Em todo o caso uns meses antes e uns meses depois do parto tem férias.

— Obrigada.

— Como ia dizendo, julguei que sua tia quisesse trabalhar. Até uma vez dei a ela uns conselhos, no trem. Espinhou-se. Vive aí com as mãos abanando, lendo bobagens. Não lhe quero mal por isso. Agora o que não acho direito é empatar o serviço dos outros.

– Escute, Paulo – soluçou Madalena. – Está enganado. Não tem razão, garanto que não tem razão. Minha tia é uma criatura digna.

– Efetivamente, ela tem uma espécie de dignidade, às vezes, mas a dignidade nela dura pouco.

Madalena prosseguiu:

– Não conheço ninguém que trabalhe mais que d. Glória.

– Ora essa! – bradei com um espanto que me levantou do sofá.

– Vai sair?

Pensando bem, creio que não foi o espanto que me levantou. Provavelmente foi o costume que eu tinha de me dirigir ao campo todos os dias pela manhã. É verdade que o meu espírito estava completamente afastado da lavoura, mas d. Glória e Madalena já me haviam retardado quase uma hora, e o movimento que fiz correspondia a uma necessidade que se tornou clara quando me pus em pé.

– Vamos?

Madalena acompanhou-me e em caminho falou desta forma:

– Você, pelo que me disse, principiou a vida muito pobre.

– Sei lá como principiei! Quando dei por mim, era guia de cego. Depois vendi as cocadas da velha Margarida. Já lhe contei.

– Já. Lutou muito. Mas acredite que d. Glória tem desenvolvido mais atividade que você.

– Estou esperando. Que fez ela?

– Tomou conta de mim, sustentou-me e educou-me.

– Só?

– Acha pouco? É porque você não sabe o esforço que isso custou. Maior que o seu para obter S. Bernardo. E o que é certo é que d. Glória não me troca por S. Bernardo.

Vaidade. Professorinhas de primeiras letras a escola normal fabricava às dúzias. Uma propriedade como S. Bernardo era diferente.

– Não há comparação.

– Morávamos em casa de jogador de espada – disse Madalena. – Havia duas cadeiras. Se chegava visita, d. Glória sentava-se num caixão de querosene. A saleta de jantar era o meu gabinete de

estudo. A mesa tinha uma perna quebrada e encostava-se à parede. Trabalhei ali muitos anos. À noite baixava a luz do candeeiro, por economia. D. Glória ia para a cozinha resmungar, chorar, lastimar-se. O hábito que ela tem de cochichar e caminhar nas pontas dos pés vem desse tempo. Dormíamos as duas numa cama estreita. Se eu adoecia, d. Glória passava a noite sentada; quando não aguentava o sono, deitava-se no chão.

Madalena calou-se. Impressionado com aquela pobreza, exclamei:

– Diabo! Vocês comeram uma cachorra insossa.

– Quem não adoecia era d. Glória – continuou Madalena. – Eu saía para a escola e ela punha o xale, ia cavar a vida. Tinha muitas profissões. Conhecia padres – e fazia flores, punha em ordem alfabética os assentamentos de batizados, enfeitava altares. Conhecia desembargadores – e copiava os acórdãos do tribunal. À noite vendia bilhetes no Floriano. E como o padeiro nosso vizinho era analfabeto, escriturava as contas dele num caderno de balcão. Está claro que, dedicando-se a tantas ocupações miúdas, era mal paga.

– Deve compreender... – murmurei vagamente, olhando os dorsos vermelhos das novilhas mergulhadas no capim-gordura.

Madalena interrompeu-me:

– E nos exames ainda tinha tempo de cabalar os examinadores, Deus e o mundo para eu não ser reprovada. D. Glória é incansável. O que ela não pode é dedicar-se a um trabalho continuado: consome-se em trabalhos incompletos. É por isso a inquietação em que vive. Aqui não há os bilhetes do cinema, os acórdãos do tribunal, os assentamentos de batizados, o caderno de contas do padeiro. D. Glória vê máquinas e homens que funcionam como as máquinas. Entretanto, d. Glória procura ser útil: vai à igreja, põe flores nos altares e limpa os vidros das imagens na sacristia; tenta cozinhar e não se entende com Maria das Dores; oferece-se para ajudar seu Ribeiro; já experimentou escrever em máquina.

Um caminhão rodou em direção à serraria; vinham da mata pancadas secas de machado; carros de bois chiavam para os lados de Bom-Sucesso.

– Como tenho dito, não concordo com esse esbanjamento de energia. A gente deve habituar-se a fazer uma coisa só.

– D. Glória nada ganharia se se aperfeiçoasse em vender bilhetes no cinema ou escrever os batizados: a paga seria sempre insignificante.

– Por que não se empregou em ofício mais rendoso?

– Difícil. Demais é necessário haver quem venda os bilhetes e copie os acórdãos.

Calei-me – e não senti nenhuma simpatia à pobre da d. Glória.

Continuei a julgá-la uma velha bisbilhoteira e de mãos lastimáveis, que deitavam a perder o que pegavam. Aquelas ocupações espalhadas aborreciam-me. Levantei os ombros. E, para não descontentar Madalena:

– Pode ser que você tenha razão. Eu discordo. Mas enfim cada qual tem lá o seu modo de matar pulgas.

XXIII

Era domingo, de tarde, e eu voltava do descaroçador e da serraria, onde tinha estado a arengar com o maquinista. Um volante empenado e um dínamo que emperrava. O homem prometera endireitar tudo em dois dias. Contratempo. Montes de madeira, algodão enchendo os paióis.

— Desleixados.

À beira do riacho, topei a velha Margarida sentada numa pedra, lavando as canelas finas como gravetos.

— Boa tarde, mãe Margarida.

— Louvado seja Nosso Senhor Jesus Cristo — respondeu a negra procurando reconhecer-me com o nariz e com a orelha.

Descobriu-me entre cheiros e ruídos:

— An!

— Como vai isso, mãe Margarida? A saúde?

— Aqui vamos dando, meu filho. Melhor do que mereço a Deus — disse a velha enxugando na saia de riscado os cambitos das pernas.

— Falta alguma coisa lá no rancho?

— Falta nada! Tem tudo, a sinhá manda tudo. Um despotismo de luxo: lençóis, sapatos, tanta roupa! Para que isso? Sapato no meu pé não vai. E não me cubro. Só preciso uma esteira. Uma esteira e o fogo.

— Está direito, mãe Margarida. Passe bem.

E saí, agastado com Madalena. Avistei na outra banda Marciano, que tangia o gado.

— Espera lá.

Atravessei a pinguela e fui ver o último produto limosino-caracu.

— Magreirão.

Não estava, mas achei que estava.

– Não me responda, entupa-se.

A culpada era Madalena, que tinha oferecido à Rosa um vestido de seda. É verdade que o vestido tinha um rasgão. Mas era disparate.

– Deitasse fora, foi o que eu disse a Madalena. Se estava estragado, era deitar fora. Não é pelo prejuízo, é pelo desarranjo que traz a esse povinho um vestido de seda.

Madalena respondeu-me com quatro pedras na mão, e ficamos de venta inchada uma semana. Eu por mim remoí um rancor excessivo.

O telhado da serraria era uma nódoa vermelha que as chuvas, aqui e ali, haviam tingido de preto. Na outra margem do riacho a cabeça curvada de Margarida mexia-se lentamente por cima das hastes do capim. E, subindo uma vereda, a figurinha de Marciano colava-se às reses.

– Estúpida! – exclamei com raiva.

E pensei no vestido da Rosa, nos sapatos e nos lençóis da velha Margarida.

– Desperdício.

Depois recordei o volante e o dínamo.

– Estúpida!

Está visto que Madalena não tinha nada com o descaroçador e a serraria, mas naquele momento não refleti nisso: misturei tudo e a minha cólera aumentou. Uma cólera despropositada. Esqueci os presentes que, há alguns anos, a Rosa me comeu (pó de arroz, voltas de conta) e as despesas que fiz com Margarida, até automóvel ao sertão, até clichês para o jornal do Gondim. O que me pareceu foi que Madalena estava gastando à toa.

– À toa, percebem?

Repeti para convencer-me:

– À toa. Desperdício.

Por cima do capim-gordura já não se via a cabecinha branca de Margarida. Num cotovelo do caminho o vulto de Marciano tinha desaparecido. Com o descambar do sol, o telhado da serraria estava mais vermelho.

Não seria mau despedir o maquinista.

– Que gente!

Concentrei-me no caso do dínamo, que era o que me havia predisposto a considerar prodigalidades os sapatos, os lençóis e o vestido de seda.

Depois tranquilizei-me. Arredar o maquinista, sim senhor, boa solução.

Demorei-me um instante vendo um casal de papa-capins namorando escandalosamente. Uma galinhagem desgraçada. Dentro de alguns dias aquilo se descasava, cada qual tomava seu rumo, sem dar explicações a ninguém. Que sorte!

E dirigi-me a casa. No alpendre Madalena, Padilha, d. Glória e seu Ribeiro conversavam. Com a minha chegada calaram-se.

Puxei uma cadeira e sentei-me longe deles. Era possível que a palestra não me interessasse, mas suspeitei que estivessem falando mal de mim. Provavelmente. D. Glória sempre com segredinhos ao ouvido de seu Ribeiro. E Madalena escutando o Padilha. O Padilha, que tinha uma alma baixa, na opinião dela. Para o inferno. Tão bom era um como o outro. Entretidos, animados. Conspiração. Talvez não fosse nada. Mas para quem, como eu, andava com a pulga atrás da orelha! Aborrecia.

Estavam constrangidos, certamente adivinhando o que eu pensava.

Padilha mastigava com os dentes estragados o sorriso servil.

Levantei-me, encostei-me à balaustrada e comecei a encher o cachimbo, voltando-me para fora, que no interior da minha casa tudo era desagradável.

No fim do pátio um moleque passou, com um bodoque na mão. Estava ali para que servia a escola. Vadiando, matando passarinhos, num dia de descanso, bom para soletrar a cartilha e riscar papel.

Seis contos de tábuas, mapas, quadros e outros enfeites de parede. Seis contos!

Carrancudo, olhei de esguelha para Madalena, que ficou sossegada, como se aquilo não tivesse sido feito por ela.

Acendi o cachimbo, furiosamente, e procurei distrair-me. O rancho de Margarida escondia-se entre as folhas das bananeiras. Marciano saiu do estábulo e veio vindo, banzeiro, derreando-se; diante da casa-grande tirou o chapéu e escondeu o cigarro. A pedreira, lá em cima, estava quase invisível depois que o caminho para ela se tinha fechado.

A prefeitura não queria mais comprar pedras, as construções na fazenda estavam terminadas. E mestre Caetano, gemendo no catre, recebia todas as semanas um dinheirão de Madalena. Sim senhor, uma panqueca. Visitas, remédios de farmácia, galinhas.

– Não há nada como ser entrevado.

Necessitava, é claro, mas se eu fosse sustentar os necessitados, arrasava-me.

Além de tudo, vestido de seda para a Rosa, sapatos e lençóis para Margarida. Sem me consultar. Já viram descaramento assim? Um abuso, um roubo, positivamente um roubo.

Voltei a sentar-me. Madalena entrou a falar com o Padilha, mas não percebi o que diziam. O constrangimento foi desaparecendo. Padilha tinha os olhos baixos.

Por que era que eu não punha o Padilha fora de casa, aquele parasita que me levava cento e cinquenta mil-réis por mês com a tapeação da escola e estava fuxicando, visivelmente fuxicando?

Virei o rosto e descansei a vista no pátio, muito alvo, coberto de pedra miúda e areia. Andavam ali àquela hora pombos como os diabos, voando baixo, passeando, emproados, beliscando o chão. Contei uns cinquenta. Perdi a conta, recomecei sem resultado. Eram bem duzentos.

Recordei o tempo em que aquilo só tinha muçambês e lama. O riacho, um pouco de água turva num sulco estreito e tortuoso, derramava-se pela várzea, empapando o solo. E as cercas do Mendonça avançando.

Que diferença! Senti desejo de levantar-me e exclamar:

– Vejam isto. Estão dormindo? Acordem. As casas, a igreja, a estrada, o açude, as pastagens, tudo é novo. O algodoal tem quase

uma légua de comprimento e meia de largura. E a mata é uma riqueza. Cada pé de amarelo! cada cedro! Olhem o descaroçador, a serraria. Pensam que isto nasceu assim sem mais nem menos?

Padilha continuava tagarelando com Madalena. Ergui os ombros:

– Para o inferno, para a casa da peste!

Seu Ribeiro aprovava com gravidade as tolices de d. Glória.

Casimiro Lopes veio sentar-se num degrau da calçada. Picando fumo com a faca de ponta e preparando o cigarro de palha, deitava os olhos de cão ao prado, ao açude, à igreja, às plantações. Pobre do Casimiro Lopes. Ia-me esquecendo dele. Calado, fiel, pau para toda a obra, era a única pessoa que me compreendia. Mandou-me um sorriso triste. Estirei o beiço, dizendo em silêncio:

– Isto vai ruim, Casimiro.

Casimiro Lopes arregaçou as ventas numa careta desgostosa.

Os outros continuavam a zumbir. Sebo! Uns insetos. Não valia a pena prestar atenção a semelhantes insignificâncias. Gente besta.

Ergui-me, bocejando. O que eu estava era cansado. O dia inteiro no campo, inquirindo, esmiuçando. Senti as pernas bambas. Cansado.

A noite chegava. Um pretume no interior da casa. Lembrei-me do dínamo encrencado. Mais esta. Deixei o alpendre e entrei:

– Maria das Dores, acenda os candeeiros.

O pequeno berrava como bezerro desmamado. Não me contive: voltei e gritei para d. Glória e Madalena:

– Vão ver aquele infeliz. Isso tem jeito? Aí na prosa, e pode o mundo vir abaixo. A criança esgoelando-se!

Madalena tinha tido menino.

XXIV

azia dois anos que eu estava casado, e por isso João Nogueira, padre Silvestre e Azevedo Gondim jantavam conosco.

Ora exatamente nesse dia repreendi Padilha e ele me gaguejou umas desculpas a que não liguei importância, mas que depois de algumas horas cresceram muito.

– Ó Padilha, chegue cá – disse-lhe de manhã no jardim, onde ele colhia flores. – Ninguém aqui está preso. Se o serviço lhe desagrada, é arribar.

– Por que, seu Paulo? – exclamou Luís Padilha atordoado.

– Ora por quê! Apanhando flores, homem! Olhe o relógio.

– Foi a d. Madalena que mandou tirar umas rosas.

– Você é jardineiro? A d. Madalena não dá ordens. Você me anda gastando o tempo com falatórios!

– Isso não é comigo – defendeu-se Padilha. – Queixe-se dela. A moça me pediu umas flores para enfeitar a mesa, à tarde. Que é que eu havia de fazer? Havia de negar? E quanto às conversas, seu Paulo compreende. Uma senhora instruída meter-se nestas bibocas! Precisa uma pessoa com quem possa entreter de vez em quando palestras amenas e variadas.

Achei graça. E não prestei mais atenção a Padilha, que, espetando os dedos nos espinhos, devastou uma roseira, à pressa, e escapuliu-se.

Palestras amenas!

Mais tarde, no escritório, uma ideia indeterminada saltou-me na cabeça, esteve por lá um instante quebrando louça e deu o fora. Quando tentei agarrá-la, ia longe. Interrompi a leitura da carta que tinha diante de mim e, sem saber por que, olhei Madalena desconfiado. Estava de pé, encostada à carteira, mexia distraída as folhas do razão e contemplava pela janela os paus-d'arco distantes.

Maquinalmente, assinei o papel; Madalena estendeu-me outro, maquinalmente. Nisto a ideia voltou. Movia-se, porém, com tanta rapidez que não me foi possível distingui-la. Estremeci, e pareceu-me que a cara de Madalena estava mudada. Mas a impressão durou pouco.

Embrenhei-me no trabalho e, à tarde, quando os amigos desceram do automóvel, sentia-me perfeitamente tranquilo.

– Ora, sejam bem aparecidos.

Como não eram de cerimônia, levei-os para o interior, fui matar a sede do Gondim, que, quando chega a S. Bernardo, exige conhaque.

Durante o jantar, estiveram todos muito animados. E até eu, que ignoro os assuntos que eles debatiam, entrei na dança.

Para começar, Azevedo Gondim, a quem o conhaque tinha tirado as peias da língua, elogiou a vida campestre:

– Isto é que é! Vejam se na cidade, ciscando no fundo dos quintais, se criava um peru deste tamanho. Que bicho fornido! Benza-o Deus.

D. Glória deu um muxoxo e desviou a vista do centro da mesa, onde, acocorado na travessa, um peru recebia aqueles louvores despropositados.

Padre Silvestre acompanhou o movimento de d. Glória e deu com os olhos nos canteiros do jardim e nas alamedas do pomar.

– Realmente deve ser uma delícia viver neste paraíso. Que beleza!

– Para quem vem de fora – atalhei. – Aqui a gente se acostuma. Afinal não cultivo isto como enfeite. É para vender.

– As flores também? – perguntou Azevedo Gondim.

– Tudo. Flores, hortaliça, fruta...

– Está aí! – exclamou padre Silvestre balançando a cabecinha grisalha e enrugando a testa estreita. – O que é ter senso! Se todos os brasileiros pensassem assim, não estaríamos presenciando tanta miséria.

– Política, padre Silvestre? – fez João Nogueira sorrindo.

Padre Silvestre arregalou os olhinhos baços:

– Por que não? O senhor há de confessar que estamos à beira de um abismo.

Padre Silvestre é desorientado. Com uma freguesia trabalhosa, anda no mundo da lua. Danadamente liberal.

Padilha meteu o bedelho na conversa:

– Apoiado.

– Um abismo – repetiu padre Silvestre.

– Que abismo? – perguntou Azevedo Gondim.

O reverendo estudou uma resposta enérgica:

– Isso que se vê. É a falência do regímen. Desonestidades, patifarias.

– Quais são os patifes? – inquiriu João Nogueira.

Padre Silvestre estirou o beiço inferior e amoitou-se. As opiniões dele são as opiniões dos jornais. Como, porém, essas opiniões variam, padre Silvestre, impossibilitado de admitir coisas contraditórias, lê apenas as folhas da oposição. Acredita nelas. Mas experimenta às vezes dúvidas. Elas juram que os homens do governo são malandros, e ele conhece alguns respeitáveis. Isso prejudica as convicções que a letra impressa lhe dá. Necessitando acomodar as suas observações com as afirmações alheias, acha que os políticos, individualmente, são criaturas como as outras, mas em conjunto são uns malfeitores.

– Ora essa! Não me compete denunciar ninguém. Os fatos são os fatos. Observe.

– É bom apontar – insistiu João Nogueira.

– Para quê? A facção dominante está caindo de podre. O país naufraga, seu doutor. É o que lhe digo: o país naufraga.

Passei-lhe uma garrafa e informei-me:

– Que foi que lhe aconteceu para o senhor ter essas ideias? Desgostos? Cá no meu fraco entender, a gente só fala assim quando a receita não cobre a despesa. Suponho que os seus negócios vão bem.

– Não se trata de mim. São as finanças do Estado que vão mal. As finanças e o resto. Mas não se iludam. Há de haver uma revolução!

– Era o que faltava. Escangalhava-se esta gangorra.

– Por quê? – perguntou Madalena.

– Você também é revolucionária? – exclamei com mau modo.

– Estou apenas perguntando por quê.

– Ora por quê! Porque o crédito se sumia, o câmbio baixava, a mercadoria estrangeira ficava pela hora da morte. Sem falar na atrapalhação política.

– Seria magnífico – interrompeu Madalena. – Depois se endireitava tudo.

– Com certeza – apoiou Luís Padilha.

– Vocês sabem o que estão dizendo?

– O que admira é padre Silvestre desejar a revolução – disse Nogueira. – Que vantagem lhe traria ela?

– Nenhuma – respondeu o vigário. – A mim não traria vantagem. Mas a coletividade ganharia muito.

– Esperem por isso – atalhou Azevedo Gondim. – Os senhores estão preparando uma fogueira e vão assar-se nela.

– Literatura! – resmungou Padilha.

– Literatura não – gritou Azevedo Gondim. – Se rebentar a encrenca, há de sair boa coisa, hem, Nogueira?

– O fascismo.

– Era o que vocês queriam. Teremos o comunismo.

D. Glória benzeu-se e seu Ribeiro opinou:

– Deus nos livre.

– Tem medo, seu Ribeiro? – perguntou Madalena sorrindo.

– Já vi muitas transformações, excelentíssima, e todas ruins.

– Nada disso – asseverou padre Silvestre. – Essas doutrinas exóticas não se adaptam entre nós. O comunismo é a miséria, a desorganização da sociedade, a fome.

Seu Ribeiro passou os dedos pela careca lustrosa:

– No tempo de d. Pedro, corria pouco dinheiro, e quem possuía um conto de réis era rico. Mas havia fartura, a abóbora apodrecia na roça. Mamona, caroço de algodão, não tinham valor. Com a proclamação da república ficaram custando os olhos da cara. Por isso eu digo que essas mudanças só servem para atrapalhar a vida. A estrada de ferro…

– Uma nação sem Deus! – bradava padre Silvestre a d. Glória. – Fuzilaram os padres, não escapou um. E os soldados, bêbedos, espatifavam os santos e dançavam em cima dos altares.

D. Glória gemia com as mãos no peito:

— Que horror! É possível! Nos altares!

— Espatifaram nada! — interveio Padilha. — Isso é propaganda contrarrevolucionária.

— E o senhor trabalha para isso, padre Silvestre — exclamou Gondim.

O vigário desculpou-se:

— Eu não. Estou quieto, no meu canto. Agora achar que o governo é mau, eu acho. Que há urgências de reforma, há. Quanto ao comunismo, lorota, não pega. Descansem: entre nós não pega. O povo tem religião, o povo é católico.

João Nogueira discordou:

— É o que ele não é. Ninguém conhece doutrina. Se um protestante canta hinos e prega o evangelho, os devotos das procissões vão escutá-lo; outros pendem para o espiritismo; e a canalha acredita em feitiçaria e até adora árvores. Muitos entram no catolicismo como num hotel, escolhem um prato, com fastio, e cruzam o talher. Os mais avançados são dispépticos. O senhor se engana, padre Silvestre; essa gente ouve missa, mas não é católica, e tanto se deixa levar para um lado como para outro.

Padre Silvestre desnorteou-se:

— Nesse caso...

Mas João Nogueira tinha terminado. E estava conversando comigo, em voz baixa, esculhambando o dr. Magalhães.

Madalena falava com seu Ribeiro:

— Que é que o senhor perdia?

— Não sei, excelentíssima. Talvez perdesse. A mim só chegam desgraças. Enfim tenho aqui um pedaço de pão. E se essa infelicidade viesse, nem isso me davam.

Madalena procurava convencê-lo, mas não percebi o que dizia. De repente invadiu-me uma espécie de desconfiança. Já havia experimentado um sentimento assim desagradável. Quando?

João Nogueira aniquilava o dr. Magalhães. D. Glória, cheia de comida e de calor, ia cerrando os olhos, já indiferente ao perigo que

anunciavam. Seu Ribeiro, cabeçudo, não queria inovações. E Azevedo Gondim, vermelho, afirmava a padre Silvestre:

– Não há. O Nogueira tem razão, não há. Conheço homens que defendem a religião nos jornais e nunca viram a Bíblia.

Quando? Num momento esclareceu-se tudo: tinha sido naquele mesmo dia, no escritório, enquanto Madalena me entregava as cartas para assinar.

Sim senhor! Conluiada com o Padilha e tentando afastar os empregados sérios do bom caminho. Sim senhor, comunista! Eu construindo e ela desmanchando.

Levantamo-nos e fomos tomar café no salão.

– Sim senhor, comunista!

– É a corrução, a dissolução da família – teimava padre Silvestre. Ninguém respondeu.

Ignoro essas coisas, naturalmente, mas desejei saber o que Madalena pensava a respeito delas.

O vigário só fazia gritar.

Qual seria a opinião de Madalena?

– Aí padre Silvestre tem razão – concordou Gondim. – A religião é um freio.

– Bobagem! – disse Nogueira. – Quem é cavalo para precisar freio?

Qual seria a religião de Madalena? Talvez nenhuma. Nunca me havia tratado disso.

– Monstruosidade.

E repeti baixinho, lentamente e sem convicção:

– Monstruosidade!

Materialista. Lembrei-me de ter ouvido Costa Brito falar em materialismo histórico. Que significava materialismo histórico?

A verdade é que não me preocupo muito com o outro mundo.

Admito Deus, pagador celeste dos meus trabalhadores, mal remunerados cá na terra, e admito o diabo, futuro carrasco do ladrão que me furtou uma vaca de raça. Tenho portanto um pouco de religião, embora julgue que, em parte, ela é dispensável num homem. Mas mulher sem religião é horrível.

Comunista, materialista. Bonito casamento! Amizade com o Padilha, aquele imbecil. "Palestras amenas e variadas." Que haveria nas palestras? Reformas sociais, ou coisa pior. Sei lá! Mulher sem religião é capaz de tudo.

– Sem dúvida – respondi a uma lenga-lenga que padre Silvestre me infligia.

Seu Ribeiro e Azevedo Gondim amolavam-se, com pachorra. D. Glória cochilava. Padilha fumava a um canto.

– Provavelmente.

Creio que disse disparate, porque padre Silvestre divergiu e sapecou-me uma demonstração incompreensível.

Procurei Madalena e avistei-a derretendo-se e sorrindo para o Nogueira, num vão de janela.

Confio em mim. Mas exagerei os olhos bonitos do Nogueira, a roupa benfeita, a voz insinuante. Pensei nos meus oitenta e nove quilos, neste rosto vermelho de sobrancelhas espessas. Cruzei descontente as mãos enormes, cabeludas, endurecidas em muitos anos de lavoura.

Misturei tudo ao materialismo e ao comunismo de Madalena – e comecei a sentir ciúmes.

XXV

omecei a sentir ciúmes. O meu primeiro desejo foi agarrar o Padilha pelas orelhas e deitá-lo fora, a pontapés. Mas conservei-o para vingar-me. Arredei-o de casa, a bem dizer prendi-o na escola. Lá vivia, lá dormia, lá recebia alimento, boia fria, num tabuleiro.

Estive quatro meses sem lhe pagar o ordenado. E quando o vi sucumbido, magro, com o colarinho sujo e o cabelo crescido, pilheriei:

– Tenha paciência. Logo você se desforra. Você é um apóstolo. Continue a escrever os contozinhos sobre o proletário.

O infeliz defendia-se. Com as humilhações continuadas, limitava-se por fim a engolir em seco. Um dia chorou, pediu-me soluçando que lhe arranjasse uma colocação no fisco estadual.

– Impossível, Padilha. Espere o soviete. Você se colocará com facilidade na guarda vermelha. Quando isso acontecer, não se lembre de mim não, Padilha, seja camarada.

Na casa-grande, que Tubarão e Casimiro Lopes guardavam, a vida era uma tristeza, um aborrecimento. D. Glória passava as tardes debaixo das laranjeiras, empalhando-se com brochuras e folhetins. Madalena bordava e tinha o rosto coberto de sombras.

Às vezes as sombras se adelgaçavam. E findo o trabalho, tudo convidava a gente às conversas moles, aos cochilos, ao embrutecimento.

Uma aragem corria. Vinham-me arrepios bons, desejo de espreguiçar-me. Via o monte, que a fita vermelha da estrada contorna, a mata, o algodoal, a água parada do açude.

Madalena soltava o bordado e enfiava os olhos na paisagem. Os olhos cresciam. Lindos olhos.

Sem nos mexermos, sentíamos que nos juntávamos, cautelosamente, cada um receando magoar o outro. Sorrisos constrangidos e gestos vagos.

Eu narrava o sertão. Madalena contava fatos da escola normal.

Depois vinha o arrefecimento. Infalível. A escola normal! Na opinião do Silveira, as normalistas pintam o bode, e o Silveira conhece instrução pública nas pontas dos dedos, até compõe regulamentos. As moças aprendem muito na escola normal.

Não gosto de mulheres sabidas. Chamam-se intelectuais e são horríveis. Tenho visto algumas que recitam versos no teatro, fazem conferências e conduzem um marido ou coisa que o valha. Falam bonito no palco, mas intimamente, com as cortinas cerradas, dizem:

– Me auxilia, meu bem.

Nunca me disseram isso, mas disseram ao Nogueira. Imagino.

Aparecem nas cidades do interior, sorrindo, vendendo folhetos, discursos etc. Provavelmente empestaram as capitais. Horríveis.

Madalena, propriamente, não era uma intelectual. Mas descuidava-se da religião, lia os telegramas estrangeiros.

E eu me retraía, murchava.

Requebrando-se para o Nogueira, ao pé da janela, sorrindo!

Sorrindo exatamente como as outras, as que fazem conferências. Perigo. Quem se remexer para João Nogueira estrepa-se. Bom advogado, negócios direitos, sim sim, não não; mas no gênero mulher é uma rede, não deita água a pinto. E aquela conversa teria sido a primeira? Antes da minha bruta cabeçada, eles se entendiam. Talvez namorassem.

Quando, em casa do dr. Magalhães, eu tinha encontrado Madalena, João Nogueira estava lá. Tapado, o dr. Magalhães, tapadíssimo. Escutá-lo é pior que ouvir serrar madeira. "Sou juiz, entende? Juiz. Levanto-me pela manhã." O Nogueira, de olho duro, gramando aquilo! Interesse.

Começara a falar em política, Madalena levantara a cabeça, curiosa. E, com dois anos de casada, num vão de janela, desmanchava-se toda para ele.

Erguia-me, insultava-a mentalmente:

– Perua!

Até com o Padilha! Como diabo tinha ela coragem de se chegar a uma lazeira como o Padilha? A questão social.

– Está aqui para a questão social. O que há é sem-vergonheza.

Depois a colaboração no jornal do Gondim. Continuava a colaborar. Pouco, mas continuava. O Gondim e ela tinham sido unha com carne. Lembram-se da tarde em que ele me deu parabéns, estupidamente? Familiaridade. E discutiam as pernas e os peitos dela!

Eu tinha razão para confiar em semelhante mulher? Mulher intelectual.

E a minha cara devia ser terrível, porque Madalena empalidecia e dava para tremer.

Se eu soubesse... Soubesse o quê! Há lá marido que saiba nada? Era possível que os caboclos do eito estivessem mangando de mim.

Até Marciano e a Rosa comentariam o caso, na cama, de noite.

O Marciano conheceria as minhas relações com a Rosa? Não conhecia. Tive sempre o cuidado de mandá-lo à cidade, a compras, oportunamente. E talvez não quisesse conhecer. Também se podia admitir que fosse dotado de pouca penetração.

– Enfim certeza, certeza de verdade, ninguém tem.

Que diria seu Ribeiro? Que diria d. Glória?

Afastava-me, lento, ia ver o pequeno, que engatinhava pelos quartos, às quedas, abandonado. Acocorava-me e examinava-o. Era magro. Tinha os cabelos louros, como os da mãe. Olhos agateados. Os meus são escuros. Nariz chato. De ordinário as crianças têm o nariz chato.

Interrompia o exame, indeciso: não havia sinais meus; também não havia os de outro homem.

E o pequeno continuava a arrastar-se, caindo, chorando, feio como os pecados. As perninhas e os bracinhos eram finos que faziam dó.

Gritava dia e noite, gritava como um condenado, e a ama vivia meio doida de sono. Às vezes ficava roxo de berrar, e receei que

193

estivesse morrendo quando padre Silvestre lhe molhou a cabeça na pia. Com a dentição encheu-se de tumores, cobriram-no de esparadrapos: direitinho uma rês casteada. Ninguém se interessava por ele. D. Glória lia.

Madalena andava pelos cantos, com as pálpebras vermelhas e suspirando. Eu dizia comigo:

– Se ela não quer bem ao filho!

E o filho chorava, chorava continuadamente. Casimiro Lopes era a única pessoa que lhe tinha amizade. Levava-o para o alpendre e lá se punha a papaguear com ele, dizendo histórias de onças, cantando para o embalar as cantigas do sertão. O menino trepava-lhe às pernas, puxava- lhe a barba, e ele cantava:

> *Eu nasci de sete meses,*
> *Fui criado sem mamar.*
> *Bebi leite de cem vacas*
> *Na porteira do curral.*

Boa alma, Casimiro Lopes. Nunca vi ninguém mais simples. Estou convencido de que não guarda lembrança do mal que pratica. Toda a gente o julga uma fera. Exagero. A ferocidade aparece nele raramente. Não compreende nada, exprime-se mal e é crédulo como um selvagem.

XXVI

Fui indo sempre de mal a pior. Tive a impressão de que me achava doente, muito doente. Fastio, inquietação constante e raiva. Madalena, Padilha, d. Glória, que trempe! O meu desejo era pegar Madalena e dar-lhe pancada até no céu da boca. Pancada em d. Glória também, que tinha gasto anos trabalhando como cavalo de matuto para criar aquela cobrinha.

Os fatos mais insignificantes avultaram em demasia. Um gesto, uma palavra à toa logo me despertavam suspeitas.

Mulher de escola normal! O Silveira me tinha prevenido, indiretamente. Agora era aguentar as consequências da topada, para não ser besta.

Aguentar! Ora aguentar! Eu ia lá continuar a aguentar semelhante desgraça? O que me faltava era uma prova: entrar no quarto de supetão e vê-la na cama com outro.

Atormentava-me a ideia de surpreendê-la. Comecei a mexer-lhe nas malas, nos livros, e a abrir-lhe a correspondência. Madalena chorou, gritou, teve um ataque de nervos. Depois vieram outros ataques, outros choros, outros gritos, choveram descomposturas e a minha vida se tornou um inferno.

Um dia, de passagem pela fazenda, o dr. Magalhães almoçou comigo. Espreitando-o, notei que as amabilidades dele para Madalena foram excessivas. Efetivamente nas palavras que disseram não descobri mau sentido; a intenção estava era nos modos, nos olhares, nos sorrisos. Houve, segundo me pareceu, cochichos e movimentos equívocos.

À noite não consegui dormir. Passei horas sentado, odiando Madalena, que se enroscava num canto da cama, as pernas encolhidas apertando o estômago.

Com o dr. Magalhães, homem idoso! Considerei que também eu era um homem idoso, esfreguei a barba, triste. Em parte, a culpa era minha: não me tratava. Ocupado com o diabo da lavoura, ficava três, quatro dias sem raspar a cara. E quando voltava do serviço, trazia lama até nos olhos: deem por visto um porco. Metia-me em água quente, mas não havia esfregação que tirasse aquilo tudo.

Que mãos enormes! As palmas eram enormes, gretadas, calosas, duras como casco de cavalo. E os dedos eram também enormes, curtos e grossos. Acariciar uma fêmea com semelhantes mãos!

As do dr. Magalhães, homem de pena, eram macias como pelica, e as unhas, bem aparadas, certamente não arranhavam. Se ele só pegava em autos!

Madalena ressonava. Tão franzina, tão delicada! Ultimamente ia emagrecendo.

Levantei-me e aproximei-me da luz. As minhas mãos eram realmente enormes. Fui ao espelho. Muito feio, o dr. Magalhães; mas eu, naquela vida dos mil diabos, berrando com os caboclos o dia inteiro, ao sol, estava medonho. Queimado. Que sobrancelhas! O cabelo era grisalho, mas a barba embranquecia. Sem me barbear! Que desleixo!

No dia seguinte encontrei Madalena escrevendo. Avizinhei-me nas pontas dos pés e li o endereço de Azevedo Gondim.

– Faz favor de mostrar isso?

Madalena agarrou uma folha que ainda não havia sido dobrada.

– Não tem que ver. Só interessa a mim.

– Perfeitamente. Mas é bom mostrar. Faz favor?

– Já não lhe disse que só interessa a mim? Que arrelia!

– Mostra a carta – insisti segurando-a pelos ombros.

Madalena defendia-se, ora levantando o papel com os braços estirados, ora escondendo-o atrás das costas:

– Vá para o inferno, trate da sua vida.

Aquela resistência enfureceu-me:

– Deixa ver a carta, galinha.

Madalena desprendeu-se e entrou a correr pelo quarto, gritando:

– Canalha!

D. Glória chegou à porta, assustada:

– Pelo amor de Deus! Estão ouvindo lá fora.

Perdi a cabeça:

– Vá amolar a puta que a pariu. Está mouca, aí com a sua carinha de santa? É isto: puta que a pariu. E se achar ruim, rua. A senhora e a boa de sua sobrinha, compreende? Puta que pariu as duas.

D. Glória fugiu com o lenço nos olhos.

– Miserável! – bradou Madalena.

E eu só sabia dizer:

– Mostra a carta, perua.

Madalena rasgou o papel em pedacinhos e atirou-os pela janela:

– Miserável!

Saiu como um redemoinho. No corredor ainda gritou:

– Assassino!

Atordoado, murmurei:

– Cachorra!

E fiquei olhando os pedaços de papel que na manhã de vento esvoaçavam pelo jardim, entre as folhas das roseiras. Longe, no salão ou na cozinha, Madalena continuava a gritar:

– Assassino!

Os outros nomes feios que ela me havia dito não tinham significação. Aquele tinha uma significação. Era o que me atormentava. Mulheres, criaturas sensíveis, não devem meter-se em negócios de homens.

Antes dela, a única pessoa que, na tábua da venta, me tachou de assassino foi Costa Brito, pela seção livre da Gazeta. Justamente quando acabava de dar-lhe o troco, tinha-me encangado a Madalena. Canga infeliz! Não era melhor que eu tivesse quebrado uma perna? Mais vale uma boa amigação que certos casamentos.

– Assassino!

Como achara ela uma ofensa tão inesperada? Acaso? Ou teria lido o jornal do Brito? O mais provável era Padilha haver referido

alguns mexericos que por aí circulam. Sim senhor! Estava o Padilha mudado em indivíduo capaz de fazer mal. Que graça! O Padilha!

Recordei-me do caso do Jaqueira, mas a recordação desapareceu, e comecei a dizer mentalmente:

– Assassino! Assassino!

Encolerizei-me por estar perdendo tempo com tolices.

– Madalena, d. Glória, Padilha, puta que pariu a todos.

Ali malucando, e a gente do eito à vontade, cobrindo mato. Espreguicei-me. Uma noite sem dormir! Depois estremeci e olhei as mãos. As minhas mãos eram enormes, com efeito.

O Jaqueira… Ah! sim! tinha sido anos atrás.

De repente achei que Madalena estava sendo ingrata com o pobre do Casimiro Lopes. Afinal…

Assassino! Que sabia ela da minha vida? Nunca lhe fiz confidências. Cada qual tem os seus segredos. Seria interessante se andássemos dizendo tudo uns aos outros. Cada um tem os seus achaques. Madalena, que vinha da escola normal, devia ter muitos. Podia eu conhecer o passado dela? O presente era ruim, via-se que era ruim.

Ainda em cima ingrata. Casimiro Lopes levava o filho dela para o alpendre e embalava-o, cantando, aboiando. Que trapalhada! que confusão! Ela não tinha chamado assassino a Casimiro Lopes, mas a mim. Naquele momento, porém, não vi nas minhas ideias nenhuma incoerência. E não me espantaria se me afirmassem que eu e Casimiro Lopes éramos uma pessoa só.

O Padilha! Cabra ruim é que desgraça um homem. Quem havia de supor que o Jaqueira…

Outra vez o Jaqueira. Aqui vai, resumido, o caso do Jaqueira.

Jaqueira era um sujeito empambado, e os moleques, as quengas de pote e esteira, batiam nele. Jaqueira recebia as pancadas e resmungava:

– Um dia eu mato um peste.

Toda a gente dormia com a mulher do Jaqueira. Era só empurrar a porta. Se a mulher não abria logo, Jaqueira ia abrir, bocejando e ameaçando:

– Um dia eu mato um peste.

Matou. Escondeu-se por detrás de um pau e descarregou a lazarina bem no coração de um freguês. No júri, cortaram a cabeça por seis votos (patifaria). Saiu da cadeia e tornou-se um cidadão respeitado.

Nunca mais ninguém buliu com o Jaqueira.

XXVII

Quando serenei, pareceu-me que houvera barulho sem motivo. O dr. Magalhães tinha feitio para dirigir amabilidades a qualquer senhora sem que ninguém desconfiasse dele. E o papel endereçado ao Gondim devia ser literatura para composição. Não era senão isso. Coisas tão fúteis – e em consequência um arranca-rabo estúpido, com desaforo grosso, Maria das Dores ouvindo, seu Ribeiro ouvindo. Sebo!

Madalena era honesta, claro. Não mostrara o papel para não dar o braço a torcer, por dignidade, claríssimo. Ciúme idiota.

Mais bem-comportada que ela só num convento. Circunspecta, sem nó pelas costas. E caridosa, de quebra, até com os bichinhos do mato. A respeito de pensamento nada se sabia, que no pensamento de outra pessoa ninguém vai; mas quanto a palavras e obras era inatacável. Podia ter-me dito insultos piores. Pior que assassino? Muito duro. Mas não me queixava dela, queixava-me do Padilha, aquele descarado.

Depois da violência da manhã, sentia-me cheio de otimismo, e a brutalidade que há em mim virava-se para o mestre-escola.

Sem-vergonha! Era despedi-lo. À tarde fui tratar disso.

Padilha ofereceu-me a cadeira, sentou-se num tamborete e, sério, em atitude de galinha assada:

– Às suas ordens, seu Paulo Honório.

– Uma notícia desagradável. Não preciso mais dos seus serviços.

– Por quê? – disse Padilha aturdido. – Que foi que eu fiz?

– Ora essa! Pergunta a mim? Você deve saber o que fez.

– Não fiz nada. Que é que havia de fazer, trancado? A minha sujeição é maior que a dos presos da cadeia. Não saio. Se me afasto

vinte passos, é com o Casimiro no cós das calças. Que foi que eu fiz? Aponte uma falta.

– Não dou explicações.

Padilha baixou a cabeça:

– Está certo. Sempre na linha, e por fim uma desta! Entra ano, sai ano, e o trouxa do empregado no toco, direito como um fuso, cumprindo as obrigações, procurando agradar. Quando espera aumento de ordenado, lá vem pontapé.

Levantou-se:

– Dê-me ao menos alguns dias para arrumar os troços e cavar um osso. Eu não posso sair assim com uma mão atrás, outra adiante.

Ergui-me também:

– Tem um mês para se retirar.

– Muito obrigado – balbuciou Padilha. – A gente ainda deve agradecer. Bem feito. Se eu não servisse de espoleta a sua mulher, não acontecia isto.

Indignou-se:

– Espoleta! "Vá buscar um livro, seu Padilha." Eu ia. "Traga papel, seu Padilha." Eu trazia. "Copie esta página, seu Padilha." Eu copiava. "Apanhe umas laranjas, seu Padilha." Até apanhar laranjas! Espoleta! Aquela mulher foi a causa da minha desgraça.

– Emende a língua – ordenei.

– Que foi que eu disse? Que era espoleta. Era. Por isso o senhor me demite.

– Nada! O que há é que você andava fazendo fuxicos, homem. Andava intrigando, homem. Andava tecendo enredos, homem.

Luís Padilha embatucou. Depois, de um fôlego:

– Quais são as intrigas, os fuxicos, os enredos? O senhor não mostra um. Eu sou culpado de sua mulher ter ideias avançadas? Se é isso…

– Não, não é isso.

– Então não sei.

– Escute, Padilha. Eu estou pegando cinquenta anos e tenho corrido mundo. Você não me bota papa na língua não. Vejo muita

coisa e fecho os olhos, filho de Deus. Se eu afirmo que você vivia com fuxicos, é porque você vivia com fuxicos.

Padilha catava pulgas:

– Pois diga. A minha consciência não me acusa. Diga. Quando a gente sabe, diz.

– Deixe de chove não molha – repliquei troçando com ele. – Você não contou invenções a Madalena? Você não falou de mim? Falou ou não falou?

– Não falei não, seu Paulo. Se eu não sei nada!

– Tire o cavalo da chuva, rapaz. Eu ouvi.

Padilha encabulou:

– Está bem. Se o senhor ouviu, não discutimos. Naturalmente ouviu o que eu não disse.

– Ouvi o que você disse. Não teime. Tenho bom ouvido.

– Se ouviu – concedeu Padilha –, foi a história da morte do Mendonça. D. Madalena já sabia…

– Sabia o quê?

– O que o povo resmunga. Calúnias. Eu expliquei tudo e defendi o senhor: "D. Madalena, isso é um caso antigo, e mexer nele não dá vida a ninguém. O velho Mendonça era uma postema, furtava as terras dos vizinhos. Quanto ao que espalham por aí, não acredite: são aleives. Seu Paulo tem bom coração e é incapaz de matar um pinto".

Lembrei-me da briga da manhã. Exatamente o que eu tinha presumido: mexericos daquele traste.

– Ó Padilha, por que foi que você disse que Madalena era a causa da sua desgraça?

– E o senhor quer negar? Se não fosse ela, eu não perdia o emprego. Foi ela. E, veja o senhor, eu não gostava daquilo. Muitas vezes opinei, sem rebuço: "D. Madalena, seu Paulo embirra com o socialismo. É melhor a senhora deixar de novidade. Essas conversas não servem". Está aí. Papagaio come milho, periquito leva a fama. O periquito sou eu.

Fraquejei:

– Que diabo discutiam vocês?

O meu ciúme tinha-se tornado público. Padilha sorriu e respondeu, hipócrita:

– Literatura, política, artes, religião... Uma senhora inteligente, a d. Madalena. E instruída, é uma biblioteca. Afinal eu estou chovendo no molhado. O senhor, melhor que eu, conhece a mulher que possui.

"O Senhor conhece a mulher que possui." Que frase!

Padilha sabia alguma coisa. Saberia? Ou teria falado à toa?

Conjecturas. O que eu desejava era ter uma certeza e acabar depressa com aquilo. Sim ou não.

"O senhor conhece a mulher que possui." Conhecia nada! Era justamente o que me tirava o apetite. Viver com uma pessoa na mesma casa, comendo na mesma mesa, dormindo na mesma cama, e perceber ao cabo de anos que ela é uma estranha! Meu Deus! Mas se eu ignoro o que há em mim, se esqueci muitos dos meus atos e nem sei o que sentia naqueles meses compridos de tortura!

Já viram como perdemos tempo em padecimentos inúteis? Não era melhor que fôssemos como os bois? Bois com inteligência. Haverá estupidez maior que atormentar-se um vivente por gosto? Será? não será? Para que isso? Procurar dissabores! Será? não será?

Se eu tivesse uma prova de que Madalena era inocente, dar-lhe-ia uma vida como ela nem imaginava. Comprar-lhe-ia vestidos que nunca mais se acabariam, chapéus caros, dúzias de meias de seda. Seria atencioso, muito atencioso, e chamaria os melhores médicos da capital para curar-lhe a palidez e a magrém. Consentiria que ela oferecesse roupa às mulheres dos trabalhadores.

E se eu soubesse que ela me traía? Ah! Se eu soubesse que ela me traía, matava-a, abria-lhe a veia do pescoço, devagar, para o sangue correr um dia inteiro.

Mas logo me enjoava do pensamento feroz. Que rendia isso? Um crime inútil! Era melhor abandoná-la, deixá-la sofrer. E quando ela tivesse viajado pelos hospitais, quando vagasse pelas ruas, faminta, esfrangalhada, com os ossos furando a pele, costuras de

operações e marcas de feridas no corpo, dar-lhe uma esmola pelo amor de Deus.

Seria? não seria?

Insignificâncias. No meio das canseiras a morte chega, o diabo carrega a gente, os amigos entortam o focinho na hora do enterro, depois esquecem até os pirões que filaram.

Que me importavam as opiniões do Padilha, de seu Ribeiro, de d. Glória, de Marciano? Casimiro Lopes é que não tinha opinião. Quem me dera ser como Casimiro Lopes!

— Isto vai mal, Casimiro — dizia eu com os olhos.

Casimiro Lopes concordava, erguendo os ombros.

XXIX

uando as dúvidas se tornavam insuportáveis, vinha-me a necessidade de afirmar. Madalena tinha manha encoberta, indubitavelmente.

– Indubitavelmente, indubitavelmente, compreendem? Indubitavelmente.

As repetições continuadas traziam-me uma espécie de certeza. Esfregava as mãos. Indubitavelmente. Antes isso que oscilar de um lado para outro.

Via-se muito bem que d. Glória era alcoviteira. Passadas mansinhas, olhos baixos, voz sumida – estava mesmo a preceito para alcoviteira.

Antigamente devia ter dado com os burros na água. Alcoviteira, desencaminhara a sobrinha. Sempre de acordo, aquelas duas éguas.

Enfim o Padilha tinha sido até camarada. Monologava com raiva:

– Obrigado, Padilha.

Sim senhor, boa bisca. Não havia gato nem cachorro em S. Bernardo que ignorasse o procedimento dela.

"Aquela mulher foi a causa da minha desgraça." Que falta de respeito! Há quem atire semelhante heresia em cima de uma senhora casada, nas barbas do marido? Há? Não há. Querem mais claro?

Padre Silvestre passou por S. Bernardo – e eu fiquei de orelha em pé, desconfiado. Deus me perdoe, desconfiei. Cavalo amarrado também come.

A infelicidade deu um pulo medonho: notei que Madalena namorava os caboclos da lavoura. Os caboclos, sim senhor.

Às vezes o bom-senso me puxava as orelhas:

– Baixa o fogo, sendeiro. Isso não tem pé nem cabeça.

Realmente, uma criatura branca, bem lavada, bem vestida, bem engomada, bem aprendida, não ia encostar-se àqueles brutos escuros, sujos, fedorentos a pituim. Os meus olhos me enganavam. Mas se os olhos me enganavam, em que me havia de fiar então? Se eu via um trabalhador de enxada fazer um aceno a ela!

Com esforço e procurando distração, conseguia reprimir-me. Era intuitivo que o aceno não podia ser para ela. Não podia.

Ora não podia!

– Mulher não vai com carrapato porque não sabe qual é o macho.

Uma tarde em que a velha Margarida subiu a ladeira a vara e a remo para visitar-nos, vigiei-a uma hora, com receio de que a pobre fosse portadora de alguma carta.

Creio que estava quase maluco.

XXX

A noite parecia-me ouvir passos no jardim. Por que diabo aquele Tubarão não ladrava? O safado do cachorro ia perdendo o faro.

Erguia-me, pegava o rifle, soprava a luz, abria a janela:

– Quem está aí?

Seria inimigo, gente dos Gama, do Pereira, do Fidélis? Pouco provável. As ameaças tinham cessado: eu e Casimiro Lopes criávamos ferrugem. Instintivamente, resguardava-me colado à parede. Julgava distinguir um vulto.

– Quem está aí? É bicho de fôlego ou é marmota? Não responde não?

E lá ia no silêncio um tiro que assustava os moradores, fazia Madalena saltar da cama, gritando.

Fechava a janela e acendia o candeeiro.

– Que foi? – gemia Madalena aterrada.

– São os seus parceiros que andam rondando a casa. Mas não tem dúvida: qualquer dia fica um diabo aí estirado.

Madalena abraçava-se aos travesseiros, soluçando. Um assobio, longe. Algum sinal convencionado.

– É assobio ou não é? Marcou entrevista aqui no quarto, em cima de mim? É só o que falta. Quer que eu saia? Se quer que eu saia, é dizer. Não se acanhe.

Madalena chorava como uma fonte.

Entristecia-me. Grosseiro, monstruosamente grosseiro.

E se as passadas e o assobio não fossem por causa dela? Ah! Sendo assim, eu picado para linguiça não pagava o que devia. E se as passadas e o assobio não existissem? Lembrava-me de uma noite em que me aperreei de verdade e puxei a lambedeira, com medo de um rato. Há neste mundo cada engano! E decidia corrigir-me:

– Vamos deixar de choradeira. Lá por assobiarem no pomar e passearem no jardim não é preciso a senhora se desmanchar em água. É melhor acabar com essa cavilação.

Madalena chorava, chorava, até que por fim, cansada de chorar, pegava no sono. Encolhia-me à beira da cama, para evitar o contato dela. Quando ia adormecendo, percebia o ranger de chave em fechadura e o rumor de telhas arrastadas. Despertava num sobressalto e continha a respiração. Quem estaria futucando portas? Quem estaria destelhando a casa?

Aproximava-me de Madalena, observava-lhe o rosto. Teria ouvido?

Ou estaria a fingir que dormia?

Levantava-me, arrastava uma cadeira, sentava-me. Madalena ressonava.

Com certeza ninguém tinha bulido na fechadura nem nas telhas.

Maluqueiras de sonho. Talvez as pisadas também tivessem sido abusão de sonho. Um pesadelo. Isso. Um pesadelo. Era possível que o assobio fosse grito de coruja.

Uma pancada no relógio da sala de jantar. Que horas seriam? Meia? uma? uma e meia? ou metade de qualquer outra hora?

Não podia dormir. Contava de um a cem, e dobrava o dedo mindinho; contava de cem a duzentos, dobrava o seu vizinho; assim por diante, até completar mil e ter as duas mãos fechadas. Depois contava cem, e soltava o dedo grande; mais cem, o fura-bolo; e quando chegava a dois mil, as duas mãos estavam abertas. Repetia a leseira, imaginava para cada dedo que se movia um conto de réis de lucro no balanço, o que me rendia fortuna imensa, tão grande que me enjoava dela e interrompia a contagem.

Segunda pancada no relógio. Uma hora? uma e meia? Só vendo.

Erguia-me, pisava com força. Madalena continuava a dormir.

Destrancava e trancava a porta do corredor. Tornava a destrancar, tornava a trancar. E examinava o rosto de Madalena. Que sono! Ali descansada, e eu me roendo por dentro. Descansada como se tudo estivesse muito direito. Tinha desejo de acordá-la, recomeçar a contenda

em que vivíamos. Dormir assim, quando eu estava preocupado, seriamente preocupado, não era justo. Preocupado com quê? Afinal que fazia ali, com a mão na chave e os olhos esbugalhados para Madalena?

– Por que diabo estou mexendo nisto?

Ah! sim! ver as horas. Empurrava a porta, atravessava o corredor, entrava na sala de jantar. Sempre era alguma coisa saber as horas.

Sentava-me no meu lugar à mesa. No começo das nossas desavenças todas as noites aqui me sentava, arengando com Madalena.

Tínhamos desperdiçado tantas palavras!

– Para que serve a gente discutir, explicar-se? Para quê?

Para que, realmente? O que eu dizia era simples, direto, e procurava debalde em minha mulher concisão e clareza. Usar aquele vocabulário, vasto, cheio de ciladas, não me seria possível. E se ela tentava empregar a minha linguagem resumida, matuta, as expressões mais inofensivas e concretas eram para mim semelhantes às cobras: faziam voltas, picavam e tinham significação venenosa.

Uma tarde subi à torre da igreja e fui ver Marciano procurar corujas. Algumas se haviam alojado no forro, e à noite era cada pio de rebentar os ouvidos da gente. Eu desejava assistir à extinção daquelas aves amaldiçoadas.

Lá de cima escutava o barulho que Marciano, invisível, fazia. E, pelas quatro janelinhas abertas aos quatro cantos do céu, contemplava a paisagem. Por uma delas via embaixo um pedaço do escritório, uma banca e, sentada à banca, minha mulher escrevendo. Com um ligeiro desvio de olhos, afastava a cena familiar e corriqueira, divisava o oitão da casa, portas, janelas, a cama de d. Glória, um canto da sala de jantar. Levantava a cabeça – e o horizonte compunha-se de telhas, argamassa, lambrequins. Mais para cima, campos, serra, nuvens.

O capim-gordura tinha virado grama, e os bois que pastavam nele eram como brinquedos de celuloide. O algodoal galgava colinas, descia, tornava a mostrar-se mais longe, desbotado. Numa clareira da mata escura, quase negra, desmaiavam na sombra figurinhas de lenhadores.

Uma coruja gritava. E Marciano surgia de esconderijos cheios de treva, o pixaim branco de teias de aranha:

– Mais uma. É um corujão da peste, seu Paulo.

Eu fungava:

– Em que estará pensando aquela burra? Escrevendo. Que estupidez!

Rosa do Marciano atravessava o riacho. Erguia as saias até a cintura. Depois que passava o lugar mais fundo, ia baixando as saias. Alcançava a margem, ficava um instante de pernas abertas, escor-

rendo água, e saía torcendo-se, com um remeleixo de bunda que era mesmo uma tentação.

A distância arredondava e o sol dourava cocurutos de montes. Pareciam extraordinárias cabeças de santos.

– Se aquela mosca-morta prestasse e tivesse juízo, estaria aqui aproveitando esta catervagem de belezas.

Ali pelos cafus desci as escadas, bastante satisfeito. Apesar de ser um indivíduo medianamente impressionável, convenci-me de que este mundo não é mau. Quinze metros acima do solo, experimentamos a vaga sensação de ter crescido quinze metros. E quando, assim agigantados, vemos rebanhos numerosos a nossos pés, plantações estirando-se por terras largas, tudo nosso, e avistamos a fumaça que se eleva de casas nossas, onde vive gente que nos teme, respeita e talvez até nos ame, porque depende de nós, uma grande serenidade nos envolve. Sentimo-nos bons, sentimo-nos fortes. E se há ali perto inimigos morrendo, sejam embora inimigos de pouca monta que um moleque devasta a cacete, a convicção que temos da nossa fortaleza torna-se estável e aumenta. Diante disto, uma boneca traçando linhas invisíveis num papel apenas visível merece pequena consideração.

Desci, pois, as escadas em paz com Deus e com os homens, e esperava que aqueles pios infames me deixassem enfim tranquilo.

Matutando, penetrei no jardim e encaminhei-me ao pomar, fazendo tenção de ver se a poda estava em regra.

Defronte do escritório descobri no chão uma folha de prosa, com certeza trazida pelo vento. Apanhei-a e corri a vista, sem interesse, pela bonita letra redonda de Madalena. Francamente, não entendi. Encontrei diversas palavras desconhecidas, outras conhecidas de vista, e a disposição delas, terrivelmente atrapalhada, muito me dificultava a compreensão. Talvez aquilo fosse bem feito, pois minha mulher sabia gramática por baixo da água e era fecunda em riscos e entrelinhas, mas estavam riscados períodos certos, e em vão tentei justificar as emendas.

– Ocultar com artifícios o que deve ser evidente!

Passeando entre as laranjeiras, esqueci a poda, reli o papel e agadanhei ideias indefinidas que se baralharam, mas que me trouxeram um arrepio. Diabo! Aquilo era trecho de carta, e de carta a homem. Não estava lá o nome do destinatário, faltava o princípio, mas era carta a homem, sem dúvida.

Li a folha pela terceira vez, atordoado, detendo-me nas expressões claras e procurando adivinhar a significação dos termos obscuros.

– Está aqui a prova – balbuciei assombrado. – A quem serão dirigidas estas porcarias?

As suspeitas voaram para cima de João Nogueira, do dr. Magalhães, de Azevedo Gondim, do Silveira da escola normal. Reli a carta um pelotão de vezes, e enquanto lia, praguejava como um condenado, e as fontes me latejavam.

Afinal a noite caiu, não enxerguei mais as letras.

Sim senhor! Carta a homem!

Estive um tempão caminhando debaixo das fruteiras.

– Eu sou algum Marciano, bando de filhos das putas?

E voltei furioso, decidido a acabar depressa com aquela infelicidade.

Zumbiam-me os ouvidos, dançavam-me listras vermelhas diante dos olhos.

Ia tão cego que bati com as ventas em Madalena, que saía da igreja.

– Meia-volta – gritei segurando-lhe um braço. – Temos negócio.

– Ainda? – perguntou Madalena.

E deixou-se levar para a escuridão da sacristia.

Acendi uma vela e, encostando-me à mesa carregada de santos, sobre o estrado onde padre Silvestre se paramenta em dias de missa:

– Que estava fazendo aqui? Rezando? É capaz de dizer que estava rezando.

– Ainda? – repetiu Madalena.

Esperei que ela me sacudisse desaforos, mas enganei-me: pôs-se a observar-me como se me quisesse comer com os olhos muito abertos. Ferviam dentro de mim violências desmedidas. As minhas

mãos tremiam, agitavam-se em direção a Madalena. Apertei-as para conter os movimentos e, com os queixos contraídos:

– A senhora escreveu uma carta.

O vento frio da serra entrava pela janela, mordia-me as orelhas, e eu sentia calor. A porta gemia, de quando em quando dava no batente pancadas coléricas, depois continuava a gemer. Aquilo me irritava, mas não me veio a ideia de fechá-la. Madalena estava como se não ouvisse nada. E eu, dirigindo-me a ela e a uma litografia pendurada à parede:

– Cuidam que isto vai ficar assim?

O pequeno mais velho do Marciano entrou nas pontas dos pés. Sem me voltar para ele, bradei:

– Vai-te embora.

O menino aproximou-se da janela.

– Vai-te embora – berrei de novo.

Provavelmente o meu aspecto lhe causou estranheza. Balbuciou:

– Fechar a igreja, seu Paulo.

Percebi que os meus modos eram desarrazoados e respondi com simulada brandura:

– Perfeitamente. Volta mais tarde, ainda é cedo. Nove horas no relógio da sacristia.

O nordeste começou a soprar, e a porta bateu com fúria. Mergulhei os dedos nos cabelos.

– Que estás fazendo, peste? O cabrito fugiu.

Nem sei quanto tempo estive ali, em pé. A minha raiva se transformava em angústia, a angústia se transformava em cansaço.

– Para quem era a carta?

E olhava alternadamente Madalena e os santos do oratório. Os santos não sabiam, Madalena não quis responder.

O que me espantava era a tranquilidade que havia no rosto dela. Eu tinha chegado fervendo, projetando matá-la. Podia viver com a autora de semelhante maroteira?

À medida, porém, que as horas se passavam, sentia-me cair num estado de perplexidade e covardia.

As imagens de gesso não se importavam com a minha aflição. E Madalena tinha quase a impassibilidade delas. Por que estaria assim tão calma?

Afirmei a mim mesmo que matá-la era ação justa. Para que deixar viva mulher tão cheia de culpa? Quando ela morresse, eu lhe perdoaria os defeitos.

As minhas mãos contraíam-se, moviam-se para ela, mas agora as contrações eram fracas e espaçadas.

– Fale – exclamei com voz mal segura.

– Para quê?

– Há uma carta. Eu preciso saber, compreende?

Meti a mão no bolso e apresentei-lhe a folha, já amarrotada e suja.

Madalena estendeu-a sobre a mesa, examinou-a, afastou-a para um lado.

– Então?

– Já li.

A vela acabou-se. Acendi outra e fiquei com o fósforo entre os dedos até queimar-me.

– Diga alguma coisa.

Pareceu-me que havia ali um equívoco e que, se Madalena quisesse, tudo se esclareceria. O coração dava-me coices desesperados, desejei doidamente convencer-me da inocência dela.

– Para quê? – murmurou Madalena. – Há três anos vivemos uma vida horrível. Quando procuramos entender-nos, já temos a certeza de que acabamos brigando.

– Mas a carta?

Madalena apanhou o papel, dobrou-o e entregou-mo:

– O resto está no escritório, na minha banca. Provavelmente esta folha voou para o jardim quando eu escrevi.

– A quem?

– Você verá. Está em cima da banca. Não é caso para barulho. Você verá.

– Bem.

Respirei. Que fadiga!

– Você me perdoa os desgostos que lhe dei, Paulo?

– Julgo que tive as minhas razões.

– Não se trata disso. Perdoa?

Rosnei um monossílabo.

– O que estragou tudo foi esse ciúme, Paulo.

Palavras de arrependimento vieram-me à boca. Engoli-as, forçado por um orgulho estúpido. Muitas vezes por falta de um grito se perde uma boiada.

– Seja amigo de minha tia, Paulo. Quando desaparecer essa quizília, você reconhecerá que ela é boa pessoa.

Eu era tão bruto com a pobre da velha!

– Consequência desse mal-entendido. Ela também tem culpa. Um bocado ranzinza.

– Seu Ribeiro é trabalhador e honesto, você não acha?

– Acho. Antigamente deu cartas e jogou de mão. Hoje é refugo. Um sujeito decente, coitado.

– E o Padilha…

– Ah! não! Um enredeiro. Nem está direito você torcer por ele. Safadíssimo.

– Paciência! O Marciano… Você é rigoroso com o Marciano, Paulo.

– Ora essa! – exclamei enfadado. – Que rosário!

– Não se zangue – disse Madalena sem erguer a voz.

– O que eu queria…

Sentei-me num banco.

O que eu queria era que ela me livrasse daquelas dúvidas.

– Que é que você queria? – perguntou Madalena sentando-se também.

– Sei lá!

E encolhi-me, as mãos pesadas sobre os joelhos. Madalena, com ar meio sério, meio de brincadeira:

– Se eu morrer de repente…

– Que história é essa, mulher? Lembrança fora de propósito.

– Por que não? Quem sabe qual há de ser o meu fim? Se eu morrer de repente...

– Acabe com isso, criatura. Para que falar nessas coisas?

– Ofereça os meus vestidos à família de mestre Caetano e à Rosa. Distribua os livros com seu Ribeiro, o Padilha e o Gondim.

Levantei-me, impaciente:

– Que conversa sem jeito!

E agarrei-me a um assunto agradável para afugentar aquelas ideias tristes:

– Estou com vontade de viajar.

Sentei-me novamente, animei-me, acendi um cigarro:

– Depois da safra. Deixo seu Ribeiro tomando conta da fazenda. Vamos à Bahia. Ou ao Rio. O Rio é melhor. Passamos uns meses descansando, você cura a macacoa do estômago, engorda e se distrai. É bom a gente arejar. A vida inteira neste buraco, trabalhando como negro! E damos um salto a São Paulo. Valeu?

Madalena, olhando a luz, que tremia, agitando sombras nas paredes, saiu-se com esta:

– Hoje pela manhã já havia na mata alguns paus-d'arco com flores. Contei uns quatro. Daqui a uma semana estão lindos. É pena que as flores caiam tão depressa.

– Efetivamente – resmunguei procurando relacionar o Rio e São Paulo com os paus-d'arco. – E que me diz da viagem?

Madalena tinha os olhos presos na vela:

– Sim, estive rezando. Rezando, propriamente, não, que rezar não sei. Falta de tempo.

Meu Deus! como andava aquela cabeça! Era a resposta à minha primeira pergunta.

– Escrevia tanto que os dedos adormeciam. Letras miudinhas, para economizar papel. Nas vésperas dos exames dormia duas, três horas por noite. Não tinha proteção, compreende? Além de tudo a nossa casa na Levada era úmida e fria. No inverno levava os livros para a cozinha. Podia visitar igrejas? Estudar sempre, sempre, com medo das reprovações...

Estava perturbada, via-se perfeitamente que estava perturbada. Largou outras incoerências:

– As casas dos moradores, lá embaixo, também são úmidas e frias. É uma tristeza. Estive rezando por eles. Por vocês todos. Rezando... Estive falando só.

O relógio da sacristia tocou meia-noite.

– Meu Deus! Já tão tarde! Aqui, tagarelando...

Levantou-se e pôs-me a mão no ombro:

– Adeus, Paulo. Vou descansar.

Voltou-se da porta:

– Esqueça as raivas, Paulo.

Por que não acompanhei a pobrezinha? Nem sei. Porque guardava um resto de dignidade besta. Porque ela não me convidou. Porque me invadiu uma grande preguiça.

Fiquei remoendo as palavras desconexas e os modos esquisitos de Madalena. Depois pensei na carta que ela havia deixado no escritório, incompleta.

Para quem seria? Lá vinha novamente o ciúme. Aquilo ainda causaria infelicidades sem remédio.

Pouco a pouco me fui amadornando, até cair num sono embrulhado e penoso. Creio que sonhei com rios cheios e atoleiros.

Quando dei acordo de mim, a vela estava apagada e o luar, que eu não tinha visto nascer, entrava pela janela. A porta continuava a ranger, o nordeste atirava para dentro da sacristia folhas secas, que farfalhavam no chão de ladrilhos brancos e pretos. O relógio tinha parado, mas julgo que dormi horas. Galos cantaram, a lua deitou-se, o vento se cansou de gritar à toa e a luz da madrugada veio brincar com as imagens do oratório.

Ergui-me, o espinhaço doído da posição incômoda. Estirei os braços. Moído, como se tivesse levado uma surra.

Saí, dirigi-me ao curral, bebi um copo de leite. Conversei um instante com Marciano sobre as corujas. Em seguida fui passear no pátio, esperando que o dia clareasse de todo.

Realmente a mata, enfeitada de paus-d'arco, estava uma beleza.

Três anos de casado. Fazia exatamente um ano que tinha começado o diabo do ciúme.

A serraria apitou; as suíças de seu Ribeiro surgiram a uma janela; Maria das Dores abriu as portas; Casimiro Lopes apareceu com uma braçada de hortaliças.

Desci ao açude. Derreado, as cadeiras doendo. Que noite! Despi-me entre as bananeiras, meti-me na água, mergulhei e nadei.

Quando cheguei a casa, o sol já estava alto. O espinhaço ainda me doía. Que noite!

Subindo os degraus da calçada, ouvi gritos horríveis lá dentro.

– Que diabo de chamego é este?

Entrei apressado, atravessei o corredor do lado direito e no meu quarto dei com algumas pessoas soltando exclamações. Arredei-as e estaquei: Madalena estava estirada na cama, branca, de olhos vidrados, espuma nos cantos da boca.

Aproximei-me, tomei-lhe as mãos, duras e frias, toquei-lhe o coração, parado. Parado.

No soalho havia manchas de líquido e cacos de vidro.

D. Glória, caída no tapete, soluçava, estrebuchando. A ama, com a criança nos braços, choramigava. Maria das Dores gemia.

Comecei a friccionar as mãos de Madalena, tentando reanimá-la. E balbuciava:

– A Deus nada é impossível.

Era uma frase ouvida no campo, dias antes, e que me voltava, oferecendo-me esperança absurda.

Pus um espelho diante da boca de Madalena, levantei-lhe as pálpebras. E repetia maquinalmente:

– A Deus nada é impossível.

– Que desastre, senhor Paulo Honório, que irreparável desastre! – murmurou seu Ribeiro perto de mim.

E Padilha, encolhido por detrás dele:

– Num momento como este a minha obrigação era vir.

– Agradecido, muito agradecido.

E encaminhei-me ao escritório, levado pelo hábito, murmurando sempre:

– A Deus nada é impossível.

Sobre a banca de Madalena estava o envelope de que ela me havia falado. Abri-o. Era uma carta extensa em que se despedia de mim. Li-a, saltando pedaços e naturalmente compreendendo pela metade, porque topava a cada passo aqueles palavrões que a minha ignorância evita.

Faltava uma página: exatamente a que eu trazia na carteira, entre faturas de cimento e orações contra maleitas que a Rosa anos atrás me havia oferecido.

Enterrou-se debaixo do mosaico da capela-mor. Vesti-me de preto; encomendei uma lápida; o dr. Magalhães, padre Silvestre, João Nogueira, Azevedo Gondim, os proprietários vizinhos, vieram trazer-me pêsames. Deixei a cama de casal e mudei-me para um quarto pequeno que tinha, à beira do telhado, um ninho de carriças. Pela manhã as carriças pipilavam desesperadamente. Na mesa da cabeceira amontoavam-se telegramas e envelopes tarjados.

Como necessitava distração, dediquei-me nervosamente a uma derrubada de madeira na mata. Depois mandei consertar o paredão do açude, que vazava.

Mas o entusiasmo esfriou depressa. Aquilo era meio de vida, não era meio de morte.

E pensava em Madalena. Creio na verdade que a lembrança dela sempre esteve em mim. O que houve foi que, na atrapalhação dos primeiros dias, confundiu-se com uma chusma de azucrinações diferentes umas das outras. Mas quando essas azucrinações se tornaram apenas um sedimento no meu espírito, veio à superfície. Raramente conseguia agitar-me e dissolvê-la: recompunha-se logo e ficava em suspensão. E os assuntos mais atraentes me traziam enfado e bocejos.

Vivia agora a passear na sala, as mãos nos bolsos, o cachimbo apagado na boca. Ia ao escritório, olhava os livros com tédio, saía, atravessava os corredores, percorria os quartos, voltava às caminhadas na sala.

Certo dia, na horta, espiava um formigão que se exercitava em marchas e contramarchas inconsequentes. Inconsequentes para mim, está visto, que ignorava as intenções dele. A voz antipática de d. Glória interrompeu-me a observação:

– Vim dizer adeus. Vou-me embora.

Levantei a cabeça e vi-a diante de mim, tesa, enlutada naquele vestido velho malfeito, que entufava nos ombros quando ela se aprumava.

– Para onde?

D. Glória descreveu vagamente, com o dedo descarnado, um arco:

– Vou-me embora.

– A senhora não tem para onde ir.

E procurei o formigão, que tinha desaparecido.

– Vou – respondeu firme d. Glória.

Esforcei-me por dissuadi-la:

– Isso não tem cabimento, mulher. Ganhar o mundo sem destino! Crie juízo.

D. Glória continuou, direita como um cabo de vassoura:

– Não estou pedindo conselho. Vim despedir-me, que não saio como negro fugido. Mande-me as suas ordens.

Encetei um dos meus intermináveis passeios, de um lado para outro:

– Está bem. Cada qual é dono do seu nariz. Quando volta?

– Nunca.

– Está bem.

Apressei o passo:

– Com quem vai?

– Com Deus.

– Pois sim. O automóvel tem gasolina. Divirta-se.

– Obrigada. Vou a pé.

Aí eu queimei as alpercatas:

– Vai nada!

Parei soprando:

– Largar-se pelo mundo, à toa, e dizer que eu botei a senhora de casa para fora, que sou morto a fome, que arribou daqui com a roupa do corpo, não é?

D. Glória, cada vez mais espichada, agastou-se:

– E o senhor me prende? Não matei, não roubei, não difamei... Vou.

E eu:

– Quem está falando em prender a senhora? Deixe de doidice. Quer dar o fora? Perfeitamente, não lhe seguro as pernas. Se quisesse ficar, podia viver aí até criar canhão, que ninguém lhe pisava nos calos. Mas se não quer, acabou-se. Agora o que não tem jeito é escafeder-se como quem vai tangido. Isso não. Ao deus-dará, com uma no cano, outra no fecho, não. Prepare-se, arranje os seus picuás.

– Estão arranjados.

– Então é viajar como gente, com decência. É necessário que se saiba onde vai morar e quanto precisa para se manter.

– Não preciso de nada. Onde vou morar não sei. O que sei é que tenho de sair hoje.

– Não seja criança – disse eu arrastando as palavras. – A senhora é capaz de pegar no pesado? Não dá meia missa. Encruou nos romances e até os assentamentos de batizados lhe seriam difíceis.

Pouco a pouco d. Glória abrandou. Ignoro se procedeu assim em conformidade com o hábito de abrandar ou se tinha vindo resolvida a abrandar.

– Pense no aluguel das casas na cidade, pense no preço dos remédios. Adoecer é fácil, d. Glória, mas tirar a moléstia do corpo é um trabalhão. Pense no mercado, no cobrador da luz, na pena--d'água. Hoje em dia a vida é difícil em toda a parte, mas na cidade a vida é um buraco, d. Glória.

D. Glória confessou que a vida na cidade é de fato um buraco. Tinha mostrado o desprendimento e a altivez indispensáveis. Não era justo exigir mais.

Declarei que devia a Madalena o ordenado de três anos. D. Glória acreditou, ou fingiu acreditar.

– É razoável a senhora receber isso.

D. Glória concordou.

Dei-lhe dinheiro para a viagem, marquei-lhe uma pensão de duzentos mil-réis mensais e remeti-a a João Nogueira, que a hospedou por uma noite e a embarcou.

Passados alguns dias seu Ribeiro demitiu-se.

— Está falando sisudo, seu Ribeiro?

— Esta casa me provoca recordações muito pungentes.

— E a mim, homem. Que diabo! Mas a sua saída é tolice.

— Não duvido, senhor Paulo Honório, não duvido.

— Ofereceram-lhe algum emprego?

— Nenhum.

— Então! É tolice. E o pior é que nem lhe posso dar uma recomendação. O senhor com essa idade não se coloca. Felizmente está aqui há anos e tem feito economia. Vai retirar uma fortuna. Sempre dá para ir roendo.

— Levo muita saudade, senhor Paulo Honório — gemeu seu Ribeiro limpando os olhos. — Saudade cruciante. Parto com o coração dilacerado.

— Pois não vá, homem. Todos gostam do senhor. Fique.

— Impossível, inteiramente impossível. A minha resolução é inabalável.

— Está bem.

E olhei com tristeza o escritório, mais desatravancado depois que a banca de Madalena tinha sido afastada para um canto.

Assim o excelente seu Ribeiro, que eu esperava enterrar em S. Bernardo, foi terminar nos cafés e nos bancos dos jardins a sua velhice e as suas lembranças.

XXXIII

Padilha começou a andar no pátio, aproximando-se da casa e fazendo, quando me via, grandes cumprimentos. Afinal chegou ao alpendre e demorou-se um instante. Fingi não perceber esses manejos.

— Emboque, Padilha.

O prazo de um mês que eu tinha marcado para ele retirar-se voara. Padilha entrou, ficou. Deixá-lo. Sempre era uma companhia.

Enquanto eu, carrancudo e cheio de preguiça, olhava as cercas de Bom-Sucesso e pensava nas duas Mendonça, que viviam quase na miséria, Padilha falava. Falava como quem bebeu água de chocalho. Eu não prestava atenção ao que ele dizia. Nada. Sempre era uma voz humana.

Afastou-se logo.

Um dia Azevedo Gondim trouxe boatos de revolução. O sul revoltado, o centro revoltado, o nordeste revoltado.

— É um fim de mundo.

Padilha esfregou as mãos:

— Afinal a postema rebentou, com os diabos!

À noite o chefe político escreveu-me pedindo armas e cabroeira. De madrugada enviei-lhe um caminhão com rifles e homens.

Depois os boatos engrossaram e viraram fatos: batalhões aderindo, regimentos aderindo, colunas organizando-se e deslocando-se rapidamente, bandeiras encarnadas por toda a parte, o governo da república encurralado no Rio.

— Uma invasão de bárbaros! — gritava Azevedo Gondim. — Estamos perdidos.

Padilha, numa agitação constante, devorava manifestos e roía as unhas. Enfim, quando a onda vermelha inundou o Estado, desapareceu subitamente. João Nogueira elucidou o caso:

– Padilha e padre Silvestre incorporaram-se às tropas revolucionárias e conseguiram galões.

XXXIV

Na cidade havia um fuxico nojento. E eu, que nunca tive gosto para safadezinhas de lugar miúdo, entoquei-me.

Lamentava, sem dúvida, que o meu partido tivesse ido abaixo com um sopro. Que remédio!

– É comer agora da banda podre. E calado.

Os Gama, o Pereira, o Fidélis, iam serrar de cima e fazer-me picuinhas. Aborrecia-me de tudo isso. Também não fariam grande coisa. Cortar o arame da cerca, mandar o delegado de polícia tomar a faca de um cabra, na feira, e sapecar-lhe o zinco. Natural.

O pior era Padilha ter seduzido uns dez ou doze caboclos bestas, que haviam entrado com ele no exército revolucionário. Voltariam.

Para quê? Era melhor ficarem na malandragem, nos exercícios.

Bocejava. Cada bocejo de quebrar queixo. Vida estúpida! É certo que havia o pequeno, mas eu não gostava dele. Tão franzino, tão amarelo!

Se melhorar, entrego-lhe a serraria. Se crescer assim bambo, meto-o no estudo para doutor.

Lá vinham os projetos.

– Diabo leve os projetos.

O mundo que me cercava ia-se tornando um horrível estrupício. E o outro, o grande, era uma balbúrdia, uma confusão dos demônios, estrupício muito maior.

Os amigos e os jornais traziam-me a revolução.

– Uma peste! – bradava Azevedo Gondim. – Foi um *bluff*. Ameaças pelo telégrafo e pelo rádio, boletins jogados por aeroplanos – todo o mundo se pelava de medo. Isto é o povo mais covarde que Deus fabricou.

– Exagero – opinava o advogado. – Houve bravura.

– Que bravura! – berrava Gondim. – Gente que devia pegar no pau-furado escondeu-se.

– Os da situação passada. Entre os revolucionários é diferente: há idealismo, há coragem. Não digo isto em público, mas há.

– Diabo leve o idealismo deles. E quanto a coragem...

– Vamos ser justos, Gondim – intervinha eu conciliador e murcho. – Essa coisa estava na massa do sangue do povo. Não valia a pena brigar.

– Não valia! Ora não valia! Todos iam pensando assim e eles foram entrando. E que falta de vergonha! Figurões do governo apareceram de repente com lenços vermelhos no pescoço.

– Isso foi em Alagoas – atalhava João Nogueira.

– Foi em toda a parte, homem. E mesmo agora, muitos não se passam porque não são aceitos.

– Quanto a mim – declarava Nogueira –, tanto me faz estar em cima como embaixo, que política nunca me rendeu nada. Estou embaixo e não pretendo subir. É verdade que sempre achei a democracia um contrassenso. Muitas vezes lhe disse. O diabo é que votei na chapa do governo. Mas, aqui entre nós, a ditadura só não presta porque estamos no chão.

Gondim protestava, indignava-se. E eu:

– Só queria ver padre Silvestre fardado de tenente.

– Que interesse tem ele em bancar o patriota? – dizia Nogueira.

– Animal! – resmungava Azevedo Gondim.

O Cruzeiro tinha perdido a subvenção.

Conversas assim, repetidas, distraíam-me. Uma vez por semana os dois jantavam comigo. E na cidade sujeitos exaltados começavam a espalhar que S. Bernardo era um ninho de reacionários.

– Como vai o fuzuê?

– Mal.

E lá vinham notícias de violências desnecessárias, vinganças, comissões de sindicâncias lavando roupa suja.

Nogueira, moderado, desejava um acordo entre vencedores e vencidos.

Gondim detestava acordos. Dente por dente, percebíamos? Dava-nos conselhos violentos, a mim, ao Nogueira, às árvores do pomar, e instigava-nos a uma contrarrevolução (quanto mais depressa melhor) que varresse do poder aquela cambada de parlapatões. Queria um governo enérgico, sim senhor, duro, sim senhor, mas sensato, um governo que trabalhasse, restabelecesse a ordem, a confiança do credor e a subvenção de cento e cinquenta mil-réis mensais ao Cruzeiro. Como íamos é que não podíamos continuar.

Atirava-nos palavrões encorpados que no jornal lhe serviam para tudo. São Paulo havia de se erguer, intrépido; em São Paulo ardia o fogo sagrado; de São Paulo, terra de bandeirantes, sairiam novas bandeiras para a conquista da liberdade postergada.

– Você fala bem, Gondim – murmurava eu impressionado. – Você havia de trepar, Gondim, se o nosso partido não tivesse virado de pernas para o ar.

João Nogueira metia as botas na eleição e inculcava os conselhos técnicos. Gondim gostava do voto como de um filho pequeno e só admitia técnicos nas comissões da câmara.

Casimiro Lopes, afastado, escutava-os com assombro. Eu olhava a torre da igreja. E o meu pensamento estirava-se pela paisagem, encolhia-se, descia as escadas, ia ao jardim, ao pomar, entrava na sacristia.

João Nogueira condenava a literatura revolucionária, a patriotice alambicada.

O oratório, sobre a mesa, estava cheio de santos; na parede penduravam-se litografias; a porta dava pancadas no batente; apagava-se a vela, eu acendia outra e ficava com o fósforo entre os dedos até queimar-me. As casas dos moradores eram úmidas e frias. A família de mestre Caetano vivia num aperto que fazia dó. E o pobre do Marciano tão esbodegado, tão escavacado, tão por baixo!

Azevedo Gondim reclamava liberdade, aos gritos. Contenta-se com a renda mofina do jornal e deve os cabelos da cabeça. Conforma-se com isso. O que deseja é ver a gazeta de mangas arregaçadas,

espumando, e no bilhar do Sousa, quando a carambola falha, insultar os políticos, umas toupeiras.

Agora a vela estava apagada. Era tarde. A porta gemia. O luar entrava pela janela. O nordeste espalhava folhas secas no chão. E eu já não ouvia os berros do Gondim.

XXXV

Entrei nesse ano com o pé esquerdo. Vários fregueses que sempre tinham procedido bem quebraram de repente. Houve fugas, suicídios, o Diário Oficial se emprenhou com falências e concordatas. Tive de aceitar liquidações péssimas.

O resultado foi desaparecerem a avicultura, a horticultura e a pomicultura. As laranjas amadureciam e apodreciam nos pés. Deixá-las. Antes isso que fazer colheita, escolha, embalagem, expedição, para dá-las de graça.

Uma infelicidade não vem só. As fábricas de tecidos, que adiantavam dinheiro para a compra de algodão, abandonaram de chofre esse bom costume e até deram para comprar fiado. Vendi uma safra no fuso, e enganaram-me na classificação.

Era necessário adquirir novas máquinas para o descaroçador e para a serraria, mas na hora dos cálculos vi que ia gastar uma fortuna: o dólar estava pelas nuvens.

– Vamos deixar de novidade. Sacrificar-me e no fim entregar a mercadoria de mão beijada a esses velhacos!

Ainda por cima os bancos me fecharam as portas. Não sei por que, mas fecharam. E olhem que nunca atrasei pagamentos. Enfim uma penca de caiporismos. Cheguei a dizer inconveniências a um gerente:

– Pois se os senhores não querem transigir, acabem com isso. Ou os papéis valem ou não valem. Se valem, é passar o arame. Pílulas! Eu encomendei revolução?

Em seis meses havia tão grande quebradeira que torrei nos cobres o automóvel para não me protestarem uma letra vagabunda de seis contos.

– Maré vazante. Agora ganham os preguiçosos. Quem devia estar vivo era o velho Mendonça, que deixava a propriedade coberta de capoeira e o engenho de fogo morto. Trabalhar para formiga! E cruzar os braços.

E cruzei os braços.

Um dia em que, assim de braços cruzados, contemplava melancolicamente o descaroçador e a serraria, João Nogueira me trouxe a notícia de que o Fidélis e os Gama iam remexer as questões dos limites. E o pior era que o dr. Magalhães estava noutra comarca.

– Belezas da revolução – comentou Nogueira. – Um funcionário inamovível! E um juiz decente como o Magalhães! um juiz íntegro!

Encolhi os ombros, desanimado. João Nogueira desanimou também.

Paciência.

E recomecei os meus passeios mecânicos pelo interior da casa. Às vezes empurrava a porta do escritório para dar uma ordem a seu Ribeiro.

Parecia-me ver d. Glória malucando no pomar, com o romance.

E os meus passos me levavam para os quartos, como se procurassem alguém.

XXXVI

Faz dois anos que Madalena morreu, dois anos difíceis. E quando os amigos deixaram de vir discutir política, isto se tornou insuportável.

Foi aí que me surgiu a ideia esquisita de, com o auxílio de pessoas mais entendidas que eu, compor esta história. A ideia gorou, o que já declarei. Há cerca de quatro meses, porém, enquanto escrevia a certo sujeito de Minas, recusando um negócio confuso de porcos e gado zebu, ouvi um grito de coruja e sobressaltei-me.

Era necessário mandar no dia seguinte Marciano ao forro da igreja.

De repente voltou-me a ideia de construir o livro. Assinei a carta ao homem dos porcos e, depois de vacilar um instante, porque nem sabia começar a tarefa, redigi um capítulo.

Desde então procuro descascar fatos, aqui sentado à mesa da sala de jantar, fumando cachimbo e bebendo café, à hora em que os grilos cantam e a folhagem das laranjeiras se tinge de preto.

Às vezes entro pela noite, passo tempo sem fim acordando lembranças. Outras vezes não me ajeito com esta ocupação nova.

Anteontem e ontem, por exemplo, foram dias perdidos. Tentei debalde canalizar para termo razoável esta prosa que se derrama como a chuva da serra, e o que me apareceu foi um grande desgosto. Desgosto e a vaga compreensão de muitas coisas que sinto.

Sou um homem arrasado. Doença? Não. Gozo perfeita saúde.

Quando o Costa Brito, por causa de duzentos mil-réis que me queria abafar, vomitou os dois artigos, chamou-me doente, aludindo a crimes que me imputam. O Brito da Gazeta era uma besta. Até hoje, graças a Deus, nunca um médico me entrou em casa. Não tenho doença nenhuma.

O que estou é velho. Cinquenta anos pelo S. Pedro. Cinquenta anos perdidos, cinquenta anos gastos sem objetivo, a maltratar-me e a maltratar os outros. O resultado é que endureci, calejei, e não é um arranhão que penetra esta casca espessa e vem ferir cá dentro a sensibilidade embotada.

Cinquenta anos! Quantas horas inúteis! Consumir-se uma pessoa a vida inteira sem saber para quê! Comer e dormir como um porco! Como um porco! Levantar-se cedo todas as manhãs e sair correndo, procurando comida! E depois guardar comida para os filhos, para os netos, para muitas gerações. Que estupidez! Que porcaria! Não é bom vir o diabo e levar tudo?

Sol, chuva, noites de insônia, cálculos, combinações, violências, perigos — e nem sequer me resta a ilusão de ter realizado obra proveitosa. O jardim, a horta, o pomar — abandonados; os marrecos-de-pequim — mortos; o algodão, a mamona — secando. E as cercas dos vizinhos, inimigos ferozes, avançam.

Está visto que, cessando esta crise, a propriedade se poderia reconstituir e voltar a ser o que era. A gente do eito se esfalfaria de sol a sol, alimentada com farinha de mandioca e barbatanas de bacalhau; caminhões rodariam novamente, conduzindo mercadorias para a estrada de ferro; a fazenda se encheria outra vez de movimento e rumor.

Mas para quê? Para quê? não me dirão? Nesse movimento e nesse rumor haveria muito choro e haveria muita praga. As criancinhas, nos casebres úmidos e frios, inchariam roídas pela verminose. E Madalena não estaria aqui para mandar-lhes remédio e leite. Os homens e as mulheres seriam animais tristes.

Bichos. As criaturas que me serviram durante anos eram bichos.

Havia bichos domésticos, como o Padilha, bichos do mato, como Casimiro Lopes, e muitos bichos para o serviço do campo, bois mansos. Os currais que se escoram uns aos outros, lá embaixo, tinham lâmpadas elétricas. E os bezerrinhos mais taludos soletravam a cartilha e aprendiam de cor os mandamentos da lei de Deus.

Bichos. Alguns mudaram de espécie e estão no exército, volvendo à esquerda, volvendo à direita, fazendo sentinela. Outros buscaram pastos diferentes.

Se eu povoasse os currais, teria boas safras, depositaria dinheiro nos bancos, compraria mais terra e construiria novos currais. Para quê?

Nada disso me traria satisfação.

Coloquei-me acima da minha classe, creio que me elevei bastante.

Como lhes disse, fui guia de cego, vendedor de doce e trabalhador alugado. Estou convencido de que nenhum desses ofícios me daria os recursos intelectuais necessários para engendrar esta narrativa. Magra, de acordo, mas em momentos de otimismo suponho que há nela pedaços melhores que a literatura do Gondim. Sou, pois, superior a mestre Caetano e a outros semelhantes. Considerando, porém, que os enfeites do meu espírito se reduzem a farrapos de conhecimentos apanhados sem escolha e mal cosidos, devo confessar que a superioridade que me envaidece é bem mesquinha.

Além disso estou certo de que a escrituração mercantil, os manuais de agricultura e pecuária, que forneceram a essência da minha instrução, não me tornaram melhor que o que eu era quando arrastava a peroba.

Pelo menos naquele tempo não sonhava ser o explorador feroz em que me transformei.

Quanto às vantagens restantes – casas, terras, móveis, semoventes, consideração de políticos etc. – é preciso convir em que tudo está fora de mim.

Julgo que me desnorteei numa errada.

Se houvesse continuado a arear o tacho de cobre da velha Margarida, eu e ela teríamos uma existência quieta. Falaríamos pouco, pensaríamos pouco, e à noite, na esteira, depois do café com rapadura, rezaríamos rezas africanas, na graça de Deus.

Se não tivesse ferido o João Fagundes, se tivesse casado com a Germana, possuiria meia dúzia de cavalos, um pequeno cercado de capim, encerados, cangalhas, seria um bom almocreve. Teria crédito para comprar cem mil-réis de fazenda nas lojas da cidade e pelas

quatro festas do ano a mulher e os meninos vestiriam roupa nova. Os meus desejos percorreriam uma órbita acanhada. Não me atormentariam preocupações excessivas, não ofenderia ninguém. E, em manhãs de inverno, tangendo os cargueiros, dando estalos com o buranhém, de alpercatas, chapéu de ouricuri, alguns níqueis na capanga, beberia um gole de cachaça para espantar o frio e cantaria por estes caminhos, alegre como um desgraçado.

Hoje não canto nem rio. Se me vejo ao espelho, a dureza da boca e a dureza dos olhos me descontentam.

Penso no povoado onde seu Ribeiro morou, há meio século. Seu Ribeiro acumulava, sem dúvida, mas não acumulava para ele. Tinha uma casa grande, sempre cheia, o jerimum caboclo apodrecia na roça – e por aquelas beiradas ninguém tinha fome. Imagino-me vivendo no tempo da monarquia, à sombra de seu Ribeiro. Não sei ler, não conheço iluminação elétrica nem telefone. Para me exprimir recorro a muita perífrase e muita gesticulação. Tenho, como todo o mundo, uma candeia de azeite, que não serve para nada, porque à noite a gente dorme.

Podem rebentar centenas de revoluções. Não receberei notícia delas. Provavelmente sou um sujeito feliz.

Com um estremecimento, largo essa felicidade que não é minha e encontro-me aqui em S. Bernardo, escrevendo.

As janelas estão fechadas. Meia-noite. Nenhum rumor na casa deserta.

Levanto-me, procuro uma vela, que a luz vai apagar-se. Não tenho sono. Deitar-me, rolar no colchão até a madrugada, é uma tortura.

Prefiro ficar sentado, concluindo isto. Amanhã não terei com que me entreter.

Ponho a vela no castiçal, risco um fósforo e acendo-a. Sinto um arrepio. A lembrança de Madalena persegue-me. Diligencio afastá-la e caminho em redor da mesa. Aperto as mãos de tal forma que me firo com a unhas, e quando caio em mim estou mordendo os beiços a ponto de tirar sangue.

De longe em longe sento-me fatigado e escrevo uma linha. Digo em voz baixa:

– Estraguei a minha vida, estraguei-a estupidamente.

A agitação diminui.

– Estraguei a minha vida estupidamente.

Penso em Madalena com insistência. Se fosse possível recomeçarmos... Para que enganar-me? Se fosse possível recomeçarmos, aconteceria exatamente o que aconteceu. Não consigo modificar-me, é o que mais me aflige.

A molecoreba de mestre Caetano arrasta-se por aí, lambuzada, faminta. A Rosa, com a barriga quebrada de tanto parir, trabalha em casa, trabalha no campo e trabalha na cama. O marido é cada vez mais molambo. E os moradores que me restam são uns cambembes como ele.

Para ser franco, declaro que esses infelizes não me inspiram simpatia. Lastimo a situação em que se acham, reconheço ter contribuído para isso, mas não vou além. Estamos tão separados! A princípio estávamos juntos, mas esta desgraçada profissão nos distanciou.

Madalena entrou aqui cheia de bons sentimentos e bons propósitos. Os sentimentos e os propósitos esbarraram com a minha brutalidade e o meu egoísmo.

Creio que nem sempre fui egoísta e brutal. A profissão é que me deu qualidades tão ruins.

E a desconfiança terrível que me aponta inimigos em toda a parte! A desconfiança é também consequência da profissão.

Foi este modo de vida que me inutilizou. Sou um aleijado. Devo ter um coração miúdo, lacunas no cérebro, nervos diferentes dos nervos dos outros homens. E um nariz enorme, uma boca enorme, dedos enormes.

Se Madalena me via assim, com certeza me achava extraordinariamente feio.

Fecho os olhos, agito a cabeça para repelir a visão que me exibe essas deformidades monstruosas.

A vela está quase a extinguir-se.

Julgo que delirei e sonhei com atoleiros, rios cheios e uma figura de lobisomem.

Lá fora há uma treva dos diabos, um grande silêncio. Entretanto o luar entra por uma janela fechada e o nordeste furioso espalha folhas secas no chão.

É horrível! Se aparecesse alguém... Estão todos dormindo.

Se ao menos a criança chorasse... Nem sequer tenho amizade a meu filho. Que miséria!

Casimiro Lopes está dormindo. Marciano está dormindo. Patifes!

E eu vou ficar aqui, às escuras, até não sei que hora, até que, morto de fadiga, encoste a cabeça à mesa e descanse uns minutos.

Livros para mudar o mundo. O seu mundo.

Para conhecer os nossos próximos lançamentos
e títulos disponíveis, acesse:

🌐 www.**citadel**.com.br

f /**citadeleditora**

📷 @**citadeleditora**

🐦 @**citadeleditora**

▶ Citadel – Grupo Editorial

Para mais informações ou dúvidas sobre a obra,
entre em contato conosco por e-mail:

✉ contato@**citadel**.com.br